NF文庫
ノンフィクション

最後の特攻 宇垣纏

連合艦隊参謀長の生と死

小山美千代

潮書房光人新社

最後の特攻 宇垣纏——目次

大佐時代の宇垣纒。東玉川の自宅で。左より一子博光、いとこの安倍晴夫、右端が夫人知子

昭和14年頃、東玉川の自宅に揃う宇垣一家

（右中）中佐時代の宇垣夫妻と博光
（右下）中佐時代の宇垣一家と愛犬

軍艦「出雲」艦上にて——２列目右より宇垣纒軍令部第１部長、２人おいて近藤信竹第５艦隊長官、及川古志郎第３艦隊長官、２人おいて草鹿任一第３艦隊参謀長、山口多聞第５艦隊参謀長

昭和16年11月、岩国における連合艦隊最終打ち合わせ会の記念写真——前列左から４人目より近藤信竹第２艦隊司令長官、山本五十六連合艦隊司令長官、１人おいて南雲忠一第１航空艦隊司令長官。２列目左から３人目が草鹿龍之介第１航空艦隊参謀長、１人おいて宇垣纒連合艦隊参謀長

昭和16年12月21日、嶋田繁太郎海軍大臣は連合艦隊旗艦「長門」を訪ねてハワイ海戦の成功を祝った。前列中央が嶋田大臣、その左が山本長官、右が宇垣参謀長、右端は黒島亀人先任参謀

昭和16年12月24日、ハワイ海戦より柱島に帰投した機動部隊。写真は１航艦旗艦「赤城」飛行甲板にて撮影——前列左から４人目が草鹿龍之介１航艦参謀長、１人おいて宇垣連合艦隊参謀長、南雲忠一１航艦司令長官、さらに１人おいて永野修身軍令部総長、山本連合艦隊司令長官

昭和17年1月元旦、連合艦隊旗艦「長門」で撮られた司令部職員たち——2列目左から2人目が三和義勇参謀、2人おいて宇垣参謀長、山本長官、さらに2人おいて黒島先任参謀

昭和17年4月30日、連合艦隊司令部職員たちが戦艦「大和」の左舷中部最上甲板にあつまった記念写真——前列右から5人目より山本長官、宇垣参謀長、1人おいて黒島先任参謀

旗艦「長門」の作戦室——左から宇垣参謀長、山本長官、藤井茂政務参謀、渡辺安次戦務参謀

大佐時代の宇垣纏(2列目左)。その右が親友の鈴木義尾大佐。前左端に近藤信竹少将

山本長官(右)とともに連合艦隊旗艦「長門」の艦橋に佇立する宇垣参謀長

昭和20年８月15日、同行する搭乗員たちに訓示する第５航空艦隊司令長官宇垣纒中将。宇垣は同日夕刻、隷下の第701航空隊所属の彗星艦上爆撃機11機を率いて、最後の特攻に赴いた

最後の出撃の直前に、折り椅子の上に立って訓示する宇垣長官——上の写真のシーンと相前後しての撮影で、指揮所横の大型防空壕上から俯瞰したもの。宇垣の横方向に並ぶのは幕僚たち

幕僚たちに別れを告げる宇垣長官。右から城島第12航空戦隊司令官、横井参謀長、宮崎先任参謀、宇垣長官、坂東気象長。宇垣の左手には山本五十六から贈られた短刀が握られている

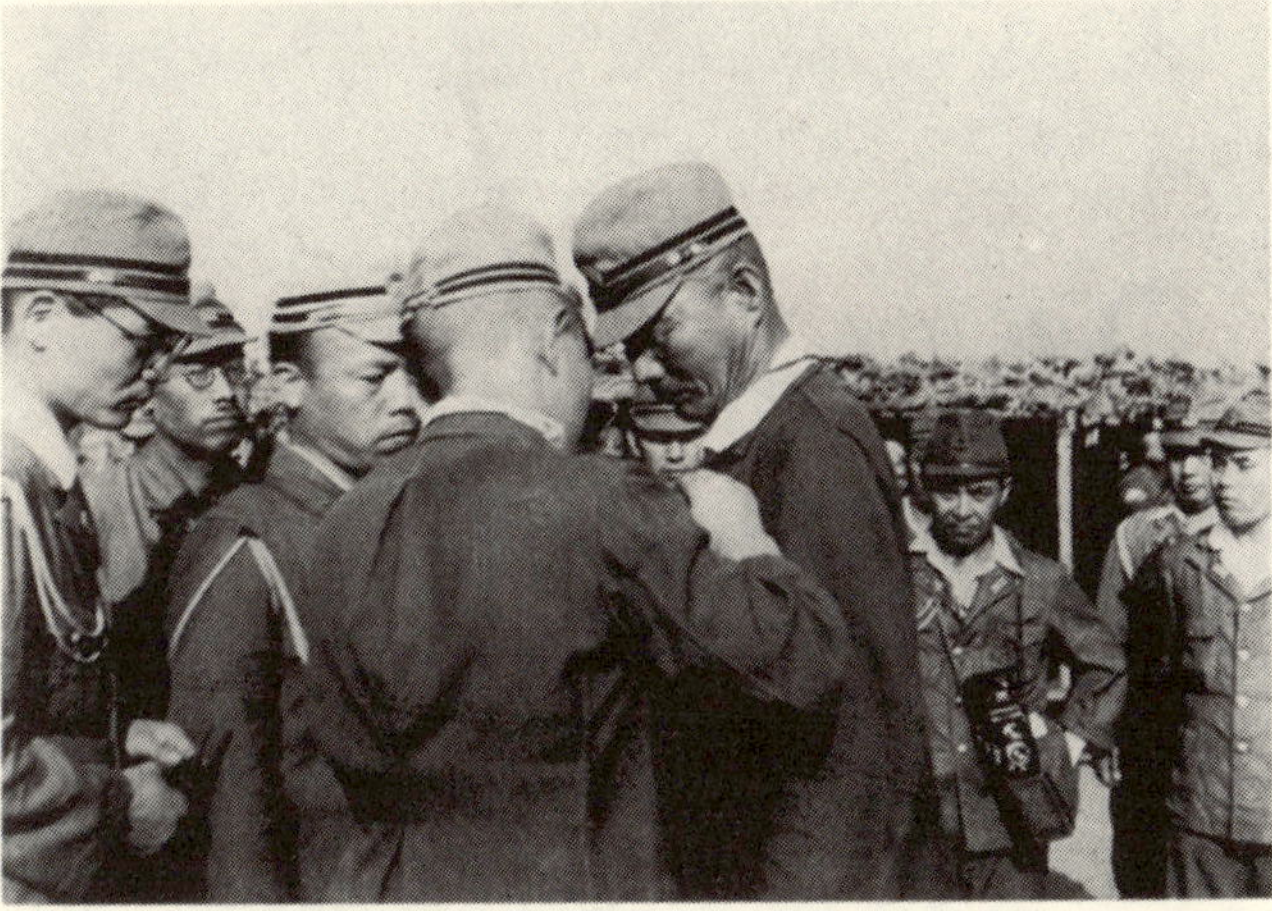

特攻出撃に際して襟から階級章をはずす宇垣長官。宇垣の階級章に手をかけているのは坂東気象長で、その左隣が福原護補給参謀、左端の三辺正雄副官はハサミのようなものを持っている

双眼鏡を胸に乗機の前に立つ宇垣長官——宇垣が搭乗したのは701空艦爆隊長中津留達雄大尉が操縦する彗星艦爆43型であったが、出撃前の最後の調整が整備員たちの手で行なわれている

彗星に搭乗した宇垣長官——前部席は中津留大尉、後部席は宇垣と偵察員の遠藤秋章飛曹長

口絵写真提供／宇垣富佐子・雑誌「丸」編集部

最後の特攻 宇垣纏《うがきまとめ》

連合艦隊参謀長の生と死

プロローグ

世田谷の外れに、東玉川という割に静かな町がある。通りに沿った横長の町で、戸数はかなりあるが、店屋は少ない。いささか交通の不便な場所で、地域の住民は自由ヶ丘まで歩くか、あるいは逆方向に中原街道へ出て、大田区の雪ヶ谷大塚駅で私電に乗るという。

町内には今風のマンションやアパートはあまりなく、周辺の戸建てを見ると、ある程度の年月、たぶん祖父母の代か、もう少し以前から、ここに暮らしている様子の構えが多い。界隈がいわゆる新興住宅地だったのは、何でも昭和初期のことだという。当時海軍の軍人たちも多数、官舎暮らしの者が眼を留め、付近に念願の我が家を建てた。

東玉川神社もちょうど同じ時期、もとは渋谷にあったのが、町の中央に移設されたそうである。建立は一応徳川時代だというが、境内は小さく、正月も初詣というほどの人出はない。鳥居をくぐるのは大半、地元の人だという話であった。

宇垣纏も昔、よくここに参拝したらしい。家族連れの時もあれば一人の時もあった。第二次大戦中も都合三度の艦隊勤務の出発前、社殿に掌を合わせ、武運長久を祈り、気が向くと近くの写真館で軍服姿のスナップを一枚残し、任地へ出ていったという。

当時の自宅住所は世田谷区東玉川町九十八番地となっており、出征中、留守宅には一人息子と手伝いの女性と、それに親類の若者が数人下宿していた。

長男博光はその頃、慶応の医学部に在学し、修学課程と別に結核の病理の研究をかなり熱心にやっていたという。

医師免許取得の後も、しばらくは医局に残り、課題に取り組むつもりであったという彼が意思を変えたのは、卒業が近づいた在学六年目のことらしい。

少なからず父の影響はあったけれど、直接何を感化されたわけではなく、

「おまえ、それなら海軍の医者になれ」

とは一度も言われなかったし、それに大学四年の冬、日米の開戦で艦隊へ赴任した父とは長く、顔を合わせていなかった。

もっともそれがきっかけで、同じ屋根の下にいるときより、親子の対話は増えてはいた。筆まめな父からの便りは、いささか呆れるほど頻繁で、一通、二通の手紙がやがて束になり、その束が二つ、三つと増えていくのを眺めるうち、煙たかったはずの存在が次第に身近になったという。

会話というほど、それまで話をした憶《おぼ》えもなく、何か言われたら「はい」か「いいえ」を答えるのが精一杯。手をあげられることこそ滅多になかったが、口応えでもしようものなら、

大変なことになるのは察しがつく、そんな父であった。

書簡にも別に優しい言葉はなく、例によって口うるさい忠言が多かった。

手伝いの者に世話をかけず、風呂ぐらいは自分で焚くように。おまえは好き嫌いが多いが、食卓に出されたものは何でも食べ、若いといっても健康には留意するように、下宿の者たちと何でも平等に分けるように——。まるでどこかで見張っているように、あれこれ述べた後、手紙で随時、近況を知らせるように言い含めてあるのは、母がいないのを心配しているせいなのに違いなかった。一切を任せていた妻に先立たれ、むしろ辛く心細いのは父の方であったはずだが、遠い任地で母親のような心配をしている顔を思い浮かべるうち、それまで「怖い」だけだった海軍将校の父との距離はむしろ縮まっていった。

昭和十八年、最終学年に進級した四月、母の三度目の法要を終えた報告に添え、海軍省軍医科を受験すると、知らせを書き送った。

父宇垣参謀長はその頃、ラバウルの航空基地にいた。

博光の書信に眼を通した宇垣は、これに対し、「知子の三年祭に手向く」と題し、いささか羨ましいような恋歌を作っている。

惜しみても返らぬ花の面影を
　戦半に忘れ得も勢ず
常夏の花とりどりに手折り来て

君が御霊に今日ぞ捧げん

今度の開戦で日本の占領下に入ったラバウルはジャングルの山並み近く、ハイビスカスとかブーゲンビリアとか、深い紅の花がたくさん咲いており、宇垣も何度となく眼を留めたのに相違ない。もっともその年、宇垣はすでに五十を過ぎた年齢で、先の歌は随分《ずいぶん》、センチメンタルな趣向ではある。仮に妻が元気でいたら、果たしてこんな思慕を抱くかどうか、それを問うのは丸三年独り身の彼に酷であるが、息子が軍医になるという知らせはやはり嬉しかったようで、別に一句詠《よ》んでいる。

御軍や轡《くつわ》ならべて父子の駒

まだ当分、外地にいるはずの父は、それから間もなく、思わぬ事情で日本へ帰国した。築地の海軍病院へ収容されたという知らせがほどなく自宅へ入ってきたが、博光は心配するよりも先に久しぶりに会える事が嬉しくて喜んだという。いや、喜ぶという表現が妥当ではないくらいにはしゃいだ（従妹はそう記憶している）。

博光と従兄弟の坂誠之《せいし》、安部晴夫の大学生三人と、花嫁修業も兼ねて上京し、宇垣宅の主婦女役を担っている従妹の目崎和喜子とで博光が見舞に行く前に相談をした。

「そうだ。親父これ、好きだから持って行ってやろう」

自宅にはまだ封を切っていない到来物の寿屋の角があった。外地で負傷したと聞いても彼はたぶん、ただの骨折、外傷の類いを想像したのだろう。日用品と着替えの衣類と、それに幾らかのお金とウイスキーを持って、それじゃあ行ってくるねと張り切って博光は出かけた。父もきっと喜ぶだろうと信じて疑わなかったのに彼は夕刻、蒼ざめて東玉川へ戻って来たという。

ヒロちゃん、お帰りぃと仲間たちに出迎えられ、博光もまずはうんと頷く。

「おじさん、具合どうだったの？」

「うん、それがね……」

「重い怪我なの？」

「ひどかった。親父、元通りの体に戻るか分からない」

海軍上層部の連合艦隊参謀長が、何と重傷を負って帰国したのである。身内としての心配と同時に、戦局が著しく悪化している事を、若者たちも感じないわけにはいかなかった。

第一章——山本長官の死

一

戦艦「武蔵」はその日、士官七名、下士官四名の遺骨を乗せ、朝陽に光る海上を木更津沖へ近づきつつあった。昭和十八年五月二十一日、日米が開戦してから二度目の春のことである。

海上をゆっくり、巨艦が進む光景は一見のんびり平穏であったが、南方のトラック島を出港して数日来、戦死者の氏名は内部にも秘匿にされていた。連合艦隊旗艦だけあって艦内は広い。乗員の居室や作戦室、食堂やバスルームはむろん、種々の娯楽設備に加え床屋、ベーカリーまで揃っている。

反面しかし、乗員の数は膨大である。あいにく、遺骨が艦内に運ばれる現場を見た者が数人あった。

　白布で被われた木箱に、誰それの名前が書かれていたとか、周辺通行止めの霊安室から、線香の匂いがするとか、いかにも我が眼で確かめたように、噂をする者の数は、日に日に増えたという。

　いい加減お手上げを感じた艦長は、それでやむを得ず腹を決め、航海途中の艦内発表を命じたそうである。

　木更津へ入港したとき、「武蔵」の乗員はそういうわけでみな、一大事を知っていた。

　だが、日本本土はまだ大規模な空襲もなく、国民の大半は日本軍の快進撃を信じていたという。そこへ「武蔵」が帰港した直後、大本営の公表した事態に、人々はみな息を呑むばかりであった。

「連合艦隊司令長官海軍大将山本五十六は、本年四月前線に於て全般作戦指導中、敵と交戦、飛行機上にて壮烈なる戦死を遂げたり」

　その春、満で五十九になったばかりの山本は、連合艦隊司令長官になってすでに四年、当時の軍国日本にその名を知らぬ人はなかった。

　長い米国駐在経験から、アメリカを敵に回しても勝てる見込みはないと認識する彼が昭和十年代初め、米国と対立するドイツ、イタリアとの軍事同盟に反対し、陸軍とやり合った経緯は知られるが、海軍次官から連合艦隊への転任も、一つには中央の軍政へ置いておくと、身辺が危険だという配慮によったという（事実、次官当時の山本に宛てた脅迫まがいの書簡は膨大な量で、周囲は日ごとにクーデターの心配を募らせたそうである）。

開戦の年の八月以来、山本の参謀長を務めた宇垣も、同盟問題について、考えは山本に近かった。これを遠因に、日米関係を「今日に至らしむる事丈けは豫想していた」と後日言う宇垣がしかし、断固反対を貫いたかというと、どうもそうはいかなかったらしい。同盟締結か見送りか、海軍省内で論議が長引いた昭和十五年夏、彼はちょうど軍令部第一部長在任中で、

「海軍省軍令部の連絡打合せに於て、二度共反対したのは自分一人であった」

とも回想している。

その年確かに、ナチスドイツの勢力図はすさまじく拡大した。四月九日午前、独軍デンマークへ侵入の街頭ニュースを見たばかりなのに、夕刻にはもう首都コペンハーゲンが占領されたという速報が流れ、いくら何でも誤報ではないかという問い合わせがメディア各局に殺到する。

しかし、嘘ではなかった。翌月になるとオランダ、ベルギーが相次いでドイツに降伏。六月にはこれを見たイタリアが独軍に加担、英、仏に宣戦布告して数日後、あっけなくパリを陥落させてしまった。

そもそも明治の創設期、海軍が英国流に、陸軍がドイツに倣《なら》って基盤を整えた所以《ゆえん》がある。すっかり乗り気になった陸軍に押される恰好で、海軍側も結論を急《せ》かされていた。省内でその時期、筆頭の海軍大臣には及川古志郎がいた。次官に豊田貞次郎、岡敬純が軍務局長。軍

令部側は皇族の伏見宮総長、近藤信竹が次長、そして第一部長が宇垣という顔触れであった。

煮え切らない海軍に苛立った右翼の壮士たちは連日、海軍省へ押しかけ、決起文を読み上げるとやおら、大臣に面会を強要したという。

弱虫海軍、腰抜けども、日夜罵言を浴びつつ、九月の声を聞いた頃である。軍令部第一部長室の宇垣のもとへ、

「苦言を呈したいことがあると、大臣がお呼びです」

及川海相の秘書官が現われた。

だいたい用件の察しはついたが案の定、大臣の部屋へ行くと、

「もう君、いい加減、腹を決めてはどうかね」

と及川大将がまず、言った。

「腹を決めるとは、やはり今回の……」

「そうだよ。ようやく次官も決心した。うやむやだった近藤君も了解したよ。これで宇垣君一人が、そう意地になっても如何かと思うがね」

及川大将は当たりの柔らかい協調性に富んだ人だったというが、こういう場合、馴れ合いを強要するのは、どうかと思われるのだが……。海軍部内でもしかし、旗幟《きし》をあまり鮮明にすると、首だけでなく命が危ない時世になっていた。

宇垣は中佐時代、ドイツに駐在武官として派遣されており、ヒットラーが台頭した当時の国情を知っている。それに軍事同盟は三年前の日独防共協定をもとに、イタリアを加え、東

欧のソ連に対抗する前提であったのに、

「欧州の天地は複雑怪奇なる新情勢を生じ」

と、平沼首相の言う通り、協定を反故《ほご》にする格恰で、ドイツは対ソ不可侵条約を結んでしまった。

日本にもいつ、掌を返すか知れたものではないと、宇垣は再三言ってきたが、ここで改めて繰り返す気も失せていたらしい。

その場の状況は宇垣当人と、第一部第一課長の中沢大佐の回想記に詳しいが、

「人間の知恵も、あまり誉められたものではない」

と宇垣は、当時のブレーンを批判する反面、

「考へ来ると、人を責める前に先づ自分を責むる事のみである」

とも日記に記している。立場こそ違え、日米開戦へのスタートラインにおいてその点、宇垣は山本五十六と同様、消極的であった。そういう二人が連合艦隊司令長官、参謀長となって対米戦争に突入するのは、いささか皮肉な話といえる。

さて、没してさらに国民的英雄になった山本が、実は百六十センチに満たない小男であったのは知る人もかなりあるだろうが、艦隊司令部の記念写真に並ぶ長官と参謀長は、かなり印象が違う。小柄な割に山本は顔も大きく、いわば日本人の典型のような体軀であったが、比べて宇垣は七、八頭身で背も高い。

長官より参謀長の外見が優っているのが、別にどうだということはないが、宇垣自身、そ

の辺りは心得ていたようで、丸刈りの山本と違い、頭髪も三十前後からたびたび伸ばし、きれいに手入れをしていた（もっとも中年期以降、彼の額はだいぶ後退し、日米開戦後、艦内で刈った髪を遺髪として自宅へ送る折、「まだ数えきれない位は存在している」と自嘲気味に日記に書いていたが……）。

特徴といえばもう一つ、たぶん大佐時代、戦艦の艦長を務めた時期に付いたものだろうが、宇垣には黄金仮面という有り難くないニックネームがあった。むろん本人の前で口にはしないが、艦長には良くも悪しくも、かならず陰で綽名《あだな》がつく変な風習があった。何かからかえる要素を見つけ、部下が別称をこしらえるのだが、名前をもじって創作する場合もあるし、艦長の失言を捉えて、笑いの種にするケースもある。宇垣の場合は、顔がそっくりだということらしいが、むろんこれは親しみではなかった。風貌がきついのもあるだろうが、元来あまり表情を変えないたちで、そのため隙のない印象を一部、持った人もあるという。

その点でも、長官と参謀長は違っていた。山本五十六は無口だがいつも、にこにこ陽気に笑っている上官で、部下にも愛された。艦隊司令部の十数名の参謀のうち、山本に気に入られたのが先任参謀の黒島亀人と、戦務参謀の渡辺安次であったというけれど、長官戦死の当日、山本の息のかかった彼らが、みな申し合わせたように留守役に回っていたのは、偶然とはいえ不思議な話であった。

ソロモン群島の戦局悪化にともない、海軍航空隊が多数、この地へ移動した十八年春、連合艦隊首脳陣はラバウルに来ていた。スタッフが前線へ出向いたのには、最高指揮官の山本に現地の航空隊を激励してもらう意図があったという。

四月十八日朝六時、司令部幕僚九名は二機の陸攻に分乗し、中継地点のバラレ基地に向け、上空へ発った。陸攻の操縦士は両機ともベテランの下士官であった。

一番機に山本長官、高田軍医長、福崎副官、樋端航空甲参謀。二番機には宇垣参謀長、北村主計長、今中通信参謀、室井航空乙参謀、海野気象長が搭乗。やがて機が少しずつ高度を上げた。眼下に広がる紺碧のソロモン海、珊瑚礁に打ち寄せる白い波は眩《まぶ》しく、次第に遠くなる島の緑も南方の第一線とは思えぬくらい、ゆったり穏やかな眺めであった。

朝が早かったし、揺れのない快適な飛行で、宇垣はほどなく、うとうと居眠りを始めた。二番機はそれからしばらくして、フラッターに故障を生じ、前方の長官機に遅れ始めたそうである。

ガダルカナルのヘンダーソン飛行場を発進した米戦闘機隊はむろん、それよりずっと早くブーゲンビル島へ接近していた。山本一行の来着に備え、すでに上空では、攻撃体制を敷きつつあったと思われる（この行動計画は、現地の航空基地に発信した電文を米軍が傍受し、早々に解読されていたのである）。

やがて――

「あと十五分でバラレに着きます」

偵察の下士官に言われ、宇垣が窓の外を見たときである。

前方でいっせいに、鋭い閃光が見えた。やがて黒い煙の塊が、靄《もや》うように一面、向こうに大きく広がった。先を行く長官機が「やられた」とそのとき、宇垣は思った。

「敵だ、敵っ機だぁ」という操縦士の声がしたが、宇垣は構わず、

「一番機を追え、追うのだ」

と室井航空参謀の肩を押した。

だが、参謀長機は整備不良でもとより僚機に離されている。

考える猶予もない、ほんの一瞬の出来事だった。

「次の一瞥に機影すでになく、ジャングル中より黒煙の天に沖するを認むるのみ。ああ万事休す」

宇垣はしばし呆然としたが、米軍機はすぐに回頭し、鼻先を参謀長機へ向けた。

二番機の墜落場所が海面だったのは、ほんの偶然である。機内を脱した瞬間、生存は自分一人と宇垣は思った。ほかに北村主計長と、下士官の主操縦士が生還したが、三名はバラバラに岸辺に泳ぎ着いたそうである（後日談によると、二番機の搭乗員は数名、機上で先に息絶えたそうで、操縦士が健在だったのは幸運だった。さもなければ長官機と同じく、地上に墜落して全員戦死したかもしれない）。

海中に転覆した瞬間、二番機は真っ二つに割れ、宇垣は海底に放り出された。当人の後日録によると、「之を以て宇垣の最後と自ら引導を渡し」かけたが、すぐに視界がぱっと明るくなった。知らぬ間に海上に浮かび上がったのを、「何たる奇蹟ぞや」と宇垣は書いているが、これは鉛を背負っているわけでもないし当然だろう。間近では逆立ちした機体の尾翼が

赤々と燃えていた。

「此儘に在るは危険至極なり。海岸迄は二百米足らず、全身何となく変に覚ゆるも尚泳ぎつく自信あり。よし泳げと決意す」

全身がおかしかったのは、墜落から転覆までの、ものの一、二分に負った怪我のせいである。

後刻の診断は右手首複雑骨折、右手首付近主動脈切断、左上部肋骨骨折。これは字面を見ただけで重傷と分かる。

宇垣がよろよろ泳ぎ出したところに、大破した機内から木製の用具箱が流れて来たので、つかまってバタ足で進むのに好都合だった。両足の水搔《か》きだけでは海流の抵抗に押され、なかなか泳ぎは進まなかったけれど、まったく宇垣は負けん気の強い人で、

「騒ぐ要なし。潮あらば潮を利用し何時しか達岸の目的を達すべく至極落着きたる気分、鼻歌の一つも歌ひ度心地なり」

あくまでも冷静沈着を強調したいらしい。実際は間一髪生き延びながら、むざむざ溺れて沈んでいくさまを想像し、顔面蒼白であったと思う。向こうの岸辺にちょうど現地の陸戦隊がおり、救助を出してくれたのが幸いした。場所はブーゲンビル島のモイラ岬であった。

一番機のほうはしかし、誰一人助からなかった。乗機の残骸付近ではっきり、故人を確認出来たのは山本長官と高田軍医長だけで、他はみな焼け焦げ、判別がつかぬ状態だったという。あまり想像したくない状況だけれど、中佐の襟章と背恰好から樋端参謀と思われた遺骸

は、火の回った軍服を脱ごうと試みたのか、上着のボタンが全部、外れていたそうである。

樋端は渡辺参謀と同じ兵学校五十一期生で前年末、航空甲参謀として三和義勇《よしたけ》と替わり、艦隊司令部に着任したばかりだった。

まったく、生死の境は紙一重である。

渡辺参謀の回想によると、その日、知らせを受けた彼はまず、ブイン根拠地隊に担ぎ込まれた参謀長を見舞った。宇垣は両眼を涙いっぱいにし、ひたすら長官機の墜落地点ばかりを繰り返し、

「すぐ行け、いいから早く行け」

と渡辺を促したそうである。

渡辺は言われるまま、墜落現場へ急行し、苦心の末に山本長官機を発見する。熱帯の密林だから腐乱が早く、名残りを惜しんでいる時間はない。渡辺は軍医の立ち会いのもと、死亡診断書を作成し、現地で遺骸を荼毘《だび》に付した。

何も出来ぬが、せめてと思い火葬場は同乗の下士官まで、それぞれ個別に設けてやったという。

以降の経過は、「武蔵」が本国へ戻るまで、おおむね前述した。

帰路の途上しかし、長官の戦死に加え、包帯だらけの参謀長がいては士気に影響する。艦内の軍医たちはそのため、内密に宇垣の治療に当たっていたそうである。

十七年のミッドウェー海戦以降、相次ぐ敗北で、海軍部内には山本長官への批判もあった。

彼の戦死により、配下の参謀はここで大半、更迭が決定したという。

後任の司令長官へ内定した古賀峯一の司令部へ留任したのは、政務参謀の藤井茂大佐、主計長の北村元春少将、軍医科士官の和田明二大尉の三名にすぎない。北村少将はその日、宇垣と同じ搭乗機で負傷した一人だけれど、顔面と頸部の傷はいずれも軽傷であった。

一計を案じた和田軍医大尉はそこで、診断書に添付する写真の撮影前、主計長の顔に赤チンをふんだんに塗ったくり、傷が大きく見えるよう細工をしたそうである。北村はお陰でまんまと監査の眼をくぐり、後日公傷と認定され、規定の恩給を頂戴したという。

和田軍医の手記によると、帰還中、重傷の参謀長との接触は格段に増えたそうだが、

「これくらいの傷で俺を更迭するような、余計なことを上に言うな。言ったら承知せんぞ」

と宇垣は、介護に当たってくれる彼にまで、何やら八つ当たり気味であったという。ある晩しかし、発熱だとの申し出に、夜半の参謀長室にお呼びを受け、患者の脇で投薬の準備をしていたら、

「俺はもう女房はなし、息子は貴様と同じ軍医官になるし、もういつ死んでもいいんだ」

処置を待つ宇垣が、不意に力なく漏らしたそうである。

和田としては返事に困ったが、我が子とそう歳の違わない彼の一人前に働く姿を見て、宇垣は幾分感傷的になったのかもしれない。先に触れた妻知子の病没は昭和十五年、疫病による急逝であったが、その辺りの話はひとまず置く。

とはいえ山本長官まで失ったいま、すっかり気弱にもなったろう。

ケガのせいか体力の消耗もひどかった。連日、高熱が出た。

発熱はそれも決まって深夜であった。悪寒に耐えきれず、気がつくと毎晩、艦内電話に手が出ている。とはいえ、呼び出された当直医のいかにも重そうな瞼を見ると、かなり気が引けたらしい。

　皆人の憩ふ時なり我が用は

艦内ではこの間、利き腕を使えない参謀長のもとに、秘書役として蝦名賢造少尉が付き添っていた。任務はそう難しいものではなく、届いた電文を読み、書類の代筆をこなし、煙草をと請われたら一本、横たわる宇垣の口元へ運んでやる程度であった。

唯一往生したのは「戦藻録」の代筆だったという。

「五月二十日、木曜日。原因不明の熱に対し自分でこう診断を下す」

これは別に海軍の指揮系統に類する仕事ではなく、几帳面な宇垣が開戦前から個人的に書き溜めてきた陣中日誌である。もちろん今日まで、諸般の作戦のあらましは詳細に記されているが、別段変化のない日でも、何かかならず書き置くのが宇垣の流儀であった。

せめて普通に口を利いてほしいのだが宇垣が煙草をくわえたまま、「スベテ……ミギテ……ニヨル」と、もそもそ訳の分からないことを口走るので、一語一句を書き取るのが難儀であったという。訊《き》き返すと、包帯に包まれた顔の奥で、宇垣の眼だけがじろっと動き、

「すべては、やはり、右手からの熱による」
と繰り返す、そんな具合であった。
「この熱も結局は悪い熱ではなく、疵《きず》を癒《いや》さんが為《ため》の身体の中から出てくるものである」
「医者は何かと云えば、いろいろ手数をかけ、骨折りをして……、原因の探究をせんとして
も結局は、患者の素人眼が良く真を語ることがあるであろう」
後年「戦藻録」が海軍側の最高峰の文献になるとは、誰もまだ知らない。それだけに個人
の所感まで代筆させるとは、図々しい参謀長でもあった。
蝦名に世話役を言いつけたある幕僚は事前、
「参謀長はだいぶ気難しいところのあるお方なので、心して務めてもらいたい」
と申し渡したそうである。蝦名はいわゆる学徒士官で、本職の海軍軍人が「気難しいお
方」というのに、大学を出たての自分にそんな大役はどうかと身構えた。けれど初対面の際、
ともかく名乗って一礼すると宇垣は、「どうかよろしく頼む」と言い、頭を下げたという。
だからその後、煙草の世話まで辛抱してやったわけではないが、蝦名は宇垣の人柄に魅《ひ》か
れ、戦後に著わした宇垣伝で、偏屈ぶりも「それほどではなかった」と書いている。別に嘘
ではないだろう。
木更津へ帰り着いた後、宇垣はすぐ、築地の海軍病院へ送られ療養生活に入る。手首の骨
は粉々で、大がかりな手術を要し、絶対安静の状態が続いたという。
山本の遺骨は艦内からひとまず、渡辺参謀の手で横須賀へ運ばれた。桟橋には山本の親友

で予備役中将の堀悌吉と長男の義正が待っており、三人は省線の特別列車で東京駅へ向かった。未亡人と下の三人の子は、そこで山本の帰りを迎えたという。六月五日、日比谷の斎場で行なわれた国葬は、山本が慕った米内光政大将が葬儀委員長を務め、司令部参謀を代表し、渡辺が祭壇へ元帥刀を捧げたそうである。

本当なら当日、参謀長にも相応の役目があったはずだが、あの日ジャングルから昇る黒煙を見たのが最後、一番機の収容にも立ち合えず、現地の火葬も手伝えず、事後処理が大半、渡辺の手によったのは、生前の山本とよくよく縁のなかった証のようで、宇垣には寂しいことであったろう。

二

しかし、これは渡辺のせいではない。山本にも可愛がられ、周囲から「安さん」と呼ばれ親しまれた彼は、日頃から非常に陽気な男であった。渡辺自身は、戦後ほとんど筆を取ろうとしなかったが、方々からの取材には非常に協力的で、雑談に類することまで良くしゃべった。

殊《こと》にこれは他愛のない部類だが、昭和十六年十二月、北方から一路、ハワイ真珠湾へ向かっていた南雲艦隊に宛て、

「皇国ノ興廃繋《かか》リテ此征戦ニ在リ。粉骨砕身各員其任ヲ完ウスベシ」

山本長官の名で出されたこの激励電は、何でも宇垣が、便所の中で練り上げたものだという。

便所の扉から出て来た宇垣は、そばにいた渡辺に、

「いやぁ、やっぱり秋山さんの言葉しかなさそうだ」

と一言呟き、何やら難しい顔をしていたそうである。

秋山真之は日露戦争当時、連合艦隊を指揮した東郷司令長官の先任参謀。まだ少佐の身で異例の抜擢だった。

「敵艦見ユトノ報ニ接シ連合艦隊ハ直ニ出動、本日天気晴朗ナレドモ波高シ」

ロシア海軍のバルチック艦隊を、ようやく対馬沖に発見した軍艦「三笠」から、これは秋山が軍令部へ打った秀逸な電文だが、ちなみに「本日天気晴朗ナレドモ」の下りは、そのまま当日の気象庁の予報を頂戴したものだという。

それをそっくり、格調の高い電文に換えてしまうあたり、秋山の文章力と即興性がうかがわれ、まさに天才と呼ばれた人だと感心する。連合艦隊司令長官名の電文は通常、参謀長が起案するものだが、東郷長官の訓示は大半、秋山の手によったという（別に東郷と参謀長の加藤友三郎が不仲であったわけではない）。ちなみに宇垣の言う秋山の言葉とは、日本海海戦の訓示のことで、

「皇国ノ興廃此一戦ニ在リ。各員一層奮励努力セヨ」

という実際良く似たものである。作戦面でも秋山は期待に応え、東郷は彼を重宝したとい

うが、比べて山本長官と宇垣はどうもしっくり、いかなかったらしい。

少なくとも、開戦からしばらくはそうであった。これには山本が十四年八月から司令長官にとどまっているのに、参謀長が福留繁から伊藤整一を経て十六年八月、宇垣にバトンタッチされた経緯も幾らか関連するだろう。

ただし日米開戦を控えた連合艦隊内部で、宇垣が浮き上がっていた一件は、諸般の記述でも、半ば定説化している。

なるほどそう思って見ていくと、「戦藻録」の端々にも、孤立していたフシは窺《うかが》える。

「十一月二十四日　月曜日
作戦図に色づけして、壁に貼ってにらめっこする事にした。いずれを見ても赤色の敵ばかり（註・図上演習で識別する都合上、味方は青軍、敵は赤軍とされる）、太平洋は広い、はていずれから手をつける。手をつける方法は定まって居り、既に開戦配備に展開中であるが、各種の場合を想到すると、容易ではない」

言いたいことはどうやら、山ほどありそうである。

「この点少し独り角力に過ぎる処が終始ある。計画は計画、実行に於て我の責務最も重大なるを思ふのである」

宇垣の言う計画は大部分、参謀たちの手によっている。中身はむろん真珠湾の攻撃計画である。

参謀長の配下には、先任参謀の黒島亀人大佐や前出の渡辺安次中佐など、総勢九名の参謀がいた。彼らは山本の司令長官着任にともない、一人、二人と呼び寄せられたお声がかり大半で、殊に山本のお気に召したのが黒島と渡辺であったことはすでに触れた。ハワイ作戦計画がほぼ完成した段階で旗艦の「長門」へ赴任した宇垣をよそに、山本長官は私的には渡辺を愛し、職務上は黒島参謀に肩入れしたという。

陰で仙人参謀と呼ばれた黒島という人、作戦研究に熱中すると、部屋にこもりっきりで姿を見せず、何日も風呂に入らずにいた。衣服は着たきり、三度の食事もわざわざ従兵に申しつけ自室に運ばせる。じっと机に向かい、続けざまに煙草をふかしているため、ヤニと汗とが入り混じって、部屋には悪臭が垂れ込めていたという。思い余った彼の従兵が身銭を切って下着を買い求め、せめて着替えだけはするよう、頭を下げたという噂であった。

醸しだす光景は一見、似ている。

秋山は、幼少の頃から煎《い》った豆が好きで、長じてもかならず軍服のポケットに忍ばせ、「三笠」の艦上でも始終かじっていたらしい。ちょうど煙草をつけるのと同じ具合に……。作戦の研究を始めると、寝る間も惜しいのか軍服のまま靴も脱がず、ベッドに転がっていたそうである。

黒島とて別にポーズではなかろう。生来取っ付きが悪く、もとからの横着者だったという。彼はただ、そういう自分を秋山になぞらえたのか、身辺を正す気がまるでなかったという。

山本はそれも、意に介さなかった。

二人が密着するあまり、おのずと参謀長は引っ込んでいる破目になる。壁に下がった海図を前に、以降は鬱憤の続きである。

「兵力丈け並べて、何でもそう行くなら戦と云うものは苦労はない。飛行機をいくら集中しても天候が悪ければ使へぬのだ」

「だから此の海面には之丈けのものを置いてあるからと云ふて、安心はならぬのだ。自らの計画に対して痛い処は多いものだ」

宇垣は当時、少将在任三年、満年齢は五十一、海軍部内でも頭脳明晰で評判だった人なのだが……、

「如何せ無理な戦争なのだから、之を一々気にして居ては、今度の戦はなり立つまい。押し切りの手と応変の腕だ。そして、死力を尽くすのだ」

その日はしまいにヤケクソ気味である。

軍令部在任中、同盟問題で結局、志倒れになった宇垣を山本長官は好かなかったとか、すでに航空主兵主義を強調していた長官と、いまだ艦隊主力を唱える参謀長とではソリが合わなかったとか、いろいろ憶測はあるが、山本は例えは悪いが宇垣参謀長のような「気難しいところのあるお方」ではなかった。艦内でも年中、渡辺参謀を相手に将棋を指していたし、賭け事と名のつくものなら常に手を出す根っからのギャンブラーでもあり、社交的であった。大局的な問題は別にして、細かいことに口を出す人でもないが、強いて言えば詩作だの句作だの、年中机に向かっている参謀長に、

「宇垣君はまったく、真面目なんだね」

と内心、興ざめしていたフシはあったのかもしれない。

ハワイ作戦にはしかし、反対意見が多かった。山本の意図がアメリカの戦意喪失にあるといっても、相応のダメージを与えられるなら、別の場所でも良かったはずである。いたずらに刺激しなくても、例えばニューギニアでもフィリピンでも、米軍が進駐する場所は幾らでもあるというのが反対の論旨であった。山本はしかし、一大打撃を与えなければ長期戦を招くと訴えて退かず、戦いが長引けば勝てる見込みはないと言い、あくまでも緒戦から押していく、拙速の意向であった。

結果、南雲中将の機動部隊が真珠湾を襲った当日、やはり不意を食らったせいか、湾内の太平洋艦隊はほぼ全滅に等しい被害を受けたのである。

山本長官を乗せた「長門」はその日、瀬戸内海の柱島に控えていた。

「戦艦四隻、轟沈確実」

艦内の作戦室には、南雲艦隊から続々と無電が入っていたが、

「三隻大破、目下艦種、確認中」

予想外の大戦果に、「長門」の乗員はみな湧いた。たった一人、山本長官だけが疑心暗鬼の様子で、

「本当かね、本当なら良いが果たしてどうかな」

と消極的なことを言い、御大があまり渋い顔をするので、戦果は実際に電信班が受けた内容の六掛けで、軍令部へ提出されたという。

開戦劈頭《へきとう》の奇襲攻撃については、膨大な文献が巷間に流れ、ルーズベルトが極秘入手した日本の攻撃情報を巧みに利用し、「リメンバー、パールハーバー」を合言葉に、米国民の反日感情を煽ったとか、妙な流説までまことしやかに語られている。

二十世紀初頭の世界恐慌のアオリを、米国はその頃まだ引きずっていた。国の経済政策の手立てとして、ルーズベルトが軍需景気の到来を待っていたという話は、真実にそう遠くないだろう。日本にそれも、先に仕掛けさせて……。

その先の憶測は、いまだに世間で白か黒かを議論する風潮もあり、ここで詳しい記述は不要だろうが、当時日本海軍は、例えば富士山でも、戦艦「大和」でも、まるっきり意味を持たないアルファベットの暗号に換え、それをさらに九七式邦字印字機で細分化する方法を採っていた。この機械は実に、一度変換されたプログラムが、以降再現される可能性は二億分の一という精度を誇り、当時の常識ではまず解読不可能であった。

結論になってしまうが、真珠湾攻撃の段階で海軍の暗号が読まれてはいなかったのは後世、日米双方の調査でもほぼ確定しているという。

ともかく開戦に際し、念を入れていたのは日本の側であって、派米特命全権大使の来栖三郎と、野村吉三郎が妥協点を見い出そうとルーズベルト大統領に会い、ハル国務長官にも面会し、戦争回避に努めたことは知られている。

ただしここでも案の定、昭和十五年秋に締結した三国同盟がネックになった。

独伊と手を結んだまま、こちらとも協調体制を存続させたいというのは虫が好すぎる。ヒットラーの独裁主義は欧州統一の後、かならずアジアに及ぶと説いたハルは、例の有名な要求書を突きつけた。

世に言う「ハルノート」には、第一に三国軍事同盟の解消、次に支那事変に乗じて大陸へ手を伸ばした日本の、中華民国からの全面撤退など、そうあっさり容れられない事項ばかり並んでいた。

この日米交渉については、宇垣もだいぶ気を揉んだようで、

「姑息的一時的は此の際最も避くべきである。止めるなら茲数年は戦をせぬと云う前提で無くてはならぬ」

と日記に書き込んでいる。慎重な反面、アメリカに対する姿勢は意外に強気であった。

「結局、米さへ折れれば、後に問題はないと思ふ。コチラの腹は動かぬ以上、米の出様次第である。何れを向いても米は世界の番犬である。何でも自分の思ふ様にすると云ふ考さへ捨てれば、彼は救われるのだが、ソレが分からぬとなれば致方はない。ハルも大いに考へざるを得ぬだろうが、相當賢明な奴さんだ。或は體よく戦を避けるかも知れん」

日本が極秘に開戦の準備を進めているという腹もあったのだろうが、ハル国務長官への物言いなど、互いの階級を考えたら、恐れ多い内容である。ただアメリカという国が当時から、国際協調を踏まえず「世界の番犬」であったという風刺は、二十一世紀を迎えたいまもあまり変わらず、笑うに笑えないのと同時、宇垣が憤慨する気持ちが分かる。

若干逸脱したが、来栖、野村の交渉に山本長官は最後まで期待をかけ、成り行き次第では

南雲艦隊に引き返してくるよう、命じていたそうである。

それだけじっくり、間合いを計った緒戦の後、第二段作戦がしばし白紙のままだったのは、ずいぶん気楽な話であった。

「第一段作戦は、大体三月中旬を以て一応進攻作戦に関する限り之を終わらし得べし。以後如何なる手を延ばすや、豪州に進むか、印度に進むか、布哇《ハワイ》攻撃と出掛るや、乃至はソ連の出様に備へ好機之を打倒するか、何れにせよ二月中位には計画樹立しあるを要し、之が為参謀連に研究せしむる事とせり」

宇垣参謀長の、これが一月五日の日記である。真珠湾の奇襲から一ヵ月近いのにまだ、世界全図を見渡し、呑気な旅行者のような構えであった。

間もなく連合艦隊は、新たに竣工した戦艦「大和」に旗艦を変更する。

艦隊にはＫＡ回航という慣習があった。「大和」へ引っ越しを終えた後、久しぶりにその許可が下りた。男ばかりの艦内でいい加減、陸が恋しくなる頃、船が港に入る日を手紙か何かで知らせ、ＫＡ（夫人）を呼び寄せておくのだが、むろん港に女のあるものは、あえて古女房でなくても良い。

山本長官など、人目もはばからず、肋膜で体調を崩した愛人を自ら風呂に入れたりしたそうで、

「おうっ」

若い彼女を背に負って廊下を行き来しつつ平気な顔であったという。

この女が河合千代子であった。長官のルックスは前に触れた通りだが、女人に好かれるかどうかは決して外見ではないらしい。

山本は女にモテた。

新橋の花柳界でも、ちやほやされ通しの彼はしかし、多情ではなかった。たった一人、眼に留めた彼女との出会いは昭和九年、彼が少将当時のことであったらしい。いろいろあって三十間近に初めて水商売に転じた千代子は、ろくな修行もせず芸は半人前であったが、それで一躍売れっ子になったほど、目立って色っぽい女だったという。

初めて海軍関係者の座敷に出た日、彼女は汁物の蓋を取れずに難渋している山本に気づいた。これは少尉候補生の折、日露戦争で被弾し、左手の指を二本失ったせいである。

千代子はぎょっとして手元を見たが、それでも気を効かせ、

「私が取って差し上げましょう」

と声をかけたのに、

「自分のことは自分でする」

と山本はむっとして、あと素知らぬ顔だったという。

何がそんなに気に障《さわ》ったのか、彼女としては分からなかった。千代子はその後、別の座敷で二度ほど山本と顔を合わせた。その日、酒の席でありがちなことだが、脈絡もなく食べ物の話が出、山本と同期の吉田善吾がチーズの談義を始めた。吉田に訊かれ、千代子がチーズは好きだと答えると、やぶから棒に山本が割って入り、

「そうか、明日それなら、帝国ホテルに連れて行ってやる」

と誘ったという。

経過から察するに、山本のほうは初対面の折も、別に機嫌を損ねたわけではなかったようだが、女のほうは第一印象が悪いので、せっかくの誘いも、乗り気になれなかったそうである（そこで脇にいた吉田が小声で、山本が自分から芸妓を誘うのは滅多にないことだと教え、それがきっかけで二人の十年近い関係が始まったらしい）。

呉の旅館でも睦まじい光景は、皆に注目されたろうが、なにぶん周囲も細君同伴である。きっと年間三百六十五日、共に生活する夫婦よりも、適度な留守が夫婦仲の円満に作用するのだろう。海軍士官に限らず、船乗りには港ごとに女があるという反面、意外に愛妻家が多いという。

呉に滞在中、山本は愛人と一階の部屋におり、真上にちょうど宇垣が泊まっていた。宇垣の部屋は、割に静かな座敷であった。読み書きに飽きると、やもめの参謀長はもっぱら趣味の狩りに出て、夕刻はやはり自室で書を広げたり揮毫《きごう》をしたり、あるいは日誌に句や歌を書きつけたりで、時間を費していたらしい。

花を浮べて流れる水の
あすの行方は知らねども

これは宇垣が料亭で揮毫の合間に日誌に書いた、かつての流行歌『蘇州夜曲』の二番である。ちなみに前日は「二河瀧方面に単独散策」し、夜は「黒島、渡辺を交へて飲む」と日記にある。

二河瀧は呉市内を貫流する二河川の途中の渓谷で、昭和八年発刊の「呉軍港案内」でもこんな紹介をされている。

「二河の渓流は、天然の美、自然の工作、いとも情趣をそそる。水清く澄み、渓流谷をくぐり、岩にくだけて、水聲樹蔭にこだまし、都塵をはなれた幽仙境に入るの観をいだかせる」

宇垣はたぶんこの渓流で、桜の季節でもないし、落ち葉か何か、流れるのを見ていたのかもしれない。ヒット曲の歌詞に何を思ったのかは想像もつかないが、一種ロマンチストの彼が、周囲は久しぶりに会う妻と日を過ごすなか、寂しさを感じなかったはずはない。

参謀長にとっては長い一週間、乗員の多くはあっという間の休暇であったろうが、山本以下の幕僚はそうして、旗艦の「大和」へ戻っていく。

軍令部ではその頃、第二段作戦として富岡定俊大佐が米豪分断作戦を提案していた。それが突如、山本司令部からミッドウェー、アリューシャン方面の作戦計画を持ち出され、軍令部案は次第に尻すぼみになっていく。

連合艦隊側の作戦はおおむね黒島が考えたらしいが、ミッドウェーは太平洋の孤島である。軍令部は燃料補給の問題を言い、断固反対した。ここを取って基地を置いても、周囲は点々と島ばかりで飛行哨戒の効果は少ないし、第一こんな辺鄙《へんぴ》な場所へむやみに航空隊を割けば、爾後の作戦にも支障を来すというのである。

もっとも連合艦隊側も富岡課長の言った米豪分断について、似たような欠点を指摘した。米軍の反攻に逢えば燃料や物資の補給が困難になるのは同じで、南太平洋のソロモン群島を押さえ、オーストラリアをまず、孤立させようという発案は、山本長官が指摘する長期戦を招く恐れがあった。

その頃しかし、南雲艦隊はウェーキ島を手中に収め、その後トラック島を拠点に作戦を展開し、ラバウル、ニューギニア方面まで進軍していた。それで四月下旬、久しぶりに内地に帰り着いたところ、ミッドウェー作戦が、断わりもなく既成事実になっていたから彼らは怒った。

連戦連勝とはいえ、搭乗員の戦死、戦傷はまぬがれないもので、パイロットの力量は明らかに低下していた。南雲司令部は再考を求めたが、

「すでに山本長官も了解しておられる。南雲艦隊は帝都がやられても構わないとおっしゃるのですか」

と司令部参謀たちは受け容れなかった。その月の半ば、ハルゼー中将の機動部隊が東京に最初の空襲を仕掛けており、急がねば敵の反攻に逢う心配は実際あった。ただ時間的猶予の問題だけでなく、南雲艦隊も参謀長の草鹿龍之介が、

「連合艦隊の計画がどんなにまずくても、一度機動部隊が出陣すれば、それこそ鎧袖《がいしゅう》一触なにほどのことがあろう」

内心はそんなふうに慢心していたのだと、後日認めている。要するに、戦勝気分に乗った海軍部内では、次期作戦にさほど不安の声はなかったらしい。

海軍記念日の五月二十七日朝、駆逐艦十二隻を前衛に南雲機動部隊は内海を発った。「赤城」「加賀」「蒼龍」「飛龍」、四隻の空母部隊がミッドウェー島の北西二百四十カイリに到達したのは六月五日夜明け前。

さて、ミッドウェー作戦の敗因の一つは、島への上陸と、周辺の米機動部隊撃滅と、いずれが優先するのか明確でなかった点だといわれる。たぶん南雲司令部では、ミッドウェー島攻略を一義的なものと捉えたのだろう。当日未明、不充分な一段索敵だけで、付近に米空母はいないという判断を下した（周知の通り、米軍はすでに日本の暗号を解読し、ミッドウェー島付近に機動部隊を待機させていた。日本はそれを知らずにいたが、最初から二段索敵で雲の上と下を飛んでいれば、誰かきっと、敵艦を発見したはずだが……）。

「敵空母の影なし」という報告を念頭に、四隻から第一次攻撃隊が発艦した。やがて旗艦「赤城」の制空隊が、現地の飛行場に近づいたが、陸上に米軍機の姿がない。このため指揮官の友永隊長は、母艦宛てに電報を打った。

「第二次攻撃ノ要アリト認ム、〇四〇〇」

しばしば語られる、陸用爆弾への積み替えが始まったのは、この段階である。あまり煩雑に語る必要はないが、世間では話がひどく簡略化され、空母はいないと聞いた途端、南雲艦隊がいそいそと陸上攻撃の準備を始めたように錯覚する人が少なくない。

四隻の艦上では急降下爆撃隊、雷撃隊、制空隊が出発に備え、艦船攻撃用の魚雷を抱いていたが、これを機にミッドウェー島攻略に向け爆装への転換を急いだ。

しかし敵の手の内を知っているアメリカ艦隊が、そうたやすく発見されるはずはないのである。米軍はその日、念を入れ、母艦群を飛行機の燃料ぎりぎりの地点に待機させていた。

当日ところが、予想以上に雲量が多かった。ホーネット、ヨークタウン、エンタープライズ、各艦の飛行隊は、雷撃機と急降下爆撃機がちりぢりになり、予定の協同攻撃がおぼつかなくなった。上空をうろうろしているうち案の定、燃料の心配も生じた。反転を考え始めたエンタープライズの爆撃機がそのため、針路を北に変えた矢先である。

眼下で駆逐艦の日章旗が揺れていた。あっと思ってさらに遠く、視線をやると、水平線近くに「赤城」の姿が確認された（エンタープライズ機の指揮官は戦後、この不意の会敵をすべて偶然であったと語っている）。

南雲艦隊もようやくその頃、おぼろげながら状況を確認していた。実は早朝送った索敵隊に一機、故障で発進の遅れた水上偵察機があったのである。大幅に出発を遅延し、何とかそれでも、出るだけは出たが、さらに磁針偏差修正を誤り、見当違いの方向へ飛行中のその機が突如、敵空母群を発見したのだった。みな大真面目にやった結果とはいえ、何か滑稽な話で、降って湧いたこの索敵報告に、南雲司令部は耳を疑うばかりだったろう。

「敵ラシキモノ十隻見ユ」

「敵ハソノ後方ニ空母ラシキモノ一隻ヲ伴ウ」

ようやく敵情を得たのは良いけれど、すでに飛行甲板に控えていた攻撃隊をふたたび格納庫に下ろし、もう一度、雷装に戻すのは時間的に問題がある。

機動部隊はそれを強行した（これが却《かえ》ってアダになった可能性は後述する）。積み替え作業を終え、四隻の甲板でプロペラが回り始めたとき、

「敵っ機だぁ」

急降下爆撃機が「赤城」の艦上へ突進した。

いけなかったのは、外した陸用爆弾をそっくり放置していたことである。続々と誘爆を招き、艦上は一瞬で炎に染まった。

三

「赤城、火災発生――」

この緊急信は、「大和」にもすぐ入った。

二日遅れで柱島錨地を出た「大和」はその頃、機動部隊の後方五百マイルの洋上にあった。仮に南雲部隊が敗残姿で追われたら、「大和」の主砲で敵艦隊を砲撃する約束になっていたのである（ただし、そこまで敵が深追いしてくるかどうかは疑問だが）。

その後、続けて「加賀炎上中」「蒼龍火災発生」の知らせが届いたが、断片的な電報では、何が起きたのか、誰も分かりようがない。

もっともそれより数日前、埼玉県大和田の海軍通信隊が発した電報があるにはあった。「敵機動部隊ラシキモノ」をミッドウェー方面に確認したという知らせである。

その際、作戦室へ幕僚を参集させた山本は、

「赤城へ知らせてやったほうが良いな」

すぐに転電を促したという。長官の発意に周囲はじっと黙っていたが、黒島先任参謀がまず、得意そうに答えた。

「必要ないでしょう。これは敵が、誘い出されたのに違いありません」

まさか暗号が読まれているとは思わないから、これは一見、至当な返事であった。周囲も異論はなく、

「第一、大和田の発信先には機動部隊も入っております。赤城も受信しているはずです」

「赤城の電信班は長官、優秀ですから」

と何の根拠か、言う者もあったが、言葉こそ違え、みな転電は不要という意見は一致していた。

それより決戦下の無線封止を破って電報を送れば、「大和」の所在が敵に露呈する恐れがある。誰も声高には言わなかったが、転電できない最大の理由はそこにあった（結果的に正しかったのは山本長官で、「赤城」は大和田が発した電文を受信できていなかった）。

宇垣の「戦藻録」にも一部、これに類するメモがある。

「攻略軍輸送船隊の前程或は付近と認むべき敵潜、長文の緊急信をミッドウェーに発せり」

「アリューシャン方面、布哇《ハワイ》群島方面、南洋方面共に敵飛行機潜水艦の活動頻繁にして、緊急信の交信従来に例を見ず。自主的企図にあらずして、我行動偵知に基づく対応策と思考せらるるかど寡《すくな》からず」

しかし、大艦巨砲主義の参謀長も、参謀たちと意向は大差なかったようで、転電見送りには、何の異存も述べてはいない。

さて遠くの海上、ここで「赤城」被弾より以前の話――。南雲艦隊麾下《きか》第二航空戦隊司令官に山口多聞少将がいた。旗艦は「飛龍」。判断の早い彼は、その日、積み替え作業で二転三転する「赤城」に、即刻爆装のまま、攻撃隊を発艦させるよう促したという。

二次攻撃には一航戦が艦攻、二航戦は艦爆を待機させていた。魚雷を抱いている艦攻は無理でも艦爆機は陸用爆弾でも、飛行甲板を叩ける。爆装にするか、雷装にするか、敵空母が確認された段階で右往左往しては、南雲部隊そのものが危うい――。

山口のこの警告で、「赤城」の艦上はしばし、意見が割れた。一説には南雲長官も、まったくその通りだと賛同し、草鹿参謀長や源田参謀の尻を叩いたという話である。

南雲は元来、熱血漢であった。列強の軍縮条約により、日本が艦艇の保有率を大幅に削られかけた昭和九年前後、これに憤った加藤寛治、末次信正らの艦隊派が、条約派の将官を多く、予備役に編入してしまったのは知られる話だが、南雲はこの折、熱心な艦隊派の一人であった。ちょうどその時分、ある園遊会で条約派の井上成美と顔を合わせた南雲は、

「井上ェ、貴様なんか、この短剣でひと突きするのは簡単だぞ」

と、ずいぶん物騒なことを言っていた（艦隊派の憂国の情は結構だが、それを機に日本が軍縮条約を破棄し、自ら国際社会の枠を外れ、支那事変、三国同盟へ進んで来たのは事実であった）。

その南雲中将も、真珠湾攻撃への途上など半ば神経衰弱気味で、

「なあ、僕はエライことを引き受けてしまった。やはり断わるべきだった」

と「赤城」の艦内で深夜、淵田飛行隊長を呼び出したり、見かねた草鹿参謀長が元気づけようと、大丈夫、大丈夫を繰り返すと、

「参謀長……、君はいつも楽天的でいいね」

と何か、疎外感でも訴えるような、恨みがましい眼をしていたという。

もっとも連戦連勝の機動部隊を率いるうち、南雲は開戦劈頭《へきとう》の小心が嘘のように、ミッドウェーではすっかり強気に返っていたらしい。ただし即刻発進の命令には、源田が駄目を出した。

「しかし長官、早朝出した攻撃隊はどうなります。友永の制空隊もまだ帰っておりません」

先発隊は優秀なパイロットが揃っていたし、源田としてはまず、彼らの着艦のため、飛行甲板を空けておきたかった。

「艦爆だけでも、何とかすぐに出せんかな」

何か南雲のほうが頼む恰好になったが、

「いま出しても護衛機が足りません。先の攻撃に、大部分を随伴させております」

と、源田の返事は変わらなかった。

護衛機をともかく収容し、編制を組み替えなければ、艦爆だけを出しても、敵にそっくり食われる可能性が高い。転換作業をとりあえず打ち切って、先発隊を収容して再度、雷装への積み替えをやっても、敵との距離はまだ充分ある（本当は源田が思うより、敵は遙かに近接していた）。でないと帰る場所を失った第一次攻撃隊は、燃料切れで海中に不時着するしかない。

「何としても、先に収容をお願いします」

言われた南雲は、これも正論と思い、源田参謀に従ったのだという。

結果、「赤城」は敵の急降下爆撃機の前に火災を生じたが、これは言われるように、自らの魚雷と爆弾で被害を拡大したわけで、もっと早く攻撃隊を発艦させていれば、随所に被害は出ても、そう瞬時に動けなくなったとは思えない。

「赤城」はしかし、間もなく舵をやられて一点をグルグル旋回する状態になったし、「加賀」は誘爆で沈没するより先、艦橋をやられ、艦長以下の首脳陣がすでに戦死していたという。

「蒼龍」だけが局部的に火を出したものの幸い艦橋は無事で、柳本艦長が炎の中を消火指揮に走った話はよく語られる。あるいは無事、攻撃隊が発艦していれば、この艦の運命は違っていたかもしれないし、第一、敵にも相当な被害が出たはずで、最後に残った「飛龍」が一対三の勝負をせずにすんだ可能性は非常に高い。

四

「おお、頼むぞぉ」

ただ一隻、残された「飛龍」が波間を切って進み始めたとき、海上がどっと湧いた。

「そうだっ、行けぇ」

声の主は、炎上中の「赤城」の乗員たちだった。火災の中で救助を待ちながら、彼らは瞬間、生死を忘れてわっと叫んだ。

「よぉし、頑張れっ」

「飛龍」はその後、たった十八機の艦上爆撃機と艦上攻撃機十機で、ヨークタウンを撃沈した。一対一の海空戦なら、まさにパーフェクトゲームである。ヨークタウンに僅か二十八機しか出さなかったのも当然、後続にも空母がいるという、山口の先見からであった。

とはいえ、数の相違はどうしようもない。後に控えるホーネット、エンタープライズの飛行隊は容赦なく襲い、頼みの「飛龍」もやがて動けなくなった。翌六日の未明近く、総員退去が命じられたが山口少将と、艦長の加来大佐が艦に殉じたのは広く伝えられる通りである。

海戦の敗因は多数指摘されるが、ミッドウェーにも真珠湾攻撃と同様、空母を六隻投入すべきだったという人がある。

実はそれより一ヵ月前、軍令部の富岡課長の米豪分断作戦も並行して展開されていた。従来、機動部隊の麾下にあった「瑞鶴」「翔鶴」は実はここに参戦し、その際「翔鶴」の被害がひどく、ミッドウェーには間に合わなかったのである。

このMO作戦（ポートモレスビー攻略作戦）は井上成美中将の指揮で動いた。日米開戦に、一貫して反対の姿勢を通した彼は、それが遠因なのか劈頭、旧式の第四艦隊を預けられた。南雲艦隊が連勝の最中、井上の部隊だけは武運に恵まれず、

「またまた負けた、第四艦隊」

と、あろうことか兵学校の生徒たちまで陰口を叩いていたらしい。

もっとも原因は四艦隊の台所事情にあり、配下にろくな艦艇を持たず、旗艦の「鹿島」も練習艦というさまで、トラック島停泊中、来襲した米軍機が何と「鹿島」の上空をそのまま行き過ぎ、

「何ということだ、この中将旗が見えぬか」

と幕僚を憤慨させたそうである。

そんなことから今回、機動部隊から空母二隻を借り、ニューギニア沖の珊瑚海海戦は、ようやく互角の決着をつけた。

ただ虚しいのは、四艦隊がその日、損害を与えたはずのヨークタウンが、たった一ヵ月後のミッドウェー海戦に現われた現実である。あまりに迅速すぎた。造船所ドックの規模、補修に要する資材の流通ルート、一切が日本の常識をくつがえす、それを国力の差異と呼ぶのかもしれない（南雲艦隊が敵空母はいないと決め込んだ裏には、先の珊瑚海海戦でヨークタウ

ンが大破、さらにレキシントンとサラトガの二隻を撃沈し――本当はサラトガも大破であったが――、相手は幾らも空母を残していないという先入観があったらしい）。

全滅した南雲艦隊の負傷者はやがて多数、「大和」へ搬送された。続々と運ばれるケガ人の輪の中で、軍医たちが複数、走っては去り、また戻って来ては応急の処置を施す。

何か収容所を連想させる一帯で、ぽつんと一人立っている者があった。

「………………」

表情を失った黒島参謀の眼に、やがて異様な精気が灯った。負傷者の人だかりに、草鹿参謀長を発見したのである。

「なぜ私が言ったように……」

怒りをこらえようとするせいか、小刻みに唇が震えている。

「敵艦はいつ現われるか分からない。搭載機の半数は、常時艦船攻撃に待機させるよう、言ったでしょう」

殺していた声が次第に大きくなった。

「再三言いました。すぐに発艦できなかったのはなぜですか。いったい何をもたもたやっていたんだ」

下手な言い訳をしたら南雲も草鹿も、ぶった斬ってやる――、黒島は本当にそのつもりであったという。相手にもただ、弁解の余地は充分あった。

「だから、こちらは通信経路の問題を君に確認したろう。結局、大和は御身大事だったのではないか」

黒島はこれを言われるのが一番応えた。

「それは……、それは話のすり換えです」

黒島の言うように、搭載機の半数を艦船攻撃に待機させておけば、確かに転電の必要はなかったかもしれない。戦場はしかし舞台ではなく、事態は二転三転する。源田の言った護衛機の問題もある。

それを一点、「艦船攻撃に常時待機」を主張し、なぜ言う通りやらなかったと問うのは、いささか利己主義というものだし、転電していれば、友永隊長機の報告があっても、即刻爆装に換えることはなかったのに違いない。

雲行きが怪しくなったところへ、ちょうど山本長官が現われ、

「怒ってはいかん」

と黒島を制した。

すると彼は、何も言えなくなる。

渡辺でも藤井でも、連合艦隊の参謀が海大恩賜のエリートなのに比べ、黒島は兵学校の席次も中程度、海大へは入れず、海外駐在の経験もなく、経歴はまるで冴えない。突如それを、首席参謀へ呼んだのが山本である。

長官の恩に報いるため、寝食を忘れて作戦に没頭するのは当然だろう。だが、作戦が失敗に終わった後、黒島は南雲司令部への怒りを鎮めるので手一杯だったらしい。

「本来なら関係者を集めて研究会を行なうべきであったが、突つけば穴だらけになる。あえて屍に鞭打つ必要はないと考えた」

〝仙人参謀〟は、後でミッドウェー海戦をそう回想している。

だが、至急でなくても良い。黒島が何を言おうと、宇垣は研究会をなるべく早く、開くべきであった。参謀長は最大の敗因を、はっきり認識していたのだから……。

「六月五日

五、六、七日と作戦状況緊迫の為毎日の記事を愛する本戦藻録に記載するを得ず、既に一週間乃至旬日を経過せる心地する本八日暇を得て筆執る事とせるを以て、先づ頭に在る大きなる問題より片附くる事とす。

◎本作戦齟齬蹉跌の主因

一、程度は別として、我企図敵に判明しありたる疑ある事。最近に於ける當方面防備の強化、潜水艦の活動、其他兵力の集中振り等は其の疑念顕著たらしむるものあり」

果たして宇垣もそれを強く言えないほど、艦隊司令部は意気消沈していたのだろうか。

五

度量の大きい山本長官も、さすがに空母四隻の喪失は応えたようで、海戦の途中、腹痛を訴え一時、自室へ引っ込んでいたという。

もっとも、軍医の診断は神経性の腹痛ではなく、

「長官の腹中異変は結局回虫の作用なりし事判明、虫下しと共に憂消散せるは目出たし目出たし」

と宇垣が書いている。

それからほんの数日、自信家の宇垣が珍しく、気弱なことを言い始めた。

「長官思いに耽られ憂鬱の風あり、人各々時に触れ事に臨みて感傷あり。未だ直接相語りて胸中を聴くの域に達せずと認め遠慮し置く也」

宇垣は行き交うたびに、小柄な山本の背を見つめた。心なしか白髪が目立ってきたように思うのは気のせいだろうか。

——俺がしかし、声をかけたところで、何の慰めになる？

改まって、どうしたのかと訊ねるのも妙であった。ごく自然に口を開いてもらうには、少し時間がかかりそうだった。

——ここへ来てかれこれ一年近いのに、俺はまだまだか。

自分は依然、山本の参謀長として機能していないことを、宇垣は初めて不甲斐なく思い始めた。

思えば山本とゆっくり話をしたのは、あれはいつのことだったろう。もう何年も前のことで記憶は曖昧だが、北海道の根室沖へお互い別の用務で赴き、たまたま同じ旅館に投宿した日があった。一風呂浴びて部屋へ戻るところを、

「おう、メシはまだだろう。一緒にどうだ」

山本に誘われ、のこのこ彼の部屋へ出向いたのである。酒肴をふんだんに運ばせ、宇垣のために熱燗が付けられた。

相手はしかし呑まない、というより呑めない。しばらくは遠慮がちにチビチビやっていたけれど、出てくる皿を次から次へと平らげる、山本の旺盛な食欲を見ていたら、宇垣も次第に調子づいた。

「いや、どうも。手酌でいきますから結構ですよ」

杯が空くとすぐに山本の手が伸び、注がれるままに呑んで、すっかり酔っぱらってしまった。

そこへ途中、帳場で二人の居場所を聞いたとかで、若い飛行将校数人が挨拶に来た。

「よぉし、呑んでいけ」

宇垣はすっかり陽気な声で言い、しまいには山本に、しつこく酒を勧める始末であった。

「おまえみたいな頭の悪いヤツはいくらでも呑め。俺はな、そうそう酔うわけにもいかんのだ」

俺のはな、少し上等に出来ているからな、と山本が自分の額の辺りを指し、にやっと笑ったのを僅かに記憶している。

山本が下戸なのを承知しながら、呑め呑めと無理強いしたのだから、まったく質の悪い話であった。それを冗談まじりに、いなしてしまうのが、山本の器の大きさなのだろう。酔っぱらいと飽きもせず、山本は深夜まで付き合ってくれた。内心はかなり辟易しただろうと、宇垣は改めて恥じ入る思いであった。

この日、中途で二人の座敷に乗り込んだ空母「龍驤」の搭乗員、奥宮正武氏は戦後、「宇垣大佐はもう相当に出来上がってはいたが、海軍部内でも屈指の斬れ者と評判だったこの人に、頭が悪いとは大したことを言うと思った」

そう言って、いかにも珍しいこの光景を回想している。それから数年後、日米が開戦することも、その日見た二人が連合艦隊司令長官と参謀長としてコンビを組むことも、「まるで想像しなかった」とも……。

こんなエピソードを見ると、山本は元来優しく、茶目っ気たっぷりな人だったように思う。だが、ミッドウェー以降、山本長官に笑顔が戻る日は幾日あったろう。

艦隊司令部を乗せた「大和」はその後、瀬戸内海の柱島からトラック島の春島錨地へ前進し、作戦全般を指揮するが、戦局はまるっきり好転の兆しを見せぬまま、昭和十七年は暮れていく。

とはいえ、連合艦隊の総旗艦だけあって、「大和」の艦内はまだ優雅であった。

年も迫った十二月末、机に向かっていた宇垣の私室へ参謀が一人、やって来た晩のこと。入るなり、藤井中佐は机上の用箋を目敏く見つけ、ははんという顔で笑った。

「なるほど、仕事の最中ですか」

暇さえあればせっせと文筆にいそしんでいる参謀長の結構な御趣味は、艦内でも知られている。

宇垣は照れたように机の前に立ち、「戦藻録」を覆った。

「何をやっているんですか。人の日記なんて私、興味ありませんよ」

藤井茂は開戦直前、新設した政務参謀のポストに配属されて一年になる。山本と宇垣で相談し、軍務局から引き抜いてきた。長官の将棋の相手もこなせば、参謀長と酒も呑む出来た男だった。その日は酒の肴にうってつけだとかで、宇垣に乾香魚《あゆ》を分けてくれた。

宇垣が喜んで礼を言うと、

「ただ参謀長、歯は大事にして下さいよ」

相手はいささか失礼な忠告をした。あまり大っぴらに言いたくないが、宇垣は歯槽膿漏で、艦内の医務室の常連である。藤井が真顔で言ったので、宇垣はやや機嫌を損ねた。

「十年もすれば、君も方々にガタが来るよ。二枚目で通るのも、今のうちだ」

藤井は端整な顔をしている。

それは別に人柄に関係のないことだけれど以前、南方へ出張に遣った帰り、狩猟好きの参謀長のため、重たい猟銃を土産にぶら下げて帰艦したり、折々の好意を宇垣はとても喜んでいた(この人が山本戦死の後、古賀司令部へ留任したことは先に書いたが、彼は戦争末期に体を壊し、昭和二十年の正月は病院のベッドにいた。「大和」の特攻出撃が決まったその年の春——、いよいよ海軍も神頼みの戦争を始めたか、もう本当に終わりが近いね——と見舞った朋輩に言っていたという)。

宇垣はさてその夜、部屋に取って置いた日本盛の栓を開け、乾香魚をさっそく頂戴してみた。独酌で深夜、練り上げた句であるが――。

酒の灘肴の香魚に月満る

ガダルにもすそ分けしたき今宵かな

藤井の香魚と、日本盛のほうは艦内の副長からもらったそうである。とはいえ、連合艦隊参謀長も「ガダル」の実態を知ったら、呑気に一杯やっている身をすまなく思ったろう。

現地は殊に陸軍の守備隊が戦死者よりも餓死者を大量に出し、後年「餓島」という呼称までついたけれど、米軍海兵師団のガダルカナル上陸は、すでに八月から始まっていた。海軍も三戦隊の「金剛」「榛名」を送り込み主砲で援護した。撃てる限り撃ち、見える限りの飛行機を一掃したものの、一挙に決着をつけようと数日後、「比叡」「霧島」の二隻を派遣したのが裏目に出てしまった。

湾岸では、先にサウスダコタ、ワシントンの戦艦二隻が待っていた。洋上決戦の結果は「比叡」が沈没、サンフランシスコが大破。護衛駆逐艦群の被害は似たようなものだったが、こうなると物量豊富な米軍に形勢は傾いていく。

奪還作戦はその後も長く続いたが、米軍の足固めは着々と進行し、挽回の見込みは段々に薄れていった。耐えかねた軍令部は明くる一月四日、ソロモン群島南部のこの戦場からの撤退を命じた。こうして敵に渡ったガダルカナルは七ヵ所、ブナ、ポートモレスビーにもそれぞれ数ヵ所、星条旗の翻る飛行場が完成し、南太平洋の制空権は十八年早々、完全に奪われたのである。

六

日本の防備線は、これで赤道付近まで後退した。宇垣はその辺りも、現場と中央とのやり取りを含め、詳しい記述を残していただろうが、昭和十八年元旦からしばらく、「戦藻録」には欠落部分がある。承知の人も多いだろう。

後年の話だが、戦後まもなく膨大な陣中日誌の崩し文字を判読し、遺稿に光を与えたのは息子博光の岳父、小川貫璽少将である。小川少将は以前より宇垣を見識っており、非常に敬服していたという。

「将棋だの麻雀だの、何でもやりました。趣味だけは山本五十六さんと一緒です。ただ、とにかくお人好しなのが欠点でね」

博光の夫人は、父親をそんなふうに言っていた。

戦後、地位を失った軍人が家財を切り売りしながら暮らし始めた昭和二十一年。極東軍事裁判では、海軍も将官クラスが多数、出廷を請われた。

その席で小川少将は、黒島亀人と会い、何やら調べものをしたいという相手に求められるまま「戦藻録」を貸してしまった。相手からそれっきり沙汰がなく、いい加減不信に思い始めていたら、

「申しわけない、電車の網棚に置き忘れた」

黒島から考えも付かない返事が返ってきたのである。

「戦藻録」は結果、昭和十八年元旦からおよそ三ヵ月、まるっきり形を失ってしまった。

小川少将は、迂闊に気を許した自分を終生、責める一方、

「だがな、黒島君のことを好きな連中も大勢いたんだよ」

そう繰り返し、あえて後輩を追求しなかった。だが黒島には決して、公にされたくない事実が昭和十八年にはある。理由は彼の更迭の一件で、山本からこの時期、

「黒島を交替させたいと思っている、誰か後任を考えておいてくれ」

選出を任されたと、小沢治三郎中将は戦後語っている。

さて、例え著名な戦記でも随所に誤りはあるもので、プランゲ博士の「トラトラトラ」には黒島が、「哲学者の家の出」だという記述がある。どこに端を発したのかは不明だが、彼は鍛冶屋の家の育ちで、生計は貧しく、働きながら夜間中学に通い、卒業後に海軍兵学校へ進んだ、一種の苦学生であった。ガムシャラな性格で、山本のため寝る間も惜しんで働いたことは先に書いたが、それだけにエリート将校たちよりずっと経歴へのコンプレックスがあり、晴れて手に入れた先任参謀の地位を否定されることが許せなかったのかもしれない。

その契機はミッドウェーにあったようである。海戦の最中、よもやの事態が相次ぎ、「大和」の艦上は動揺した。参謀たちは慌てふためき、長官の側近を自認する複数名には、半泣きになっている者もあったという。黒島もそんな一人であった。宇垣だけが至極冷静で、腹痛を訴える長官に代わって部下を指揮し、あまりに素早い対応ぶりに、周囲を驚かせたという。以来、先任参謀と、宇垣参謀長の立場が逆転したらしい。

山本長官と宇垣のコンビもようやく、息の合ってきた気配が、十八年四月の「戦藻録」では随所にある。連合艦隊幕僚はその月の初め、前述したいきさつでラバウルに来ていた。何か平和なことばかりやっているようで恐縮だが、この近くに日本軍がラバウル士官温泉と名づけた名湯があり、宇垣も滞在中、二日ばかり朝風呂を楽しんでいる。「起き抜けに自動車にて山を下り、音に聞く士官温泉に衣を脱す。静なる入り海、青々たる頭上の樹木朝露を含んで、かわせみも共に水に入る」と書いた後、

かわせみの共に浴する出で湯か那
前線に出馬水虫退治け理

駄句とはいえ、何かよほど機嫌が良かったようである。現地で日々、汗を拭きながら軍務に従事する将校にとって、この連合艦隊参謀長の呑気な姿は、不愉快なしには見られないだろうがその日、宇垣にとって、楽しいことがもう一つあった。山本長官が一年ばかり、日記

に書き溜めた「詞彙集《しい》」を宇垣に見せてくれたのである。明治天皇、照憲皇太后の御歌、大正天皇御製の詩、万葉集など、折々集めた作品に山本の感想が添えられており、

「當分借用して墨場必携中にも存せぬものを書き寫す事とせり」

と感激ひとしおであった。さらにもう一句、

南国の流れ星かや山蛍

このラバウルで、宇垣が久しぶりに好きな狩りを計画した日も、似たようなことがあった(これは長官戦死の数日前のことである)。

周辺に野豚の群れがいるという噂を聞き、早朝六時過ぎ、張り切って出掛けた宇垣であるが、その日、獲物は結局、手に入らなかった。

出がけに宇垣は、長官と、どうやら献立の相談でもしたのだろう。

「豚汁、すき焼き、焼き豚等……料理方心構ありたる長官には全く気の毒の感を抱く」

呑めないせいもあるのか、山本は食うのが好きで、実際良く食べた。参謀長が手ぶらのため、献立がどう変更されたのかは分からないが、現地の土民の屋敷と大差ない宿舎では大和御殿のようにもいかず、大したものは口に入らなかっただろう。

山本には人を引きつける不思議な魅力があったというが、宇垣も仕事上の大先輩という部分と別に、この人の子供のような無邪気さに、いつの間にか人間的な親しみを抱いていたの

かもしれない。

北海道で二人が食膳を囲んだ一件もそうである。相手は呑めないのだ。それでいて宇垣を酩酊させてしまう、そんな人をそらさない魅力が、山本には確かにあったのに違いない。

これもラバウルでの話だが、山本が仕事の寸暇に、現地の病院を見舞った日があった。怪我人はみな、ちょっとやそっとの負傷ではない。両手を失った者に、水を飲ませようと、哺乳瓶を手ににじり寄っているのが、足のない傷病兵だったり――。

そんな病棟の中を、幕僚を従えて歩く山本の二種軍装の白服姿は、本来場違いなはずなのに、ぱっと一点、光を見たように患者たちの顔が明るくなったという。山本はやがて一つ一つ兵員たちのベッドを回ったが、中にまだ十五、六の少年がいた。

頬に火傷を負い、潰れた両眼を包帯で覆った少年は意識も不確かだった。

むろんまだ、誰が来たのかも知らない。さすがの山本も声を潜め、

「どうかね……、治るのかね」

案内に付いていた病院長の耳元で囁《ささや》いた。

黙ってかぶりを振った医師を見て、山本は少し考えるふうであったが、やがて少年の枕元に顔を寄せ、掌を握った。

「山本だが……。分かるかね」

その子は驚き、瞬間びくっと震えたが、「長官……、ですか」と、すぐ、声のほうを向いた。

「ゆっくり休んで、早く良くなってくれたまえ」

「…………」

「海軍は君を待っているからね」

山本の去った後、包帯に滲《にじ》んだ涙が頬に流れ、こらえかねたようにその子は声を上げて泣いたという。たとえ見えなくても、少年の脳裏で、連合艦隊司令長官は、きっと優しい笑顔を向けてくれたのに違いない。

山本五十六の偉ぶらない態度は、どこでも評判だった。

彼が霞ヶ浦の航空本部長時代、可愛がっていた部下が殉職した日の逸話もこれに似ている。原因は飛行機の失速であった。通夜の席に現われた山本は、焼香の最中からしゃくり上げていたが、住職の読経がすむと一人、柩《ひつぎ》のそばでじっと動かず、オイオイ声を張り上げ、泣き続けたそうである。よほどショックだったのだろうが、人目をまるで気にする様子もなく、ある意味純情といえば純情だが、すでに五十に手の届くころの話で、いささか子供っぽい。

ただ一見器用なようで、彼はいわゆる計算の出来る人ではなかったのだろう。ラバウルの少年兵への言葉も、「嘘も方便」の典型であるけれどきっと山本の率直な感情表現であったのに違いない。

ちなみに、ラバウルの病院視察の件は、やはり渡辺参謀が語ったエピソードである。ちょうどその頃、参謀長はデング熱にやられて、実は入院患者の一人であった。

数日で退院はしたが、その後すぐ長官戦死の日が訪れる。宇垣はこの前線進出に、実は並ならぬ決意があったらしい。「戦藻録」に綴られている以下、やや大げさな覚悟――。

「日露戦争満州軍参謀長児玉大将の旅順攻略促進の為決死行ありたる其の精神と何等撰ぶ所無しと謂ふべし。不運にして此の行に斃《たお》るるも決して犬死にあらず」

日露戦争中期、旅順で苦戦する乃木希典《まれすけ》軍司令部を見かね、陸軍総参謀長の児玉源太郎が身一つで現場に赴き、一挙に戦局を挽回した例があるにはある。

もっとも児玉が旅順へ行ったのには、乃木軍が総司令部の命令を半ば無視し、依怙地な持久戦を続けたからであって、

「二百三高地の砲台から、旅順港のロシア艦隊を打つ」

明確な腹案を持っていた児玉と、単に前線の航空隊を激励するのでは、ちょっと事情が違う（乃木軍は再三指示しても、陸の高台から湾港を撃つのは無理だと言っていた。それがやってみたら出来た）。士気の高揚が目的なら他に幾らでも方法はあるのに、山本を殿様として担ぎ出し、結果、あまりに高い代償を払ってしまった。

別に長官の戦死は参謀長の責任ではないけれど、艦隊司令部の前線進出が決まったとき、宇垣は非常に勢い込んでいたという。時折、精神論者であると批判される彼は、近代国家の海軍士官の割に、合戦に挑む戦国武士的着想が、実際あったのかもしれない。

さて海軍の秋山、陸軍の児玉、二つの偶像を見出した明治三十八年、日露の役の大勝利の当時、宇垣は岡山第一中学の二年生であった。まだ十五歳である。東郷艦隊が対馬沖でロシアの艦艇をことごとく葬ったニュースは、田舎の中学生を興奮させるのに充分だっただろう。

加えて彼は、早くから親類の陸軍大将宇垣一成を頭に置いていた。

日本の近代史に、少し興味のある人なら、大正十三年から四年間陸相を務め、昭和初期の金融恐慌で内閣の総辞職が相次ぐ折、何度か首相候補にもなった一成の名は承知しているだろう。

もともと強い軍人志望のなかった一成大将は十代のうち、生地で代用教員をしていたが、やがて上京し、夜学に学んだ後、陸士の門下に入る。陸大を恩賜の軍刀組で卒業し、エリート路線に乗った彼は佐官時代、ドイツ駐在武官として渡欧した。これが纏少年の中学時代のことであった。

七

宇垣の生地は岡山県赤磐郡、場所は県のほぼ中央部で、当時は潟瀬村と呼ばれていた。

余談だが、一成の生家は顕彰記念館として現存しており、外観は明治の当時の写真と比べても、さほど変わりない。

一成宅の玄関を百八十度回った具合に行くと、宇垣纏の家がある。本家の近くに数軒の宇垣分家が林立する恰好だったらしい。

今日、郷里には、宇垣本家に一成の長兄の孫に当たる方が健在だが、

「この集落を歩いていくと、どの家の表札も宇垣ですからね」

来訪した私にまず、そう言って笑った。

実際に歩いてみると、なるほど家屋という家屋の苗字はことごとく「宇垣」であって、どこか笑いを誘う。同族間の結束は強かったはずで、一成はいっそう神格化され、偉くなるには軍人になる、そんな図式が若い人の間では出来上がったに違いない。

近くを流れる吉井川は一級河川で、季節になると、いまも鱒や鮎が釣れる。

宇垣の家からこの川べりへ出るまで約二十分、河川に沿って下流へ二キロほど歩いた辺りに、宇垣の通った大内小学校があった。

宇垣纏の父善蔵は十歳のとき、分家の宇垣幸太郎の養子になった人で、長じて小学校教員となり、さらに赤磐郡の郡議会議員を務めたのだが、家では代々、水田農業をやっていたため、少年の纏も朝は早くから起き出し、牛に餌をやるなどして、学校へ出ていったらしい。

両親と九歳上の兄弘一、間に姉美子、末っ子の纏の五人家族の暮らしは豊かではなく、

「ほらっ、早う兄ちゃんに付いて行きんさい」

学校から帰ると母に背を押されて、しばしば兄弟で川魚を取りに出かけたりもした。それがそのまま夕食になったり、自転車で駅前まで売りに行ったり、家計は子供の小商いまで含め、成り立っていたという。中学五年生のときには宇垣がはっきり海軍軍人を志願していたとはいえ、家庭背景との兼ね合いが無意識のうちに海軍兵学校への青写真につながった部分もあっただろう。

宇垣の兵学校当時の日記には、帰省期間中の出来事も細かに綴られているので、一家の生

活を窺《うかが》うことが出来る。

ここにあるのは、明治四十四年元日の記述である。

「午前四時起床、両陛下ノ万歳ト国家ノ隆盛ヲ祈ル。一家打揃ヒテ茲ニ目出度新年ヲ迎ヘ屠蘇ヲ祝フ。八時頃ヨリ滋子ヲ連レテ氏神神社ニ参詣ス」

滋子は兄弘一の娘で、叔父の宇垣はよく、この姪っ子を連れて戸外を歩いた。

「叔父さん、オメデトウゴザイマスって何じゃ」

初詣に行き交う村の人々に、いちいち頭を下げて挨拶する宇垣に幼子が訊ねた。

「いつもお正月には、お父さんもお母さんも言うとるじゃろ」

「言うとるけん、でも何でオメデトウ言うんか知らん」

「新しい年を無事に迎えられるのは、誰にも喜ばしいことじゃろうが」

「新しい年って何じゃ」

すでに学校へ上がっている姪の、探究心旺盛なのにはほとほと感心したが、朝の淡い木漏れ日のなか、道端で突然駆け出して、いかにも遠く離れたという顔で、向こうからおいでをする仕種に、つい笑って追いかけると、子供は歯止めが効かなくなる。

「滋ちゃん、そろそろ叔父さん帰るけんね」

後を追って来た子の手を取って家に戻ると、長患いで床に伏していた父の容体が急変していた。

「其夜十二時頃ヨリ非常ニ苦シガリシ様子ナレバ兄モ余モ共ニ起キ出デタル程ナリ。早朝兄ト余トヲ床側ニ呼ビ手水ヲ召サレシ後、唯一箇条整理ヲ終ラザル書式帳簿ヲ出サシメ余ニ筆ヲトラセ兄上ニ呉々モ説明セラレタリ。是死ノ近キヲ悟リ給ヒシニヨル」

父の最後の模様は、B6判の日記の当日のページと末巻の補遺欄に詳細に書かれているが、正月休暇は短く、慌《あわ》ただしい葬儀を終えて、宇垣はふたたび江田島へ戻らねばならなかった。

その年、とうとう念願の最上学年に進級した宇垣は、

「午前八時、練兵場式場ニ於テ第四十期、四十一期生徒進級式ガ施セラル。余ハ第六番ニテ第三学年ニ進級シ保持得点九十パーセントアリ学術優等賞ヲ授ケラル。本日ヨリ赤煉瓦最上階ニ眠ルコトニナリシ」

ちなみに官立の兵学校の学費は無料のうえ、日用品購入程度の小遣いも供出されるのだが、若者の娯楽の費用まではまかない切れない。生徒の大半は実家からの仕送りを待ち焦がれている。父の死後、同じ教職に就《つ》いていた兄は、二十歳を過ぎて喫煙を許された弟のため、煙草代やら、日曜日の生徒クラブでの飲み食いのため、父親代わりに送金をしてくれた。

やがてその年の七月、一号生徒の折の夏季休暇を追ってみたい。

「七月二十六日、

午前八時ヨリ兄ト鮎猟ニ行ク。三十六尾ヲ得タリ。鮎ノ其ノ味ハ知ル人ゾ知ル」

「七月三十一日、

雨降らねば風あり、風無ければ雨降る、困った天気なり。午前八時頃より釣り竿を肩にして下流に釣りをす。雨突如として来り、頭より濡れ鼠となれり、雨中の釣りも壮快ならずや

と涼気を冒して我慢する。日暮れ帰れり。折角釣りし魚は悪く、依って三毛猫の口に入りぬ」

当時二十一歳の彼、岡山一中の友人はみな大学生になっていたし、故郷の幼なじみも何らかの職に就いている年齢で、幾分持て余し気味に釣りばかりしている記述が目立つ。年齢から推して当然だが、海兵に在学中、嫁いだ姉にも娘が生まれていて、帰省中の身は恰好のお守りに使われたらしい。

「八月一日、

今日は七夕前日とて姪共の強ひるまま色紙を切りて短冊とし、竹の枝に釣るして供へぬ。村の子供らが仏を迎ふる為に作れる堤上の小屋は雨降りにより常の如く盛りならず、日の暮れかかりたる頃より火はつけられぬ。されども法螺の音は遅き迄何処よりか△はりぬ」

△は私には判読不能のため欠字とした。また日によって一語一句の送り文字がひらがなであったりカタカナであったり異なるのは何故か、前後と照らし合わせて推察を試みたのだが、これも戦後二十数年経って生まれた我が身の不徳で、いっこうに見当がつかない（「戦藻録」を判読した小川少将の根気をもってしても、実は同書の文中に随所、欠字が認められる。宇垣の字がいかに難解かの弁解理由として、一応付け加えておく）。

夏休みも終わりに近づいた八月二十八日、

「起床後氏神神社ニ参詣シヌ。本日午后四時頃ヨリ鮎猟ニ行ク。河原ノ景色言語ニ絶ヘザルモ見納メト飽カズ眺メ入リヌ。午后六時帰宅、我ガ鮎ノ御馳走ヲ以テ最后ノ晩餐ヲ共ニセリ。

涼気吹キタル縁端ニテ兄、母等ト飽カズ話シテ十一時頃寝ニ就キヌ」

三ヵ年の課程を終了した後、四十期の少尉候補生は、常夏のオーストラリアへ遠洋航海に出た。明治四十五年の正月を艦上で迎え、彼らは年の大半を洋上で送り、それでようやく少尉に任官される。

卒業時のハンモックナンバーを見ると、クラスヘッドは岡新、二番が山口多聞、宇垣は卒業時も九番だが、実は入学時も同じ九番であった。実はいま手元に四十期生の兵学校入学時の官報の写しがあり、後年、戦記でしばし、花の四十期生と呼ばれるだけあって興味深い。

日付は明治四十二年八月二十四日、「本年施行ノ海軍兵学校生徒召募試験ニ及第シ生徒ニ採用セラルヘキ予定者族籍氏名左ノ如シ」とあり、よく見る名前が成績順に並んでいる。「岡山県平民　宇垣纒」の次に、知られるところでは十七番に福留繁、鳥取県平民。二十三番に東京府士族、山口多聞。卒業時にぐっと順位を上げているところを見ると、山口はなかなか努力家だったようである（クラスヘッドの岡も入学時は三十九番である）。

ついでなのでもう少し見ると、戦争末期、特攻の創始者として有名な大西瀧治郎はだいぶ下がって九十番である。採用の総数が百五十名ちょうどであるから、少なくとも入った段階では下位であった具合になる。

ハンモックナンバーは、海軍に奉職する限り終生付いて回るもので、仮にトップで卒業すればそれこそ、将来の出世が約束されたようなものだという。宇垣は先の日記によると、六番で最上学年に進級したらしいが、最後の一年、やや手を緩めたのだろうか。後年、彼は同期の誰より早く少将に進級するのだが、数字を見る限り、さほど猛勉強をするタイプではなかったようである。

四十期生の少尉任官は大正二年十二月、日米開戦より二十八年前のことになる。宇垣纒、当時二十三歳。

八

大正期の海軍といえばまだまだ大艦巨砲主義真っ盛りの頃で、海軍航空界はまだようやく芽が吹き始めたばかりであった。先駆者の山本五十六でさえ、尉官時代の専攻は砲術であったし、それがいわゆるエリートコースとされた。

海軍部内の戦艦至上主義は、少将進級と同時に軍令部第一部長に就任した宇垣が、「大和」「武蔵」の建造計画を推進したとき、ピークを迎えたといってよい。それから間もなくの日米開戦があり、十七年早々、竣工した「大和」に連合艦隊は旗艦を移し、やがて二号艦の「武蔵」に山本五十六の将旗は移動する。

そうして、例の一件で山本長官戦死の事態を引き起こすのだが、海軍病院に収容された宇垣をたびたび見舞ってくれた一人に、岡山一中時代の親友田村剛がいる。

一高、帝大と進んだ田村は、庭園学界へ進み、千鳥が淵の造園に参画した学者で、進学、上京後はずっと東京を拠点に活動していたから、やがて宇垣一家とは家族ぐるみでの交流となった。

後になって田村が回想するところによると、入院中の宇垣は、ベッドに横たわって梅雨空を仰ぎつつ、

「もう戦争は終わりだよ」

と軍人が易々と口外してはならない言葉をつぶやいたという。

宇垣の吐いた勇ましい言葉は方々で語られているけれど、旧知の友人に漏らした言葉こそ彼の本音かもしれない。

「これからあちこちが空襲される、おまえは足が悪いから逃げ遅れる可能性もある」

宇垣はそう言って、くどく疎開を促した。田村は仕事の現場にあったとき、不慮の事故で片足を失っていたのである。だが、田村のほうは言われても、まだピンとこなかった。

「知子さんがあんなことになったのも四月、それから三年経って今度はおまえが死にかけた。どうも悪いことが続くのう」

妻の急逝で途方に暮れていたとき、多磨墓地に墓を設計する段取りは、田村がすべて取り計らってくれた。

そもそも昔、広島県福山市に生まれ育った妻との縁談は、田村の母が持ってきたものであった。

第二章——自慢の花嫁

一

福山市は江戸時代初めの福山城建立で早くから城下が栄えていたが、のちに備後福山藩を治めた阿部家の歴代藩主のうち、幕末の開国に寄与した老中阿部正弘の名は知る人も多いと思う。

宇垣の妻知子は、阿部家に仕えた重臣の家系に生まれた。旧姓を坂知子といい、実家は昭和に入って以降も当主を世襲するほどの名家で、末裔《まつえい》が絶えたいまも、福山駅近くの龍興寺には「坂家合霊塔」が周囲の墓標よりひと回り大きく保存されている。

明治維新によって藩政が瓦解したとはいえ、皇族、華族、士族、平民の呼称が生まれ、四民に家柄の優劣が付いた背景を考えると、農家の次男坊と土地の名士の令嬢では縁談にも、やや不釣り合いな向きがあっただろう。世の中に軍国の風潮が高まって、田村の母に「将来有望な海軍将校だ」と勧められても、坂の家ではその辺り、幾らかの躊躇はあったかもしれない。

知子は明治三十一年一月生まれ、宇垣より八つ歳下で、彼女が高等女学校を卒業して間もない大正四年春、見合いの席で宇垣と顔を合わせた。

一種軍装姿で畏《かしこ》まって出かけた二十五歳の宇垣少尉が、ここでどんな立ち居振る舞いを演じたのかは分からないが、母と兄をそばに仲人夫妻を挟み、真向かいに振り袖姿の十七歳の娘と両親を盗み見て、何となく格式が違うような、いつにない劣等感があるいはあったかもしれない。

知子は日頃から快活な人だったというから、良家に育った屈託のなさも手伝って、何かと率直に問いかけてみたのに違いない。

「いま、お船ではどんなお仕事をなさっているんですか」

あまりに漠然とした質問で、宇垣は返事に詰まってしまう。

「岡山のお家はどの辺りですか、お城からは近くですか」

改めて訊《き》かれると、日頃は懐かしく心に描く故郷も、そう言えばぞっとするような田舎で、また答えに困る。

「岡山と福山なら近いようですけど、私の郷里はずっと山の奥です。ウサギやキツネが家の周りを散歩しているほどです」

実際本当であるが、親兄弟が退いて二人にされたあと、さあ何をしゃべったものかと宇垣は考えあぐねただろう。

何となく時間が過ぎ、それでは後日またという具合で両家は別れた。その後、先方からの返事が届くのには少々時間がかかり、宇垣は気を揉むことになる。

当時の若い娘にとって軍人の妻はある種の憧れで、それも陸軍より海軍がもてはやされたというから、知子もきっと例外ではなかろう。ただ宇垣少尉が初対面の若い娘に、気の効いた話題を提供したかは問題で、思案していた知子は田村の母あたりに、

「ウチの息子の一番のお友達でね、先方ではもう是非にって、お返事を頂いているのよ」

と口説かれ、何となく押し切られた恰好であったのかもしれない。

坂家からの応諾を得て間もない日曜日の午後、宇垣は広島の湾港近い料理屋で幼なじみの完爾と待ち合わせ、大事な秘密を報告した。一つ歳上の宇垣完爾は、前章で触れた宇垣一成の甥に当たる。宇垣より先に兵学校へ入った三十九期の先輩ではあるけれど、個人的な付き合いは何も変わっていない。

「うわっ、纏君そりゃ本当か」

完爾の大声に、周囲が振り返って二人のテーブルを見た。

「何じゃ、そんなに驚かんでも良かろうに」

照れ臭そう肩をすくめている宇垣に、完爾はいかにも興味津々という顔で先を促した。

「それで、そのお方のお名前は？　お国はどちらで」

努めて平静を装う宇垣がおかしいらしく、

「ほぉら、周りのお客も聞き耳立てとる、聞き耳立てとるよ」

完爾はしきりに冷やかしを入れた。

成り行きを一応終わりまで、ふむふむと仔細げに聞いた完爾は、おもむろに訊いた。

「それで纒君、エンゲは美人か？」

宇垣の視線が一瞬、宙をさまよった。

「……と、思うな」

「そうじゃろうな。纒君の顔にナイスだと書いてある」

イギリス海軍の様式に倣《なら》った帝国海軍に、西洋流の隠語がたくさんあったのは良く知られる通りである。女性に絡む話で言えば、三味線に合わせて唄い踊る芸者がシンガーの頭文字を取って「エス」、芸者遊びが「エスプレー」、料亭は「レス」、料亭のツケは「マイナス」、婚約者はそのままの短縮形である。

その年、巡洋戦艦「伊吹」乗組の宇垣は、実にせっせとエンゲに手紙を書き送っている。「戦藻録」の筆者はさすがなもので、宇垣少尉の日記は実に詳細を極めているが、一日の記述の欄外には書簡の受信、発信の宛て先が控えてあり、以降、結婚までたびたび知子の名前が目につく。他に「剛君」と頻繁にあるのは、先の岡山一中のクラスメイト、田村剛であろう。

あとは日によって兄、某少佐、某大尉といった文字がまばらに並んでいるが、婚約早々「我が知子に対して一筆献上」と日記に記し、張り切って投函した第一信からしばらく、彼女の名は受信欄には出てこない。

ようやく知子から初めての返事が届いたその日、宇垣は艦内に配達された郵便物の束を手にし、「我に宛てたる一通」を目ざとく見つけた。よほど嬉しかったらしく眼に留めたとき、まがう方なき知子の書簡であること確認して、もはや「疑ふべくもあらず」という心境で慌てて自室に戻る。気持ちを落ち着け、丁寧に封を切ったその中身から一応の誠意が伝わったらしく、その日の日記の末筆に、

「我が妹の最初の筆あり、愛すべき無邪気なる妹なるかな」

宇垣はそう記してはしゃいでいるが、この推移をみる限り、どちらが無邪気であったのか、考えてみたほうが良さそうである。

許嫁者を得たこの年の暮れ、宇垣は中尉に進級して水雷学校の普通科へ進み、ふたたび学籍に身を置いた。知子と所帯を構えたのは婚約から三年後の大正七年で、このときはやはり砲術学校の高等科に在学中であった。

いつの時代も転勤が付きものの夫を持つと、なかなか土地に定住出来ないものだが、妻帯してからも宇垣は、適当な物件が見当たらないと間借り生活ですませたらしい。広大な屋敷に生まれ育った知子にしてみれば、これが人の住む家かという思いも経験したろうし、使用人にかしずかれる生活が一転し、慣れるまでは不便も多かっただろう。

とはいえ、婚約期間が長かったせいか、当初は宇垣ばかり毎日毎日出していた手紙も、中途から三通に一通は知子の返事が届くようになった。この比率は宇垣がやたら筆まめなせいにすぎず、知子はその間、分厚い手紙の束に応えなくてはという気持ちになっていったようで、水雷学校の宿舎に宛てて、

「知子より肘付きと名刺入れを送り来る、厚意謝すべし」

宇垣御満悦の差し入れを届けたり、なかなかの献身ぶりを見せつつあった。

生まれ育ちだけでなく、知子は顔かたちも非常にきれいな人で、黒眼がちの眼元にちょっとした憂いがあり、群集のなかにいても、真っ先に人目を引きそうな、眼鼻だちのはっきりした美人であった。

自慢の花嫁と暮らして二年、夫妻の間に待望の男子が誕生する。

二

身重の新妻が里帰りした大正九年の正月明け、大尉に進級した宇垣は、艤装中の一等駆逐艦「峯風」の砲術長として兵庫県の訓練泊地にいた。

海軍士官は洋上勤務や海外赴任が多く、何かにつけ家を空ける。

気ままな独り身になって、男ばかりの艦内から陸に上がればしめたもので、浮いた話が尽きない者も多い。深い仲の愛人がいた山本五十六などはともかく、後の海相・米内光政大将

あたりも佐世保の鎮守府長官時代、

「まあ異人さんみたいな良か男」

と芸妓たちにもてた艶聞は余りあるし、真珠湾攻撃の飛行隊長を務めた淵田美津雄なども奇襲の訓練のさなかに、鹿児島の料亭で馴染《なじ》みになった芸者が後日突然上京して、腕に抱いた赤児をあなたの子だと言い張って押しかけたという逸話がある。

宇垣にはしかし、これといった武勇伝が見当たらない。ただ酒は毎晩のように呑んでいたし、宴席で芸妓衆との接触は少なくなかったはずである。案外器用に遊びは遊びでその場限り、単に特定の女と深い関わりを持たなかったのか、それとも言われるような偏屈ぶりは少々酔っても変わらず、結果として女人に歓迎されなかったのかは分からない。

そのいずれかを決めつけるのはいかにも邪推だが、福山からの知らせを待っていたこの時期、ほろ酔い加減で水交社の自室に帰ってきたある晩のことである。一人でまた呑んでいたらついつい人恋しくなり、隣室の同僚の部屋へ押しかけたところ、相手が「炬燵に招じ入れて尺八を又教えて呉れた」という風変わりな記述が残っている。二度、三度繰り返し尺八を教えてくれる友人と宇垣に、あるいは何か通じるものがあったのかもしれない。

大正九年二月七日、ようやく福山から待ちに待った出生の電報が届いた。

「永日心にかかりし雲も一掃せられたり」

と記した宇垣は、まだ見ぬ我が子に向け、

「我輩父として為すべき凡そを此の子に尽くす」

感激いっぱいの決意を告げている。

その晩、提出した休暇届の日数は七日間、すぐに上官の決裁が下りた。

——子供が待っている、福山に俺の子がいる。

翌朝は赤ん坊の顔を想像しつつ、大急ぎで朝飯をかき込むと、あとは黙々と駅へ歩き、「八時四十五分発の汽車に乗り、播磨を経由して帰省の途に就いた」のだけれど、その先は急ぎようがない。兵庫から広島まで、瀬戸内沿岸を各駅停車で往くのも、当時は大仕事である。長時間の汽車旅がもどかしく、宇垣は懸命に居眠りを試みた。

「福山ァ、次は福山でございますぅ」

車掌の声が聞こえたときは、もう夜も九時に近かった。

車窓の右手にぼぉっと淡く、月明かりを浴びた福山城が見えた。左手に知子の実家、紅葉町の屋敷がある。眼を遣ると、駅前の繁華街の灯りがぐんぐん窓辺に近づいてきた。

駅の構内を一歩出ると、すでに赤い顔をした酔客が方々の店に、出たり入ったりしている。

——そうか、今日は、酒がまだだったな。

一瞬、そんなことを思ったが、嫡男誕生の知らせは父の心を一心不乱にさせていた。改札口を抜けると、言い知れぬ興奮に背中を押されて自然、急ぎ足になったが、それでもなお足りずいつしか夢中で駆け出していた。

冬の月は高く、寒い風が田畑を渡って吹き抜けていく。

田舎道に激しい靴音を立て、ようやく玄関にたどり着いたときには汗が出ていた。呼吸を整えて来訪を告げ、扉が開かれたそのときである。

「オギャーという赤ん坊の泣き声！」

身震いする感激を、宇垣は日記にそう綴っている。真っ先に自分を出迎えてくれたのは、他でもない我が子の声であった。

靴を脱ぎ捨てて駆け込みたい思いであったが、

「遠いところを御苦労様でした。えろう疲れはったでしょう」

義理の父母が打ち揃って、海軍士官の婿を出迎えたので、宇垣もここはじっとこらえた。

「このたびはお世話をおかけ致しました。私はまことに嬉しく、そのぉ、非常に嬉しく……、極力急いで参りましたが、このような夜分になりまして申し訳ありません」

じりじりと焦りながらも、畏《かしこ》まった答弁を終え、ようやく三和土《たたき》を上がる。奥に招かれて、恐る恐る襖を開くと、あろうことか産後たった二日で平素と何ら変わりなく、のんびりと炬燵に入っている新妻知子がいた。

(何だ、ずいぶん心配したのに元気じゃないか)

拍子抜けの思いが頭をかすめたが、知子はパッと顔を輝かせて宇垣を見上げ、膝にいる赤ん坊を抱き起こした。

「大丈夫か、眠っているんじゃないのか」

言いながらおずおずと歩み寄り、我が子を初めて腕に抱いた。

(これが俺の子か、何だか信じられないな)

小さな頭はあまりに頼りないけれど、

「お医者様が滅多にない大きな子だって、驚いてた」

横合いで微笑《ほほえ》む妻が、もうすっかり母親の顔になって、そう呟いた。

戸惑うばかりの宇垣をよそに、周囲に集まってきた坂家の両親も祖父母も、赤ん坊は宇垣にそっくりだと口々に言った。

贅沢な一週間の休暇第一日目が、夜更《ふ》けと共に終わろうとしていた。

書生、コック、植木屋、風呂炊き番、草取りの下女、あれこれと使用人を抱える坂の屋敷では、翌日も祝いを述べる来訪者が後を絶たなかった。

三

明くる朝、母親に促されて、奥の寝室に控えた知子を除き、茶の間では次々に訪れる来客に赤ん坊のお披露目が行なわれた。

「これはこれは、どなたかと思えば、そうですか。お式のときにお目にかかりましたが宇垣さん、大尉に進級なさったですか」

会ったかもしれないが、如何せんこの家は方々に馴染みが多すぎて、一、二度会っただけでは、顔と名前の記憶が一致しない。

やがて昼食どきになり、祝いの膳が出された。午後からは赤ん坊を取り上げた女医、産婆助手、看護婦が連れ立ってやって来て、やがて帰って行って……。玄関先で祝いを述べる客もあれば、応接間まで通される客もある。ようやく人の波が引いていった夕刻、宇垣は気になって知子の様子を覗《のぞ》きに下がった。

西陽の射し込む畳の間に寝床が敷かれ、黒い髪が掛かっている。宇垣の足音に気づく様子もなく、てっきり眠っているのかと、身を屈《かが》めて顔を覗くと、

「お客さん、もう帰りましたか？」

ふてくされた妻の顔があった。宇垣はまだ夫婦喧嘩の前触れとは気づかずに答えた。

「いや、いましがた何て言ったかな、年配の夫婦連れが来ていたようだよ」

知子はすると、やにわに体を起こし、

「私のことなどそっちのけで、みんな向こうに行ってしまって」

訴えるように言うと、見る間に両の眼に涙を溜めた。やがてそれがゆっくりと頰を伝って流れた。

「だからいま、知子の様子を見に外してきたんだよ」

宇垣は妙にいい気分になって、これ以上ないほど優しい声を出していた。

知子は疑わしそうに宇垣の眼を探っていたが、

「こんな時間まで、あなたも私のことを忘れていたんですか」

しぶとく食い下がると、とうとう声を上げて泣きだした。

そういえばもう四時を回ろうとしてはいる。

（女は厄介だって、このことだな）

宇垣はうんざりする思いで、知子の赤い眼を見た。まだまだお嬢さんのままだと思ったが、こんな下らない理由で喧嘩を始めたくはなかった。

「やはり疲れているんだよ。何をそんなにいらいらしているんだ」

あやすように言ったのが、また気に入らなかったらしい。

「これだけ眠って、何がどう疲れるっていうのか教えて下さい」

「……つまらないことで、難癖つけるなよ」

長いなじり合いになった（ちなみに知子がこういう発端で夫に泣いて訴えたのは、宇垣の日記に実際に書いてある通りである）。

火がついたように泣き続ける顔に、宇垣はほとほと参って言った。

「いつまでも困らせないでくれ。こうして顔を合わせるのは正月以来じゃないか」

頭から布団を被《かぶ》っていた知子が、泣き腫《は》らした顔を心配気に覗かせた。急に正気に返ったようであった。

「………」

「知子、まったく、この家は顔が広くてかなわないな」

宇垣は妻の手を取って、畳の上にあぐらをかいた。

ようやく鎮まった彼女は、幾分しおらしい顔つきになって訊ねた。

「今度のお仕事は長くなるの」

「いや、そうだな。もうじきには海大の試験がある」

「また学校に行くんですか」

知子の問いに宇垣は、ちょっと得意そうな顔になった。

「海軍大学は目黒にある。東京へ行くことになるから、どこか適当な場所に家を探す」

「………」

「知子と坊やと、三人で暮らせるよ」

知子の黙って頷《うなず》く顔を見たら、宇垣は急に恥ずかしいことを言った気がして、急いで眼をそらした。

その晩も平和な夜が更《ふ》けていった。

数日後のお七夜の祝言で、周囲の了解を得て宇垣は、赤児を「博光」と名づけた。

のんびりとした休暇の、最終日が訪れた。

「最後の一晩も平凡に暮れたり。平凡のうちに和気あり、之を以て出発の楽しみとなす」

宇垣は義父と晩酌を共にする。早々と床を上げていた知子が、間に立って酌をしてくれた。

「甘き最後の一晩を過せり」

当時三十歳の宇垣大尉は、日記をそう締めくくっている。

宇垣の結婚生活も当然、偉いのは主人、妻は夫に仕える身という古いものであったはずだが、現存する夫妻のスナップはさほど昔風ではない。背後に大名屋敷のような広い廊下が写っているので場所は坂の家だろうけれど、微笑を浮かべた知子が宇垣に寄り添い、肩に頭をもたせ加減にしてカメラに収まっている顔には、見ている者がアテられる、若い人特有の遠慮のなさがあり、夫妻の親密の度合いが分かる。

宇垣が海軍大学校第二十二期甲種学生となったのは大正十一年十二月のことで、同期生には後年の海軍次官井上成美がいた。戦争末期、米内大臣の下で終戦工作に尽力した井上の名はよく語られるが、兵学校は三十七期生で、宇垣より三年も先輩である。海兵卒業後の配置によっては艦隊勤務が長引く場合もあり、単純に海大入学の年次だけで出世のスピードを計れるものではないけれど、同期の四十期生たちよりも一足早く「幹部養成所」の門をくぐったのは確かなことで、宇垣のエリートコースへの青写真は、次第に確かなものになっていく。海大二年の課程を終え、少佐に進級した宇垣は、巡洋艦「大井」に砲術長として赴任、ふたたび海上に出るが、この艦隊勤務は一年のみで、すぐに軍令部に配置換えになる。中央の省内務めは三年ほど続き、すっかり東京での生活も板に付いた頃、今度はドイツ駐在武官任命の辞令が出た。

中佐に進級の内示はちょうど出立の直前にあり、家の中は転勤支度で慌ただしかったろうが、海外の任地で進級する者も多いなか、家庭で赤飯を炊いて昇進を祝うことが出来たのはささやかな幸せといえる。宇垣は比較的中央の勤務が多く、海軍士官としては留守が少なかったのも家庭の円満という意味で悪いわけはない。

まあ「甘き最後の一晩」を過ごした若い夫婦の、仲睦まじさが延々と続くわけはなかろうが、知子との夫婦関係は後年まで良好であったようで、大佐に進級した四十代半ば、女房の顔もいい加減見飽き、おおむね経済的な見通しも立ち、あとは道楽の手腕により磨きをかけるばかりの年齢に達していた時期でも、艦長務めにあった宇垣は、艦隊が呉の港に入る日をあらかじめ手紙で知らせ、世田谷に構えた自宅から妻を呼び寄せ、呼ばれた知子は市内の旅館でくつろぐ夫の身の回りの世話を焼いていたようである。

一人息子の博光のためもあったのか、宇垣家ではこの頃から、郷里の親戚の子で東京の学校へ進んだ若者を数人下宿させており、父も母も留守の折は若い人たち同士、気ままに楽しくやっていたらしい。

四

ただ主人が鷹揚な余り広い邸宅の部屋という部屋はいつも満室で、女中を置くでもなく、知子はきっとくたびれていたのに違いない。もとより体も丈夫で少々の無理は押してしまう人だったらしく、昭和十五年春、疫病で急逝するのも、遠因はその辺りにあったのかもしれない。直接の原因は縁者多数との会食だったそうで、なかには高齢者や幼児もいたのだが、命を落としたのは知子一人だったのである。

ちょうどその頃、夫の転勤で東京へ移り住んだ知子の姪がおり、右も左も分からない事が多く何かにつけ、宇垣宅へおばさんを訪ねていたそうだが、彼女の話によるとその日、知子は布団を敷いて寝ていた。両脇では博光と、序章で触れた従兄弟の阿部晴夫が付いて看護をしている。熱がまるで下がらないのだとか、そんな事を聞いたが、ヒロちゃんとハルちゃんが付いているのだし大丈夫だろうと思い、それではと彼女は早々に辞去した。博光、晴夫ともに学生とはいえ慶応の医学部に在学中であり、常にどちらかがそばに居るのだからそう心配も要らぬと当然思う。

まあ一週間もあれば落ち着くかと思っていたら数日後、次の知らせが訃報だったから姪っ子も腰を抜かした。

今も感染症でむやみに下痢止めの注射などをするとウイルスが体内に留まり、合併症で命を落とすケースがあるようだが、知子の場合もどこかですべきではない逆の処置が近隣の医院で行なわれたらしい。博光と晴夫がどこでそれに気付いたのか、もはや予断を許さないと判断したのかはまた聞きで判然としないが、合併症が重篤化し、大学病院へ搬送された時はすでに手遅れだったという。

姪の記憶によると通夜の席で弔問客の焼香が済み、帰る人は帰り、残る者も多かったが皆、卓を囲んで故人を語ったり雑談に転じたりしているのをそっちのけで、喪主の宇垣は一人、妻のそばに座ってただこうべを垂れてじっと動かず、たまに思い出したように涙を流しては掌で拭っていたとか、そんな話である。

宇垣はこの頃、軍令部第一部長の要職にあり、少将に進級していた。軍令部総長、次長を上に仰ぐとはいえ、第一部長は作戦部長という別称もあるくらい軍政全般の決裁権を持ち、とにかく多忙であった。その間、日華事変の解決にも奔走し、三国軍事同盟の回避に努めたが、結局いずれも叶わなかった。

「殊に知子は多忙なる本勤務中克《よ》く内助の勤を果せるが、不幸昭和十五年四月八日、九日頃より発病（中略）公務繁劇遂に天寿を完うせしめ得ざりしを最大の恨事となす。（中略）吾今日ある、又少将進級直に第一部長の栄職に就き得たる、そして其職を完うし得たる共に知子内助の功なり」

これは昭和十七年三月に支那事変論功行賞の恩典を受けた宇垣が「戦藻録」に残している記述である。

やがて山本長官を失《な》くし、自身も瀕死の重傷を負って帰国し、本当ならそばに付き添ってくれたはずの、知子の面影を追う心中は、冒頭で紹介した歌の通りである。

築地の海軍病院での入院生活は予想以上に長引き、ようやく自宅に戻ってきたときは暦も九月になっていた。

山本司令部幕僚を襲った受難の日から、戦局は見るも哀れに敗戦の色が濃くなっていく。山本の後は古賀峯一長官が引き継ぎ、参謀長には宇垣と同期生の福留繁が就任したけれども、間もなくアッツ要塞地の玉砕、七月にはキスカ守備隊の全面撤退。

秋に入ると、ブーゲンビル島付近への、敵の来襲すさまじく、このため飛行隊員の多くがラバウルの陸上基地へと送られた。必死に防御線を張ってはみたが、ミッドウェー海戦でベテラン搭乗員を失っていたのが何とも痛い。

再建途上の機動部隊は、また堕ちるところまで堕ち、再度ゼロからのやり直しまで叩きのめされた。いたずらに人命が無駄使いされた「ろ号作戦」の顚末《てんまつ》である。

マーシャル群島の雲行きも怪しくなり、海軍首脳陣はマリアナ諸島、カロリン諸島西部の絶対死守に方向を切り換えた。かくして恋し懐かしのラバウルには、十万人の将兵が置き去りにされた。

最前線の死に瀕した危機感から脱する代わりに、彼らは内地との連絡網もプッツリと絶たれ、現地の農耕の民となって土地を開墾し、生活の糧を得る以外に方法を見なかった。上層部の措置が後手に回るがゆえ、故国を想って懸命に戦おうと誓った彼らこそ、いい面の皮であった。

現地では指揮官が農場長となって、さつま芋を主食として栽培し、やがて品種改良を重ねて海軍一号、海軍二号とネーミングし、いつとも知れない敗戦の日を待っている、そんな部隊もあった。

昭和十八年はそうして師走に近づいて行った。静養中の宇垣は、時たま本省に顔を出す程度であったが、外出から帰れば玄関に出て頭を下げる手伝いの者と、花嫁修業に預かった遠縁の娘とが、仲良く台所に立って、久しぶりの主人の帰宅に張り切ってくれる。

それが有り難い反面、味気ないのはむろんである。

その年、海軍軍医への道を決めた息子は、横須賀の学校へ入校して家を離れていた。

――こんなときエリーがいてくれたら、俺の足音を真っ先に聞きつけて来るのにな。

宇垣と知子と、息子の博光を絶対の味方と慕っていた愛犬は十七年六月、ミッドウェー海戦のさなかに七歳で逝った。

妻のことも良く知るエリーになら、たとえ返事はなくても、たくさん言葉が出てくるはずなのに、何だか一人、置いてきぼりを食ったような、そんな思いであった。

五

所在なく日を送っていた宇垣のもとに、第一戦隊司令官親補の通知が届いたのは十九年二月のことである。

出立の前日、旧友の田村剛が細君と一緒に来訪し、再陣を激励してくれた。

駅前の繁華街を抜けて県庁を過ぎ、岡山城、後楽園、城下の風景を見渡しながら県下一の名門校へ通った日から三十数年が過ぎている。

昨春、大怪我を負って帰国した宇垣を、再三に渡って見舞ってくれた田村に、宇垣は病床でくどく疎開を促した。

だが、追い詰められる胸中を見透かすように、早く回復することだと、田村のほうが逆に勇気づけてくれた。

慌ただしい準備を終え、隣近所の知人を交えた壮行の宴であった。

「大した役には立たないかもしれないが」

宇垣は足の不自由な田村の身を案じ、疎開用に作らせた杖を贈った。

「ともかく早く引き上げろ、いいな」

いったん岡山へ帰れば、友が大戦の終わりまで帰ることはなかろう。終戦を迎えた時、互いがふたたび顔を合わせることが叶うかどうか、考えるのはもはや禁物だった。

翌日、宇垣は友人数名と、知らせを聞いて築地の病院から出向いてくれた看護婦二人に送られ、東京駅から汽車に乗った。

一晩を列車内で過ごし、明くる朝は呉駅で下車すると、馴染みの旅館吉川で朝食の膳についた。参謀長となった頃、ちょくちょく世話になった一軒である。近くには当時の艦隊軍医長、高田六郎の遺族がいたので立ち寄って香華を手向けたが、もう一つ、山本司令部が一同で厄介になった料亭華山にも顔を出したところ、女将は前年九月に物故していた。

一人、そしてまた一人、親しい顔が消えていくなかで、兵学校同期の親友、鈴木義尾中将が今回、第三戦隊司令官として同じ戦陣の途に就くことは宇垣の大きな支えであった。

任官後は同じ職場にいたこともなかったが、お互い所帯を持って居を構えたのが世田谷と目黒、歩いても三十分かからない近距離のせいか、近しい仲が続いた。腰の重い宇垣の家へ、休日にはちょくちょく鈴木がやって来た。驚くべき大酒家だが、いくら呑んでもいっこうに表情を変えない。

開戦からしばらく、軍令部第二部長にいた彼は、宇垣の入院中も勤め帰りに日参して、話相手になってくれた。

今回の人事異動により、鈴木は「金剛」「榛名」の戦艦二隻を指揮下に入れていた。

昭和十九年春、連合艦隊主力の参集場所は、スマトラ島のリンガ泊地であった。現地ではちょうど訓練のため、陸奥湾くらいの海域を取れた。もっとも周囲は見渡すばかりの大油田で、慰安施設は望みようもなく、乗組員たちの疲労が蓄積するのは明らかだった。内地ではしかし、燃料が底をついていたからやむを得ないのである。

第三章——阿呆作戦

一

リンガ泊地の第一機動部隊には一隻、新型の空母「大鳳」が加わって、司令部旗艦となっていた。他に八隻の空母を加え、搭載機の総数は四百五十。数字だけ見ると立派なようだが対米比率は実のところ、四割にすぎない。ミッドウェーで一挙に四隻沈めてしまった取り返しが、そう簡単につくはずはなかった。

前年秋、ブーゲンビル島沖の航空戦で大敗して、南太平洋のソロモン群島を米軍に奪われた後、日本の防備線は赤道近くまで後退している。マリアナ諸島、カロリン諸島の絶対死守が上層部の方針とされ、それでテニアン島に第一航空艦隊が置かれた。

今後、敵の手が伸びるのはパラオ、サイパン、ビアク島付近であると推察され、水上の機動部隊と並び、テニアンの基地航空隊との二段構えを取った「あ号作戦計画」が一応出来てはいた。

保有機の数だけが問題であった。

リンガ泊地の艦隊内部ではそのころ、アウトレンジという言葉がしきりに囁かれていた。敵の偵察の手の届かない遠距離から発進し、敵空母発見後、まっさきに飛行甲板を叩く——これは機動部隊司令長官の小沢治三郎が自ら、訓練中に編み出した航空戦術である。友軍機の航続可能距離は、敵に比べてかなり長かった。

少なくともこれで、敵は飛行機の発着艦が不可能になる。さらに余裕があれば、敵に近接して母艦そのものを撃沈する。

航空機の性能は、開戦から数年で格段に進歩していた。南方にいる限り燃料の心配もない。高性能の飛行機はただし、操縦も複雑であった。

ミッドウェーでベテラン搭乗員を多数失って以降、母艦乗組のパイロットを立て直しつつあったのは小沢中将自身であった。それが志半ば、ブーゲンビル沖の航空戦で、手塩にかけた部下たちを陸上基地へ奪われ、むざむざと死なせてしまった。

ふたたびゼロから育ててきた航空隊員が、操法の難しい搭乗機でそう長い時間飛び続け、うまく敵空母にたどり着けるものか、実際は疑問であった。

艦隊はこういった状況下で、フィリピン西部のタウイタウイ島へ前進する。予想される決戦海面まで、リンガ泊地からは遠すぎたのである。

五月十六日のことであった。

常夏の花ひとさしや首途前《かどで》

「大和」「武蔵」「長門」の三隻を率いた第一戦隊司令官の宇垣は、風光明媚なこの南の島に投錨を終えた矢先、こんな句を詠んでいる。

リンガ泊地に着任当初、まだ「大和」は呉のドックにあり、一戦隊がしばらく「長門」を旗艦にしていた折、宇垣はよく訓練終了後、艦長の兄部《こうべ》大佐を連れて後甲板で雑談した。

「アメリカは、決して物量だけの国じゃあないよ」

宇垣の言うのを、艦長は神妙な面持ちで聞いていた。

「向こうの兵隊は、人種も雑多でクズもいるがな」

折り椅子を二つ並べ、夜風に当たっていると気持ちがくつろいで、つい余計なことも言った。

「アメリカの士官は、我々よりはるかに良く勉強しているし、頭もずっと柔軟だ。よほどしっかりやらないといかん」

宇垣はしきりにそう言っていた。

仰ぐ夜空に一面、またたく星が、何とも言えず美しい眺めであった。

赤道直下の無風地帯はただし、夜も暑さは変わらなかった。日中の陽射しをたっぷりと吸収した軍艦の居住区で、やすやすと眠りにつける者はまずなかった。

二

慢性的な寝不足を抱え、タウイタウイ島にやって来た艦隊では、小沢司令部の参謀と戦隊司令官数名が毎日のように、「大鳳」の艦内で作戦会議を繰り返していた。

「どうですか、三百カイリも無事に飛べる自信がありますか、えっ。途中で針路を誤らずに操縦するのが手一杯ではないですか」

質問は矢継ぎ早に出た。航空戦隊の司令官が二名、代わるがわるに小沢司令部参謀たちに挑むように言った。

「仮に敵に遭遇して攻撃を加えたとする、それでだ。もと来た航路を戻ってくるのは至難の業だよ。無事に母艦へ帰投できる者が幾らあるかね」

こういう理論は切り出すと、とかく情に走りやすい。

「部下をみすみす死なせるような真似は、絶対に承諾しかねる。第一、これ以上飛行機を撃ち落とされたら、我々の母艦の中身は空っぽになってしまう」

小沢長官はへの字に曲げた口を閉ざしたままだったし、幕僚たちもただ沈黙するばかりであった。

戦隊司令官たちもこれまで、何とかやるつもりで訓練指導に当たってきたが、ここで血相を変えて怒るのにはわけがあった。

「だいたい誰がこんな、タウイタウイなんてちっぽけな島を選んだんだ。ここへ来てもう何日になる？　パイロットが延々と操縦桿を握らずにいたらどうなるか、知っているね参謀長」

「知っていますよ」

「そうだ、タウイタウイに行けと言ったのはそりゃあ中央だ、分かっている。しかし、現地の実情を知らないで東京から勝手なことを言ってくる連中に、この現実を知らしめるのも、参謀長の務めだろう」

タウイタウイ島の欠陥は、飛行場を構えられない立地条件にあった。ただでさえ高度な技量を要するアウトレンジ戦法には、過剰なくらいの訓練が必要である。それなのに未熟な搭乗員たちを陸に上げたまま、手の施しようもなく待機させている、お先真っ暗な話だった。

「数日中に善処するよう、方策を講じております」

言ってもいいのかという顔で機動部隊参謀長が、小沢長官の表情をちらっと横目でうかがった。

一応の説明がやがて、参謀長の口から出て、その日はともかく散会した。

要するに、航空部隊が港外に出動できれば良いと、司令部は提案したのである。

だが試みに一歩、足を踏み出してみた部隊は、あっという間に敵潜水艦の餌食となり、魚雷のお見舞いに遭ってしまった。考えた小沢長官は邪魔者を排除するため、事前に駆逐艦を出動させてみたが、逆に「水無月」「早波」「谷風」の数隻がもろともにやられてしまった。

こうなるともう、ここにいる限り何も出来ないから、早く出撃命令が出たほうがよい。そんな空気になっていたが、中央からは依然、作戦用意の指示はなかった。

あ号作戦、宇垣はその響きに何とも皮肉っぽい気分になり、胸の奥で「阿呆作戦、阿呆作戦」という言葉を唱えつつ、駄句をやたらに量産した。

夏場所や一人角力に力こぶ
鳴く声も阿呆なりけり晝梟
相手見ず駒構へたるへぼ将棋

一人ぼやいているだけではいかにも救いがないけれど、今回、小沢機動部隊の麾下《きか》には八名の司令官がおり、そのうち宇垣を入れた四人が海兵四十期のクラスメイトであった。同期の集いはほんの四、五人でもクラス会として通る、そんな慣習が長年、海軍社会にはある。

通例なら「大和」の冷蔵庫からビールくらい、公費として出荷されても良さそうなものであったが、戦場ではそうもいかない。集まるのはそれでも、一番立派な御殿に暮らす、宇垣の司令官居室であった。

「おいっ、城島、早く座れ。どうせ何も出てきやしない」

二航戦の城島司令官と十戦隊の木村司令官は共に少将で、宇垣と鈴木義尾は中将に進級しているが、誰もそんなことは気に留めない。

めいめいが取っておきの肴を持ち寄って、ひとまず狭い卓に顔を合わせた。ともあれこんなとき、内輪の集まりは良い気晴らしになる。乾杯のビールのグラスをクッと一気にやると、みな心持ち明るい顔になった。

「よっし、待っていたら腕が鈍る。いっそ早く出撃させてやりたいものだな」

城島少将が、勢いづいた口調で言ったが、

「ここで言っても始まらん、いっそ小沢さんに談判してみたらどうだ」

級会幹事の鈴木義尾は、ふふんと笑って受け流してしまった。

結果は八分通り見えている道理を、あえてほじくり返しても仕方がない。年の功とでもいうのか、彼らはその辺り、充分に承知している。

「前線でこうも都合良く、クラスメイトが四人も揃うとは、後にも先にも一度きりだろうよ」

明るく言っているうちは良かったが、呑んでいるうちに口をつく話題がどうしても、思い出めいてきた。本当ならここに、居ても良さそうな誰かれのことが言葉の端に上るのは避けようもない。

しんみりとしかけたのを引き取って、鈴木義尾が呟いた。

「そうだな、山口多聞が残っていれば、きっとここで一緒だったろう」

すると黙っていた宇垣が、思い出したように口を開いた。

「ミッドウェーのあと呉に入ったら、松山が訪ねて来た。まあ冗談のつもりだろうが、後添いを貰《もら》うのは止めろと唐突に言うから、驚いたよ」

「何だ、宇垣、もったいぶって」

「いやその日、松山に八代祐吉と松本象次郎が戦死したことを初めて聞いた。山口を入れて三人、みな再婚組だろう。単に偶然だが、松山のヤツが真顔で言うからな、返事に困ったよ」

まったく冗談になっていないが、これは宇垣の実際の体験談であった。あいつもだいぶ滅入っているんだなあと、横合いから木村少将が相槌を打った。

「次のクラス会ではしかし、俺たちのうちの誰かが欠けているかもしれんなあ」

今度は城島少将が言うのを、誰も縁起でもないとは言わなかった。

「俺たちはともかく、若い乗組員を見ていると、本当に申し訳ない気分になるな」

大正の初め、少尉に任官した四十期生に正直、怖いものは何もなかった。三年間みっちり軍人精神を叩き込まれたとはいえ、平時に任官した身には戦死の二文字もどこか別世界の響きがあった。

静かになった空気を払うように、

「そうだそうだ、忘れていた」

木村少将が背後に置いていた包みの中を、がさがさやり始めた。

「どうだ宇垣、昨日、隼鷹の中佐がくれたんだよ。シンガポールで仕入れたと言っていたが、結構うまいぞ」

　ぱっと目にはただのピーナッツだが、なるほど口に放り込んでみると、南方の香辛料が効いていて確かにうまい。安っぽい小袋に何やら文字が並んでいたので、宇垣はつい内ポケットから老眼鏡を取り出した。

「おいっ、止めてくれよ。どうせワケの分からん原住民の言語だ。情けなくなるから、年寄りじみた真似をするな」

　宇垣はじろっと城島を見返してすぐさま、

「無理するな、俺たちみなもう年寄りだ」

　そう投げやりな言葉を返した。

　気持ちだけは少尉のままだとか、年齢よりも心の持ちようだとか、卓上が一瞬、賑やかになった。

「宇垣はだが、昔からこんなヤツよ」

　鈴木義尾がまったくという顔で、眼鏡を乗せた宇垣を見て笑った。

　呑んでもあまりはしゃぐわけでもなく、とにかく筆まめで日記やら書信やら、机に向かって何か認めている時間の多い宇垣は、確かに辛気臭いところがあった。加えて筆を持っている時間で言うと、彼には絵心もあるのだが、これはあまり知られていない。

　スケッチブックには海上の軍艦やら愛犬やら、たくさんの画像が残っているが、そのなかに一枚、どこで見たのか一対の男女を描いたものがあり、「逍遥とＷＩＦＥ」と注釈を入れている。

何かで坪内逍遥夫妻の写真を見たのだろうが、その文人夫婦の並ぶ道の片隅に小さく、軍帽を載せた海軍士官の似顔絵があって、

「これは鈴木義尾」

と小脇に説明が入っている。まさかこんな絵を宇垣が描いていたとは、鈴木中将は想像もつかないだろう。

鈴木義尾は、面長な顔に下がり気味の細い眼尻がどことなく田舎風で、二枚目とはほど遠い風貌であるのだけれど、それをわざわざ絵に描いて、何やら悦に入っている宇垣の性格は、どうもあまり陽性ではなかったようである。

三

ともかく暇さえあれば紙とペンを持っている宇垣ではあったが、やって来た風光絶景のこのタウイタウイ島は、しばしば野鳥が上空を飛来しており、鉄砲好きの心をくすぐった。艦隊内部でも南洋樹の森をさえぎって行く鳥を狙って、狩猟に出かける者の数が日にひに増えていった。

宇垣は幼少の頃から狩りと釣りの心得があったし、東京へ出てからは正式な猟銃のライセンスも取っていたのだが、

「もう殺生は止めた」

としばらくは、せっかくの誘いも断わっていた。前年の春、この南太平洋の上空で乗機を撃墜され、一度死にかけた身に、そんな不届きな真似は出来ないというのが理由であった。周辺に同好者が一人増え二人増えていくうちにしかし、どうにも我慢が出来なくなり、またやり始めるのがいかにも宇垣らしい。

横道にそれるが彼には実際、傲岸不遜だと周囲の反発を買ったり、そのぶん頭脳明晰で海軍部内でも際立つ斬れ者だと評価もある割に、やや子供じみたセンチメンタリズムがあって、この狩猟の件ならいざ知らず、「戦藻録」の昭和十七年四月、妻の二度目の命日に禁煙を始めるという記述がある。おおかた生前の知子に、煙草の吸いすぎをたしなめられたのを思い出したのだろうが、先の狩猟のほうも志倒れであったように、煙草も何とその翌日には、

「物事は程々なるこそよろしけれ」

と書いて、またすぐ一服してしまった。

あまりの早さで掟破りを出来る意志薄弱ぶりから思うに、その後の「ほどほど」の具合も知れたものではなかろう。

さて、タウイタウイの狩猟のほうであるが、これは艦隊司令長官の小沢中将もまた、なかなかの腕前で出猟の回数は多かったクチである。どこで調達したのか、狩りへ行くのにきれいな麻の夏背広を着て、百八十センチの長身に鉄砲を下げて歩く姿はなかなかさまになっていたという。

決戦を唱えている割には艦隊の日常は変になごやかで、「大鳳」はこれから戦場へ向かうというのに軍楽隊を載せていた。小沢機動部隊の司令部は朝、昼、晩の三回、オーケストラの演奏の中で食膳に就くのである。

開戦劈頭の南雲機動部隊では、これは考えられないことであった。真剣はいつだって真剣なのだけれど、勝算の見込みが乏しくなっているのが原因だろうか。当時とは兵力に雲泥の差が出来てしまっているいま、何かちぐはぐな軍紀の乱れがあり、内部には恒常的なヤケクソムードが漂っていた。

ちぐはぐと言えば、宇垣の率いる第一戦隊への連合艦隊命令もそうで、六月十日、ビアク島奪還を命じた渾作戦で、第一戦隊、第二水雷戦隊を現地の陸軍守備隊へ増援派遣したのに、たった二日後には敵がサイパンに上陸して来たものだから、慌てて「あ号作戦準備」を全軍に通信する。

ビアク島へ向け海上を東進中だった渾作戦部隊は、中央からの原隊復帰命令を受けるより先に「大和」の電信室がサイパンからの緊急電をキャッチしていたから、宇垣は独断で針路を変えていた。迷いはなかったが、二日間、無駄足を使ったことに、ある種の倦怠感は残った。

「渾作戦ヲ中止ス、機動部隊ヨリノ増援兵力ハ原隊ニ復帰スベシ」

連合艦隊司令長官名で電報が入ったのは、「大和」が北上を開始してから二十分近くも後のことだった。

先任参謀が宇垣に寄ってきて、不満そうに呟いた。

「あっちへ行けこっちへ行けと、現場の事情も呑み込んでいない連中に、勝手に使われている気がしますね」

連合艦隊にしろ軍令部にしろ、前線基地の状況を把握していないのはよくある話で、真珠湾攻撃の当時、山本司令部が瀬戸内海の柱島にあったのも同様である。山本の戦死の後を引き継いだ古賀峯一長官は三月三十一日、搭乗の飛行艇が遭難、消息不明のため殉職扱いとされ、司令長官は今度、豊田副武大将に代わっていた。だが、連合艦隊旗艦は「大淀」に変更された後、木更津沖に停泊したままだった。

「こういうことの積み重ねで、中央と現場の溝が深まっていくんだな。まあ君も覚えておくといいさ」

宇垣は笑ってそう答えた。

「たぶん向こうはむこうで、我々のやることにいちいち腹を立てている。俺も内地にいるときは機動部隊のやり方がもどかしくて、何回となく檄文《げきぶん》を出した。山本長官の名前でな」

いつでもやむを得ない事情は発生するし、人にはそれぞれの立場がある。そんな話をひとしきり述べた後、二人は艦内へ引き上げた。

十六日の夕刻、渾部隊はマニラ東南のサマール沖でひとまず機動部隊と合流した。

第四章——一時帰国

一

六月十八日、燃料補給を終えた機動部隊は、前衛に戦艦、巡洋艦部隊、後方に航空戦隊を配置して、中部太平洋方面へ前進を始めた。針路は六十度、速力二十ノットに加速した艦隊は、やがてサンベルナルジノ海峡を抜ける。

早朝、母艦から最初の索敵機が発進していたが、さらに十一時、第二索敵隊が上空へ送られた。

遠距離攻撃をもくろむ場合、敵にそう接近も出来ない。だが、この条件が満たされる以上、米艦隊発見までの道のりも必然的に遠くなる。

ようやく三百八十カイリ東方に米機動部隊を見つけたときには、陽が西に傾きつつあった。

ここで索敵陣が知らせた、スプルーアンス大将率いる米艦隊の顔ぶれは驚異であった。空母十五隻、戦艦七、巡洋艦二十一、母艦搭載機の数は八百九十一。

だが、周辺にはもう夕闇が迫っている。

「司令官、これでは収容がままなりませんね」

艦橋に立っていた宇垣に、艦長の森下大佐が声をかけた。すでに攻撃が明日に順延される通達が全軍に発信されている。

宇垣は後甲板へ回って艦長と二人、双眼鏡に目を凝らした。

実際、森下の言う通り、後方の「大鳳」の通信室には還らない索敵機から絶えず、悲鳴のような短い電文が届いていた。

「ワレ機位ヲ失フ」

「燃料アト二十分」

「母艦ノ位置知ラセ」

母艦の誘導電波はむろん禁止である。それを承知で助けてくれと言ってきている。

暗くなっていく海上に間もなく、ぱっと鮮やかに探照灯が放たれて上空が白く光った。

さらに後続の母艦群が一斉に長い光を放ち、辺り一面が明るくなった。暗い波間と上空を撫でるように往復していた光の矢は、やがて十分ほどで消えた。

「帰投できるといいがな、大丈夫かな」

宇垣は言ったが、艦長は沈黙したまま双眼鏡を手に、顔を後方へ向けていた。

後方の「大鳳」では夜がとっぷりと暮れるまで待っていたが、発見された味方機は遂に一つもなかったという。

索敵陣が遠距離に敵を発見した場合、後続の攻撃隊がはるか遠方の海面に到達するまでには相当の時間が要る。敵がその間に移動してしまえば、すべてが台無しである。

艦隊司令部も少し考え直した。翌日は早暁まえから三度にわたって索敵を行ない、敵空母の位置については早々に確認を取った。

六月十九日、日の出五時二十二分、風向南、風力三、視界良好、絶好の飛行日和であった。前日と同様、米空母部隊との距離は三百八十カイリ、敵の攻撃圏外からアウトレンジをかけるのには申し分のない頃合いである。

零戦二一型、五二型が二百三十四機、彗星艦爆と九九艦爆が百十一機、天山艦攻、九七艦攻は八十六機。

第一次攻撃隊は発進するとすぐ、母艦の上空で大編隊を組み、やがて雲の切れ目に入っていった。ゴオーッというエンジンの音が後に残った。

さてマリアナ沖海戦で日本の艦艇がこの先、出る幕はあまりない。

殊に航空戦隊と距離を置く前衛の戦艦部隊は、ここで何も出来なかった。

上空へ続々と発艦する飛行機を見送ったのはよいが、先の動静は分かりようもなく、「大和」の艦上では、参謀たちがむやみに甲板を行ったり来たりしているうちに一時間、二時間が経っていた。

時刻がとうとう正午に近づいた頃である。

何を話すでもなく、お互い眼を合わさないようにしていた乗員たちが、

「あっ、帰ってきた。味方が帰ってきた」

誰かの大声で、皆いっせいに我に返った。

上空を仰ぐと一機、二機、ちりぢりになった友軍機が高度を下げて母艦を目指している。

「駄目だったのか」

一人として口に出さなかったが、隊列を崩して点々と戻って来る飛行機を出迎えるたび、合図のようなため息が漏れた。

いったん通信室に控えて詳報を待つ間、一戦隊の幹部は、宇垣を囲むように寄って来た。

「司令官、仮にサイパンが陥ちたら、マリアナ海域で残るのはテニアンだけです。一航艦はどうなりますか」

一人が堪まりかねたように口を開いた。

「君はどうなるか分からないのか」

宇垣が冷めた声で言った。

「では質問を変えます、マリアナ諸島全域が敵の手に渡ってしまうとなると、もう海を挟んですぐ沖縄です。我々に採るべき策は残されておりますか」

何か答えなければ収まらないような、悲壮な気配があった。宇垣はだが顔色を変えずに続けた。

「沖縄に上陸させることは、何としても防がねばならない」

口に出してみたらいかにも負け犬の遠吠えのようで、唇に薄ら笑いが浮かんでいた。

「防がねばならないが、まあ、もしも沖縄がやられて本土まで空襲を受けることになったら」

不謹慎な笑みを見せる司令官に、分かったという顔で頷《うなず》く者もあった。

「君たちも身辺の始末を、いよいよ真剣に考えねばならないな」

二

実際にはしかし、小沢艦隊のパイロットの腕前はそう悲観したものではなく、母艦を発進したあと、遠く三百八十カイリ先の敵機動部隊近くまで、到達する飛行機がなかったわけではない。大半はそこで、新型兵器のVT信管に食われたのである。これは高角砲の弾に用いられたもので、信じ難いことだが、敵の飛行機の近くを通ると命中しなくても炸裂するという、我が軍には想像もつかない高度な性能を持っていた。後日、アメリカ軍に「マリアナの七面鳥撃ち」という言葉が生まれたほど有効であったという。

「大和」の電信室ではその後、味方の被害状況ばかりが入電された。

「翔鶴が沈没、矢矧《やはぎ》が乗員救助に当たっています」

通信員が泣くような声で叫んだ。

沈んでいた艦内の空気が逆に騒々しくなった。

「全員現状配置のまま、作戦は続行中だ」

宇垣の声に一瞬、すっと嬌声が止んだ。

艦隊司令部の動向は、夕刻近くなって判明する。届いた知らせは、五戦隊の「羽黒」からだった。

「我大鳳ノ通信ヲ代行ス、機動部隊長官、本艦ニ移乗中」

どうやら艦隊旗艦は、すでに海上にいない様子であった。

朝からしかし敵機の襲来は一度もないし、あるとすれば海底からの魚雷攻撃と思われた。

「敵潜の追躡《ついじよう》を受けていたのだろう。こちらも警戒を厳重に敷くこと、良いな」

宇垣は声を大きくしながら、小沢長官の心中を思った。

——思えば年甲斐もなく、物騒な真似をしたものだ。

タウイタウイ入泊後、宇垣は「大鳳」に小沢を訪ね、不平を述べたことがある。ちょうど五月二十七日の海軍記念日のことで、いささか感傷的になっていたせいか床に就いても眠れず、勢い余ってベッドを出た。

深夜に内火艇を出して、図々しく押しかけると参謀長が現われて、すぐに長官室へ案内を受けた。

「こんな時間に、何か急ぎの用事かね」

とうに十二時を過ぎており、さすがに意外な顔をされたが、そう言う小沢自身、まだ軍服のまま靴を履き、机に書類を広げていた。

　用件は幾らもないし、話が長引くのは好まないたちである。率直にあ号作戦の否定的条件を並べた。ここでマリアナ海域に固執せず、東方のビアク島、南方のニューギニア両方面にも兵力を増勢しないと、先の見通しが立たないこと。もう一つはアウトレンジ戦法の現実味の希薄さである。

　小沢が黙って聞いていたが、

「あまりにも虫が好すぎる計画です、これで本気で戦えるとお考えですか」

　宇垣が結論を急いたので、相手もやおら顔を上げた。

「その通りだよ、宇垣君」

　言葉は少ないぶん、相手の苦衷が余計に伝わって来た。

「では他にどんな方法がある。戦力が揃うまで待っている時間が我々にはない」

　結果を見れば、ここでさらに傷口を広げてしまっただけではある。だが、急場をどうにかしようとした指揮官の小沢を、責められる者はどこにもいない。

　やがて大海戦の終息が、呆気なく訪れた。

　ついさっきまで黒煙の上がっていた後方の海上には、大きな波がうねるばかり。「大鳳」の沈没した海面はべっとりとした重油に覆われ、ガソリンに汚れた黒い波が寄っては返し、海上を泳ぐ乗員を一人、さらに一人、海底へ呑み込んでいた。

　暮れかけた海上に間もなく、救助の駆逐艦が近づいた。

千名を超す「大鳳」の乗員中、救助されたのは百名余りという話であった。

翌二十日、小沢長官は「羽黒」で指揮を執り続けたが、通信能力の劣る重巡洋艦で全軍の状況を把握出来ぬまま作戦を続行した結果、さらに一隻、空母「飛鷹」を沈めてしまう。可能性のある限り、巻き返しに賭けた小沢の闘志は立派だが、戦場では当然不測の事態が多い。どうもこの人も、まさか「大鳳」が沈むとは考えていなかったようだが、仮に沈没した場合、対策を講じていたならともかく、無理を通して被害を拡大してしまう真似は、ここで慎むべきだった。

機動部隊はその晩ついに、連合艦隊司令部から、

「機宜、敵カラ離脱セヨ」

という事実上の内地帰投命令を受けた。

三

艦隊が呉の港に帰って来たのは、それから三日後のことである。

「大和」「武蔵」の指揮下二隻を湾内に繋留した宇垣は、久しぶりに旅館・吉川を訪ね、歓待を受けた。

「お元気そうで、よろしゅうございました」

愛想に欠く反面、口うるさい注文をせず宴席でも芸者を煩《わずら》わせるような真似を働かず、部

屋へ通して酒を運べば、一人で書を広げていたり、揮毫をしていたり。

世話を焼く必要を感じさせないからだろうか、宇垣はいつも笑顔で迎えられた。

襖を開けば、ゆったりとした畳の間が奥に続いている。窓を開けて風を入れながら、宇垣はしばし、見慣れた街の風景に眼を遣った。

――ここへ来るのも、これが最後だろうな。

夕刻運ばれた酒と肴は戦時下には過分なもので、人々の連合艦隊への厚意がやや重荷ではあったが、久しぶりで眠る布団は何ともいえず心地良かった。

港に停泊中の艦隊を向こうに、キャバレーやカフェが並ぶ大通りを、女給たちがハイヒールを鳴らし、ネオンの中に現われては消えていったのもごく最近の光景なのに、夜になっても灯のない街角は嘘のような闇だった。市内では僅かな老舗旅館が辛うじて、港を往き来する艦隊の乗組員のため、店を開けているのに過ぎない。

吉川もそんな宿屋の一軒で、古くから「グッド」の呼称で海軍士官たちに親しまれ、将官クラスは通例ここに滞在した。

一時帰国にしては長逗留になっていた七月六日、級友の鈴木義尾が宇垣の部屋へ顔を出した。

「おう、やっと来たか」

少し時間が早いとは思ったが、二人で一室を借り、ともかく一杯やることにした。

帰国しても資源に乏しい本土では、艦隊の訓練も難しい。燃料の欠乏が深刻な連合艦隊は、近くリンガに向けて再出発の予定であった。

「まさかここで、また呑めるとはな。俺はよほど死に際に見放されたらしい」

力なくこぼした宇垣を見て、鈴木が珍しいものを見るように笑った。

「おいっ、あまり不吉な話は止してくれよ」

宇垣は苦笑いに似た顔を見せたが、構わずに続けた。

「俺は真珠湾の当日から、ずっと海上にいた。おまえのように中央にいたのとわけが違う。のっけから山本さんの下にいたのにな」

一つ、二つと銚子を空けていくうち、夏の戸外もとっぷり暮れていたが、酒が進むにつれ息巻くのは宇垣ひとり、鈴木の口調はいつものままに穏やかだった。

「そう慌てるな。腹を切るような時期は簡単に巡って来んさ。ここまで来たらせいぜい自重して、じっくり構えるのも大切な務めだ」

簾《すだれ》を掛けた窓からは、生温かい風がゆっくり流れて来る。波音を聞きながら戸外を行くと、ほどなく呉港に突き当たるためだろう。潮の匂いも近い。

鈴木にとって、呉は鎮守府参謀の経験もある思い出の土地であった。家族を連れ、官舎に仮住まいしていた彼を、宇垣も何度となく訪ねた憶えがある。

ちなみに鈴木の妻田鶴子は、東郷吉太郎中将の令嬢である。

名前だけでは明確な輪郭が浮かばないが、この人の末弟が東郷平八郎であり、長兄の吉太郎中将を父に持つ田鶴子夫人は、東郷元帥の姪に当たる。生粋の海軍軍人の家庭に育った夫人との間には、八人の子が生まれた。

鎮守府参謀を務めたのは中佐の時分だが、官舎を訪問した宇垣が思わず仰天した日がある。

「あれっ、この子はいったい」

夫人は会うたび必ずというほど、乳飲み子を抱いているので、去年の子か今年の子か、たまに見るだけでは判別がつかない。

「そうですか、やはり子供は多いほうが賑やかで良いですね。ウチの息子は喧嘩相手がいないせいか、どうも軟弱でいけない」

口では珍しく調子の良いことを言ったものの、鈴木の顔を見たら思わず吹き出した。

「おい、また殖えたのか」

「ああ、毎日うるさくて叶わないよ」

泣く、わめく、ねだる――、幼子たちの飛び回る部屋を見渡して、鈴木はそれでも満更でもなさそうに笑っていた。

あれからもう、十年以上が過ぎた勘定になる。

父の加齢につられるようにお互い、子供は大きくなり、鈴木家の次男はいま、兵学校に在学中だった。鈴木は数日前、愛息の顔を見に江田島を訪ねて来たと言った。

「まあ人並みには、やっている様子だったがな」

呉港の湾岸を歩くと、日中は江田島が向こうに霞む一帯もある。だが、先の知れない戦いの渦中、父子の距離は近いようで遠かった。

「江田島か、すっかり昔話になってしまったな。俺も一度、立ち寄ってみたいな」

「見たところで何にもならんぞ。若い連中に敬礼されても仕方ない。寺岡やら城島やら、俺たち揃ってあの頃に帰れるわけでもなし、一人でのこのこ出かけても、歳を感じるだけだよ。学校も周りも結構、変わったしな」

確かに兵学校の生徒館で、仲間と共に暮らした日々は、すでに遠い記憶ではあった。五十も半ばの中歳を重ねること、地位や立場を得ることは一面、周囲との隔たりを作る。五十も半ばの中将が、まさか部下に向かって愚痴を言えるものでもない。

こぼしても始まらないから、おのずと口をつぐむ日が増えた。しかし互いの若い日を知る友は、どこか空気のような存在かもしれない。面と向かえば下らないこと、言っても言わなくても良いことが、呼吸のように口をつくのだった。

「楽しかったな、あの頃は」

宇垣の言葉に、鈴木は意地悪く言った。

「いやなことは忘れようとする。だから過ぎたことは、みな楽しいものだよ」

この大戦がすんで、仮に生きて帰ることがあれば鈴木と二人、かつてを振り返りつつ酒を酌み交わす。それはどんなに楽しいことだろう、きっと楽しい暮らしに違いないと宇垣は思った。

だがもう、何もかも終わりつつある。敗戦を迎えた日本の「元軍人」に、そんな和やかな生活が与えられるなど、都合の良すぎる想像だった。

夢叶って進んだ海軍兵学校、呉軍港に集結する大艦隊。それはもう手の届かない思い出ではあったが、兵学校近くの古鷹山から対岸の呉を見下ろし、連合艦隊の華々しい光景に、宇垣も鈴木も胸をときめかせたものだった。

だが若い日の希望通り、提督の地位にある二人に、残された仕事はもう幾つもない。

四

鈴木義尾の生まれは山形県尾花沢市、同郷の寺岡謹平とは中学の同窓生であったため、兵学校で宇垣と同分隊の寺岡を介し、二人は親しくなった。

鈴木は若い頃から艦隊勤務が多く、自宅は留守がちであったが十八年夏、第三戦隊司令官に転出したあとも家族への手紙を欠かさない。

――予定の如く十九日夜は横浜の宿舎に一泊。二十日朝五時出発。八丈島あたり迄は雨にてその後も時々驟雨に会候へしも無事二千浬の洋上を翔破し途中サイパンに一泊。吉春さんの墓参りを致し二十一日正午過着任仕候。

――久しぶりの海上生活、ここは直接戦場とは隔たり居り候へど早速日夜の猛訓練振りに接し、昨日までの東京の生活とは、舞台は一変して気分の緊張を覚え候。さすがに南洋の炎《あつ》さはなかなかのものにて、然も家に居る時の如く裸になることも出来ず、お殿様はお行儀よくなければならず、馴れるまでは一修行を要することになり。けさも時々スコールありて涼味を加え由候。

――明二十三日司令官交代して、小生の中将旗を金剛の墻頭高くひるがえすべく責務の重大さを加へると共に、多忙に勉強せざるべからざることと存じ候。

茲に取り急ぎ無事着任通知申し上げ候。

義尾

田鶴子殿

大学生の長男に宛てた書簡には、やはり父親らしく生活の心得が認められている。

――八月二十六日附お手紙、去る九月末落掌うれしく拝見仕候。脚気がいくぶん残り居るも他は心配無用とのこと、若く元気にして活力旺盛の時期に候へば余り消極的なる神経過敏の引込思案になることは、之を避くるを可とすべく、さればとて乱暴なる無理を慎むの要あり。

――現下我が祖国は未曽有の大事の難局に立てることは承知の通りにして之が為、国家と時勢の要請、刺激、圧迫は平時と異なり幾多の方面に注文多くなるは当然のことにして、学習年月の短縮の如きは学生にとりてはその最もたるもの。

――日常の自分を充分に規律し生活を規則正しくして、無駄に空過する時間をなくすることが、健康の為にも、精神錬磨修行にももっとも手近な大切なことに候。

時を無為に過ごさないこと、それは鈴木自身の若い頃からの生活信条でもあった。比べて不精者の宇垣には、何もしない日がしばしばあった。

かつて海上でのある日のこと、

「昼食後から四時までソファーの上で昼寝。これだけ寝れば昼寝ともいえまい」

実に簡潔な日記である。また独身時代、郷里での正月休みのこと、

「天気は相変わらずの曇り、後には雨も加わった。朝起きる、七時過ぎ、顔を洗う。朝食を食う。炬燵に入る。本を少し読む、大儀になり寝る」

翌朝も同じ調子で横になろうとした弟は、見かねた兄に狩猟に連れ出されたと、日記に書かれている。

散歩がてら狩りの出来る山奥で育った宇垣だが、鈴木もまた少年期を雪深い田舎町で送っている。

さみだれを集めて涼し最上川

「奥の細道」を辿った芭蕉は、特に尾花沢を気に入って十日間もの長滞在をしたという。かの有名な句も、当初はこう詠んだらしい。

近世の俳人が心魅《ひ》かれたこの土地は、日本でも有数の積雪地帯だが、近隣には銀山と銘打たれる温泉も湧く、我が国有数の桃源郷といって良い。

明治二十三年十一月十五日、父禮助の三男として生まれた鈴木は「義雄」と命名された。スズキヨシオ、変哲のない姓名である。海軍省にも同姓同名の先輩がいた。悪いことに相手はとてつもない豪傑だった。

「あっちの勘定、こっちの勘定、俺とあの人と見当がつかなくなって、ずいぶん懐《ふところ》が痛んだな」

二人きりのわびしい酒宴も、杯の量に比例して会話に脈絡なく、古い話題に花が咲いた。すでに四半世紀以上も前の苦労談だが、呑み屋の請求書が鈴木のもとに誤って廻されること数十回、当人も酒場に無縁の身ではないため、ひどく厄介な思いをした。

「その点、宇垣纒さんは何の面倒もないな」

久しぶりに二人は声を立てて笑った。

それが直接の理由でもないが、結婚の決まった年の暮れ、鈴木は故郷の町から一文字をもらって「義尾」と改名の届けを提出した。

以来二十五年、子だくさんの鈴木家は、長子と末の子に相当の年齢幅が出来た。

——朝起きたら新聞を取りに行くのは、あなたの仕事ですよ。食事の後はお皿を運んで、お母様のお手伝いをなさいね。

父からの手紙も、年端も行かぬ子には語調が変わる。根気の要る作業だが、一人、一人の顔を浮かべつつ巻紙に認めるのは、彼の楽しみでもあった。

ひとり我が家から離れている次男にも、

「一応それなりの貴重品だからな」

鈴木は左の袖をたくし上げて、宇垣に見せた。

「おい、どういう風の吹き廻しだ」

江田島を訪ねた父は考えた末、腕時計を我が子に預け、「金剛」へ戻って来たと語った。

「形見ではないか、縁起でもない」

意外な応酬に鈴木は、ふんっと鼻を鳴らした。

「おまえのような湿っぽい奴が何を言うか」

そう言って宇垣に酒を注ぎ足そうとしたが、手に取った銚子はもう残り少なくなっていた。

海軍の街、呉の夜更け、瀬戸内の波音が、微燻《びくん》を帯びた中将ふたりの耳に、物憂くこだまして消えていった。

五

呉を出港した艦隊は七月半ば、リンガ泊地に戻って来た。栗田健男中将がここで作戦の指揮を委ねられたのは他でもない、前回の作戦を指導した小沢中将の発案による。あ号作戦出撃時も、小沢直率の航空戦隊と別に、戦艦部隊の責任者には栗田がいた。

飛行部隊が壊滅した以上、次期作戦は無傷で内地へ戻っている戦艦、巡洋艦を主力とし、引き続き栗田に任せようというのが小沢の言い分であった。水上兵力だけで米機動部隊に太刀打ち出来るはずもないが、搭載機が底をついた母艦群よりはマシだった。

海軍内部でこの頃、唯一の救いは憧れのレーダーが実戦使用までこぎつけたことであった。敵の電波探信機にこれまで、いやというほど痛めつけられて来た我が国には、何より頼もしい援軍といえる。

十数日の呉帰港中、巡洋艦以上のあらゆる艦艇の檣頭《しょうとう》に、電探の取り付け工事が急がれた。ドックの工廠員たちも張り切ったし、作業の進んでいく光景を毎日、「これでもう大丈夫だ」と言わんばかりに、嬉しそうに見物に来る艦隊乗組員もあった。

戦局の方はしかし、暗い話題ばかりが続く。艦隊主力が呉を出発したちょうどその日、サイパンでは中部太平洋方面艦隊が玉砕する。あ号作戦の失敗で補給の途絶えたマリアナ海域は、敵の砲撃が日に日に苛烈になっていたが、艦艇を持たず、事実上の陸戦隊となって応じた日本軍は良く頑張った。指揮官の南雲中将は最後、現地の守備隊と「万歳」の大合唱のなかを米軍に突撃する。

「茲ニ諸士ト共ニ、聖寿ノ無窮皇国ノ弥栄ヲ祈念スベク、敵ヲ索メテ進発ス、続ケ」

開戦からおよそ半年、無敵を誇った機動部隊の指揮官は、やがて南方の小島に消息を絶っていく。

サイパンから五キロと近いテニアン島の運命も同様であった。もともと実戦に即応する基地航空隊として編制された第一航空艦隊は、保有機も搭乗員も補充が追いつかないまま一年、良く耐えた。

「今ヨリ全軍ヲ率ヰ突撃セントス。機密書類ノ処置完了。之ニテ連絡ヲ止ム」

一航艦が最後、軍令部に宛てた訣別電にはそうある。

司令長官の角田覚治は、ミッドウェー海戦でも北方に米軍を牽制する囮《おとり》部隊となり、アリューシャン列島の攻略に成功した武運の強い人であった。

「たとえ味方に一隻の空母なくとも、たとえ一機の飛行機なくとも、あくまで戦い抜かねばならぬ」

日米開戦の数年前、兵学校の教頭を務めた角田中将は生徒たちに壇上でそう語ったという。

その言葉通り、玉砕した角田たちの死が、今後、何かの意味を持つなら良い。

だが、次回の作戦に明るい見通しは少なかった。中央の軍令部と実戦部隊の合議は大いに必要なはずが、国の内外に距離を置いてしまった以上、そう綿密な用談も難しくなる。

爾後の方針については敵の出方を見て、追々伝達するとだけいわれ、いわば待機のために外地へ出るのだから心もとない話である。

連合艦隊司令部はその夏、まだ「大淀」に大将旗を掲げていた。日吉の防空壕に司令部を移すのは、九月末のことである。

第五章――捷一号作戦出撃

一

二ヵ月ぶりでリンガ泊地に来たものの、栗田艦隊の旗艦「愛宕」では、司令部参謀たちがいささか弱っていた。

パレンバンの大油田地帯をそばに、重油だけは豊富にあるけれど、何をどう訓練すべきかの構想が浮かばない。中央の通達を待つといっても、現場には艦隊司令部があり、麾下には大勢の戦隊司令官がいる。人間の知恵など大差ないから、待っていても妙案が出るはずなどない。

だいたい敵の強力な機動部隊に対するのに、こちらはもう飛行機が底をついている。ともかく上空からの敵機に、砲撃戦で立ち向かうよう訓練するしかない。

そこでラモン湾、レイテ湾、ダバオなど、考えられる米軍の上陸予想地点を絞り、各戦隊の司令官が分担を決め、作戦の研究を始めた。

八月に入ってようやく連合艦隊司令部、さらに軍令部からの参謀がマニラへ派遣されたので、栗田艦隊参謀長の小柳冨次が現地へ出張した。

その日、連合艦隊の神重徳参謀の提案は、実に意外なものであったらしい。

「フィリピンを取られたら最後、南方がまったく遮断されます。燃料がなくては艦隊を保存していても宝の持ち腐れです。どうあっても手離すわけにはゆかない。連合艦隊司令長官は、ここで水上部隊をすり潰しても悔いはないというお考えです」

だから、飛行索敵によってあらかじめ敵の動きを追い、敵のフィリピン上陸日時、予想地点の見当をつける。これにともない基地航空部隊が敵母艦群を強襲、轟沈に追い込む。その隙を見て栗田艦隊は上陸地点に突入し、現地に荷揚げ途中の敵輸送船団を殲滅《せんめつ》させる。

神参謀の言うように、都合良く発見され、うまい具合に沈没する、そんな物分かりのよい敵艦艇がどこに存在するのか、その点は大きな疑問である。ただ小柳参謀長はそれ以上に、最後の海上決戦で、よりにもよって輸送船と差し違えて来いという、作戦の発展性の乏しさに腹を立てた。

一度や二度、上陸を阻止したところで、相手は物量のものを言わせる国である。また来ればすむことだった。

「我々はあくまで敵の主力艦隊を撃つのが目標ではないのか」

小柳に迫られると、神は次第に弱腰になった。仮に作戦の途上、敵の機動部隊に出くわすようなことがあれば、

「そのときは輸送船団を放擲《ほうてき》するが差し支えないね」

小柳に念を押され、神もそれを渋々了解する。

憂鬱な思いでリンガ泊地へ帰った参謀長は、ここで新たな難関にぶつかった。

「しかしね、ここまで来て一挙殲滅なんて無理な相談だよ。参謀長、もう一度中央と掛け合って見たまえ。君の口から言うのが妥当だと思うがね」

「愛宕」の司令部幕僚室に押しかけて来る人々のなかで、次席指揮官の宇垣などは特に強気に言い張った。宇垣に限らず戦隊司令官、艦長クラスがほぼ全員、入れ替わり立ち替わりやって来る。

宇垣には、今回さらに力強い味方が加わっていた。一戦隊麾下の「武蔵」に八月、新任の艦長として着任した猪口敏平大佐である。普段は静かな人だが、海軍砲術界の権威であり、「大和」「武蔵」「長門」の三隻の威力を小柳に強調した。

「大和も武蔵もまだ、敵に実弾を放ったことがない。二隻の対空砲火の威力をもってすれば、戦闘機の撃墜が可能です。飛行機を墜として、艦隊同士の決戦に持ち込めば必ず何とかなります」

砲術学校の教頭を二度務めた人の話だから説得力があり、小柳もなるほどそんな気がしたが、連合艦隊司令長官の決裁事項を翻せるだけの根拠はない（実際に後日、「武蔵」が敵機の

る者もあった。

集中攻撃にさらされるまで、砲術家の艦長はそれを信じていただろう）。

ともあれ理屈を並べる相手はまだマシなほうで、単に喧嘩を挑んで来たような言い草をする者もあった。

「冗談もほどほどにしてくれ。上陸地点まで行った頃には、きっと荷揚げが完了しているよ」

「誰も命を惜しむ者などいない。しかし、今日まで商船を叩くために訓練してきたわけではないだろう」

「ともかく君たち参謀が悪い、いや参謀長が悪い。こんな作戦、その場で突き返さなくてどうする」

中央の意図する通りに、この一戦に玉砕する覚悟で出ていったところで、得られるものはどれほどあるか。逆にむざむざ火中に飛び込んで、大勢の部下を死なせる必要があるとは誰だって思えない。

総勢三十二隻の大艦隊が自殺行為に出るよりも、何か上手な戦の方法はないものかという言い分はもっともで、やって来る顔また顔に応対する小柳は、幾分持て余し気味になった。

少なくとも栗田長官直率の四戦隊の乗員に対しては、

「連合艦隊の作戦要領には、森厳《しんげん》なる統帥に徹せよ。陣頭指揮に立って万策を尽くせとあるではないか」

そう繰り返して戒めたというが、小柳少将より年長の戦隊司令官クラスを相手に、まさかお説教というわけにもいかなかっただろう。

そのうえ栗田艦隊司令部そのものが、別の意味でざわついていた。

マリアナ海戦の敗北で、機動部隊を喪失した現状では、昔さながらの艦隊決戦しか方法がない。となると、艦隊司令長官の旗艦はむろん最大で、通信設備も優秀な戦艦「大和」が望ましい。栗田艦隊はそれで連合艦隊長官に、旗艦の変更を要請したのだけれど、受け容れられなかった。

ここへ来て急ぎ鞍替えするよりは、昭和十九年二月からの編制通り、慣れた「愛宕」で指揮すべきという指摘もあったし、栗田中将の第二艦隊が夜戦に主眼を置いている以上、暗闇の海面で水雷部隊と行動するには、やはり重巡の「愛宕」が宜《よろ》しいとの声もあった。

もっとも大型戦艦の速度が巡洋艦に劣るのは相対的な話であって、最大速力二十七ノットを出し得る「大和」に限って言えば、夜戦の洋上を駆けるのに何の弊害もない。

要するに面倒は避けたいのだと愚痴って、艦隊司令部では旗艦変更の密談がしばらく続き、もしも心配通り「愛宕」が敵に食われた場合、どこに移乗するか、事前に参謀たちの間で取り決めが出来たという。

二

本当なら全員一致で「大和」に行きたいところだけれど、

「大和には宇垣さんがいるから、武蔵にしよう」

参謀の一人が言いだすと、みな一様にもっともだという顔をした。

編制を変えない以上、「大和」には一戦隊司令官の宇垣が乗っている。

実際、軍艦の檣頭に中将旗が二本上がるのは陳腐だし、指揮官が艦上に二人いると、伝達系統が乱れる可能性もあった。

従来通りに指揮権が栗田長官に一任されるよう、一歩退いてくれる相手ならばともかく、詰まるところ、あの宇垣ではそうも行くまいというのが彼らの心配の種であった。

さんざん逡巡したものの、栗田艦隊の先任参謀、山本祐二大佐と一戦隊の野田六郎先任参謀が兵学校の同期生で、

「俺のところに来い」

と野田が強く勧め、宇垣についての懸念もどうにか言いくるめてしまい、「武蔵」への引っ越し案はお流れになった（結局、参謀たちの危惧は当たって、レイテ沖に出撃した翌日に、「愛宕」は敵潜水艦の魚雷にやられるが、「大和」に移乗した彼らはさらに翌日、僚艦の「武蔵」が敵戦闘機の猛撃にさらされて、なすすべなく沈没するさまを、「大和」艦上から眼の当たりにするのである）。

どうしてなのか海軍部内の一部で、宇垣の評判はひどく悪い。特に一緒の勤務を経験した後輩や、宇垣が海大教官を務めた時期、学生として在籍した者から悪評が聞こえる。

先の野田六郎あたりも、兵学校五十一期卒、海大では宇垣教官の講義を受けた一人なのだ

が、宇垣は三年にわたる目黒の大学在任中、海大三十一期から三十四期までの学生を教えており、これが兵学校の卒業年次で見ると、四十八期から五十二期に該当する。そうすると、宇垣の連合艦隊参謀長当時、山本司令部の参謀は先任の黒島を除いたほとんどが、これに該当していた具合になる。

山本五十六のお気に入りであった渡辺安次と、山本戦死の当日、乗機に同乗していた航空参謀の樋端久利雄がともに五十一期生、さらに樋端の前任、三和義勇も、政務参謀の藤井茂も海大は恩賜のエリートで、宇垣教官の講義を聴《き》いた一人だった。

教官時代の宇垣は学生の反論に対し、懇切丁寧な回答もなく、

「違う、私が言うのだからこれで正しい」

といった調子で切り捨てたらしい。そんな見下した態度が印象に残り、取っつきにくい参謀長にされた可能性はあるだろう。

ついでに加えると、このうち兵学校五十二期の卒業生については、少佐の時分からの縁まであった。

大正十三年、兵学校五十二期生が少尉候補生として二等巡洋艦「大井」に乗り込んだとき、艦内の砲術長に宇垣がいた。このクラスの源田実や淵田美津雄は、ここで初めて後年の連合艦隊参謀長に対峙《たいじ》したことになる。宇垣砲術長の猛指導は有名だったそうで、「怖い」ことも、イコール傲慢に映った部分はきっとあったのに違いない。

戦後これは、源田が語った有名な談話だけれど、

「まったく答礼すれば普通は少し、体が前傾姿勢になりそうなものだが、あの人は逆に反り返っていたものな」

ふんぞり返った宇垣の答礼は、

「おうっ」

と返事だけはしても、挙手の礼は省かれていたようで、下士官から一兵卒にいたるまで丹念な答礼で有名だった山本五十六と比較され、だいぶ損をしている。

それがまるで参謀長当時のことのように語られているけれど、源田の話の詳細が残されているわけではないので、あるいは彼ら五十二期生の第一印象が延々と語られていたのかもしれない。

だいたい後世の人間の目で見れば、軍隊の杓子定規なしきたりなど、いかにも無意味だし、いくら軍国主義社会でもリベラルな気風の強かった海軍にあって、この種の儀礼的な行為は、あってもなくても、大差無しと捉える士官も大勢いただろう。

例外はしかし、あるにはある。

「俺はもう足掛け二十年、海軍のメシを食って来ている」

ただその一点に、プライドを持つ叩き上げの下士官の存在である。

軍人が花形稼業であった当時、海軍の採用試験に合格し、いささかの疑念も感じることなく訓練に従事してきた彼らにとって、連合艦隊司令長官といえばそれこそ、遠くに姿を仰ぐだけで大感激であったはずで、むろん参謀長も彼らにとって違いはない。

たまさかそばを行き過ぎるとき、

「おうっ」

すげなく去って行かれたら、いかにも階級の差を感じるようで味気ない思いをする。自分が最大級の尊敬を込めて敬礼している相手が、歩を止めてしっかり右手で答礼してくれたら、その日一日幸せというもので、ますます勤務にも精が出る。

ただ残っている逸話で見るかぎり、山本という人には天性の明るさがあるのに比べ、宇垣は剛毅果断などと語られる割には一面、内に籠もりがちな傾向があった。

ちょうど栗田艦隊のレイテ沖出撃前に、偵察員として「大和」に乗組となった飛行科予備学生に岩佐二郎という大尉がいて、戦後の著書で、宇垣司令官の印象を語っているのが興味深い。

「宇垣長官は私の顔を見知っている。艦内廊下などで提督を見かけると、私はいつも胸をときめかせて立ちどまり、中将は苦笑いして目をそらせて私のそばを通りすぎる」

元来、照れ屋というものは率直な行動が苦手である。やろうとすると、変にぎこちなくなってしまう。

もっともこの答礼の物議に関しては、二人の性格の違いと別に、山本のほうが一枚も二枚も上で、人心掌握の術を心得ていた点は否定できない。

宇垣はそんな山本を間近に知り、やがて敗戦近い昭和二十年、第五航空艦隊司令長官となって、まるで山本を写したようなエピソードを残しているのだが、それはもう少し後で触れる。

ところでこの大戦には、宇垣がかつて居住経験のある戦艦が二隻繰り出している。一隻は大尉の折、副砲長を務めた「金剛」だが、もう一つは大佐在任六年目の昭和十三年、練習艦「八雲」に続き、二度目の艦長勤務に就いた「日向」である。支那事変の勃発も近いこの年、「日向」は艦内新聞の刊行にこぎつけた。その写しは現在、江田島町内の郷土資料館に展示されている。着任から間もない昭和十三年一月二十一日には、「日向新聞発行ニ寄ス」として、宇垣艦長の執筆文があるので紹介したい。

――猛訓練ノ本吉日ヲ奉シ日向新聞ノ発行ヲ見ルハ艦長ノ大イニ満足スル所ナリ。新聞経営関係者ノ努力ト乗員一同ノ援助ニヨリ本新聞ノ益々隆盛発展ニ赴キ其ノ目的ヲ達成センコトヲ祈ル。惟《おも》フニ時局ノ前途ハ遼遠トシテ吾等海軍々人殊ニ第一線ニ立ツベキ日向乗員タルノ責務ハ極メテ重大ナリ。乗員一同ハ本職ノ茲ニ訓示セル左記事項ヲ遵守シ一層奮闘努力ヲ以テ本艦ノ使命ヲ全ウセンコトヲ望ム。

一、自己ノ任務ヲ積極的ニ立派ニ遂行セヨ。
二、何事モ勝テ
三、仲良ク愉快ニ行儀良クヤレ
四、本艦ヲ大切ニ自分ノ体ヲ傷ムルコトナカレ
五、親ニ孝行セヨ

「日向」は昭和十九年にきて、空母の増産が追いつかない台所事情から主砲をそっくり撤去され、航空戦艦に姿を変えていた。もう一隻、「伊勢」にも同様の改造が行なわれたが、搭載機をことごとく損耗してしまった現状にあっては、二隻に取り付けた飛行甲板もまったく無用の長物になってしまった。

戦局が末期的兆候を見せている手前、上層部の措置が後手に回るのは、ある程度やむを得ないが、どうも豊田長官の連合艦隊司令部は、万事が友軍に都合の良い台本を次から次に量産し、失敗を重ねること甚《はなは》だしい。

次期作戦準備のリミットを設けるにあたり、敵のフィリピン攻略開始を十一月中旬と踏んだのも甘く、十月十日にはもう、敵機動部隊が沖縄全土を空襲した。

沖縄本島、さらに宮古島、沖永良部の奄美諸島一帯に、四百機を超える敵機襲来の知らせを受け、連合艦隊司令部は日吉の防空壕内から「捷一号、捷二号作戦警戒」を発令する。

ちょうどその頃、南九州の鹿屋を中心に展開していた基地航空部隊は台湾沖に転進し、南西諸島の防備線の死守に努めたが、十二、十三日の両日には、敵の対空砲火をたっぷりと浴び、多くが海中に没したという。

練度の未熟な搭乗員たちは、日章旗を尾翼に彩った味方戦闘機の燃え盛るさまを幾つも見ただろう。なのに火を吐く友軍機が墜落する瞬間、ぱっと照り映える海上に敵の母艦を発見して、逆に「敵空母轟沈」と誤認してしまう。

右も左も分からない偵察員たちが、

「空母九隻撃沈、五隻炎上」

さらに戦艦、駆逐艦群まで大きな戦果を報告したものだから、日吉の司令部はすっかりその気になった。

「台湾沖には敗残空母が漂流している」

どこからか根拠のないデマが出て、豊田長官は台湾沖の哨戒を思い立ち、志摩中将の率いる第五艦隊が現地へ派遣された。

大勝利を錯覚した豊田長官は、残存する敵艦艇の掃討と味方の救出を指示していたが、五艦隊は途中、偵察機の報告で敵機動部隊がいまだ健在であることを突き止める。

志摩部隊はそれで結局、連合艦隊の草鹿龍之介参謀長から北転、Uターンの命令を受けた(帰路の途中、この部隊は捷一号作戦の発動によりスリガオ海峡からレイテ沖へ突入の命令を受け、ふたたび反転する)。

三

豊田司令部の草鹿参謀長は他でもない、もとは南雲機動部隊の参謀長として知られている。開戦前は軍令部の作戦課長として、宇垣第一部長を上司に仰いだこともあった。

彼はこのポストで相当いやな思いをしたようで、

「君に言ってもしょうがないよ」

口に出してこそ言わなかったけれど、宇垣からは再三、木で鼻をくくるようにあしらわれたという。

宇垣が頭の切れることで定評のあったのは多くの人の語るところであって、そういう彼は実際、人を見下すような仕草を見せたのかもしれない。

ハワイ作戦の直前、岩国航空基地では連合艦隊首脳部の作戦会議があり、晩には地元の料亭で決起会が開かれた。

途中、厠《かわや》に立った草鹿は、向こうから戻ってくる宇垣と出くわして、

「大丈夫だよ、大丈夫。きっとうまくいく」

両手でしっかり手を握り、感情を込めた激励を受けた、そんな他愛のない話を戦後語っている以外、彼の宇垣評は罵詈雑言に等しい。これも草鹿自身の回想によるけれど、プレジデント社編纂の「連合艦隊の名リーダーたち」では、

「僕は宇垣纏のように、後世に名を残そうなんて気はなかった。あいにく何も記録は残していないよ」

草鹿がそう発言したことになっている。前線の辛苦を知るこの人が、一日も欠かさずに書き続けることが如何に困難か分からないはずはなく、「戦藻録」にそこまでうがった見方をしていたら、いくら何でも質が悪い。

仮に本当に彼の発言であったとすれば、昭和四十六年の取材当時、彼は七十九歳の高齢で、

往時の記憶に対しても些細な局面だけが鮮明になって、長年抱いた悪感情がうっかり口をついて出たのかもしれない。

戦後しかし、生き残った将官たちの大多数は過ぎたことをとやかく弁明するのを潔しとせず、報道関係の取材も断わり、回顧録にも手を染めずに余生を送ったのに比べて、草鹿中将はまったく正反対であった。現代に名前の残る提督にも数人、回想記を残している人はあるが、対比するところ、草鹿の語る話は、あの男は虫が好かなかった、あのとき自分はこう思っていたのだといった記述が頻出する。

「歯に衣着せぬ」と、あるいは自負しているのかもしれない。

旧海軍関係者が戦死者を語るとき、あれは偉かった、これも立派だったと何から何まで褒《ほ》めそやす風潮は考えものだし、いったん筆を執る以上、悪いものは悪い、そういう正否の基準は必要だけれど、まるで死人に口なしのように、あれは嫌い、これは反対だったと羅列するのでは、話の筋道からそれてしまう。

その辺りたぶん、感情のコントロールが上手《うま》くなかった草鹿が、日本海軍の最後の決戦を控えて、連合艦隊司令部参謀長に座っている。

加えて艦隊司令部先任参謀の神重徳大佐がまた、栗田艦隊に対して無茶苦茶な作戦を押しつけたように、

「神がかりの神さん」

陰でそんなあだ名がつく精神論者であり、なせば成る、大和魂があれば最後には勝つと言

いかねない、悪く言えば雑な思考の持ち主であった。

指揮系統上しかし、連合艦隊司令長官の命令は絶対であって、栗田艦隊側は彼らが日吉の地下室で立てた作戦命令に従うしかなかった。

憤懣はあったけれど、平時の日本の艦隊は一滴の油でも非常に口やかましく取り締まられたから、思う存分に訓練が可能なことだけは、リンガ泊地での乗員たちの憂さ晴らしになった。

一ヵ月、二ヵ月と日を経るに従い、訓練の成果は見るみる上がっていた矢先である。宇垣にとって一つ、頭の痛い問題が持ち上がった。栗田艦隊司令部が、シンガポールへの上陸を決めたのである。

周辺に何の慰安施設もない土地で、延々と訓練ばかり、夜の艦内映画だけがせめてもの慰めという毎日では、兵員たちの顔もいい加減、殺気走ってはいた。シンガポールなど小さな島を二つ、三つ挟んだすぐ向こう岸という距離である。栗田長官直率の本隊では、すでにこれまで二度、上陸を許している。

他の部隊も同様に寛大であったのに、宇垣の一戦隊だけが今日までダメを通してきた。しかし、これも三度目となると、さすがの宇垣も考えた。

――他人ばかりいい思いをしていては、やはり可哀相か。

通達文書に眼を通しつつ、さてどうしたものかと思案する。

「愛宕」から「鳥海」から、順に繰り出す面々を、指をくわえて見送るだけでは、やはり親として子供が哀れな、そんな思いになり、一戦隊も修正に修正を加えた形で上陸を許可した。

兵員輸送を任された「長門」が一戦隊の乗員をシンガポールに運び出したその晩、リンガに残る「大和」の宇垣の居室に、今度少将に進級したばかりの森下艦長がやって来た。

「しかし港まで入って、陸を目の前にお預けを食っている連中は、気の毒ですね。どんなものでしょうな」

思い切って錨地を出してやったのはよいけれど、警戒の不備を考えて現地投宿は乗員半数まで、残る半数は艦内に残り、翌日、現地の見学のみと宇垣のお達しが出ていた。もともと士気の弛《ゆる》みを考えると不賛成な発案だから、司令官のお許しはずいぶん厳しい内容であった。

「そうかね、これでも充分大目に見たつもりだよ」

宇垣はちょっと眼をむいて相手を見たが、森下がさも、困った頑固親父だという表情で見ているのに気づき、注釈を加えた。

「なまじっか休養を与えると、かえって里心がつく。口うるさいことを言う代わりに、俺はこうやって温和《おとな》しく留守番をしている。むしろ年寄りの手本だと誉《ほ》めてもらいたい」

宇垣が言うと、森下は声を立てて笑った。

「確かに毎日ガミガミ、口やかましいことを言っておきながら、上陸となると真っ先に出ていく長官もお見かけしますからね」

艦長の言う通り、これは特に誰というわけではなく、上級指揮官にありがちな良くない風潮であった。

森下は野猿を思わせる風貌が小柄な体軀と相まって、一種の愛嬌を醸し出していたが、リンガ泊地での訓練期間、この見栄えのぱっとしない艦長と、宇垣はしばしば連れ立って歩いていたという。五期後輩の艦長は宇垣に非常に気に入られ、二人は傍目《はため》にも微笑ましいくらいに仲良しだった。

久しぶりの上陸から帰艦した乗員にさて、士気の緩みがあるかどうか、監視している間もなく、敵のフィリピン攻略は着々と進んでいた。

台湾沖航空戦が終息した十月十七日七時、スルアン島の見張所が「戦艦二、空母二、駆逐艦六」の近接を伝えてきた。

スルアン島はレイテ湾の入口付近にある。それから一時間の後、「敵同島に上陸開始」の報告を受けた豊田長官は、栗田艦隊に宛て、リンガ泊地からボルネオ島西部のブルネイ湾へ、至急移動するよう指示を送った。

翌十八日未明、栗田艦隊はリンガ泊地を出港する。決まった以上、艦隊内部にもはや気の迷いはない。一戦隊のなかでも「武蔵」は前夜、士官室で宴を張って盛り上がっていたが、途中、入口に長身の人影を認めて一同はわっと湧き返った。立っていたのは、一升瓶を手に下げた猪口艦長であった。

シンガポール上陸の際、一戦隊は「武蔵」だけが帰艦に遅れる者を続出させ、「大和」や「長門」の乗員から白い眼で見られたというが、こういう気さくな艦長をトップに置く艦内の空気がそれだけ和やかだったのだろう。

「大和」の森下艦長、「長門」の兄部艦長がともに海兵四十五期卒なのに対し、猪口艦長は一期下の四十六期生だが、二番艦の艦長に抜擢されるエリートで、役者のような端正な面立ちもあってか、「ウチの艦長」を自慢にする若い士官も多かったらしい。温和しい人だが声の良いのが自慢で、その晩も若い士官たちと共に呑み、浪花節を唄っていったという。

四

艦隊の錨地出港は続々と進み、「大和」は最後方でリンガ泊地を出た。向こうに拡がる漆黒の海と曇った鉛色の空はくっきり分断され、暗夜でもその境界線が分かる。星の数もあまりない。傍らにいた先任参謀が、

「今日はまた空が暗いし、きっと無事に行けそうですね」

敵の追躡《ついじょう》を心配していたので、宇垣も頷いて答えた。

「雨でも降るかもしれないな。しかし、明日もきっと暑いんだろうね」

「我々日本人には、とても十月とは思えませんね」

相手がしみじみ感じ入っている様子なのを見て、宇垣は何だか可笑《おか》しくなった。

「最初、ここへ来たのが二月だったろう。毎日暑い暑いと汗を拭いていたが、彼岸をとっくに過ぎている」

「季節感がまるでありませんからね」

「いったい、どのくらいたったのか、指を折って数えないと分からなくなるよ」

「大和」は速力十八ノット、針路を六十度に取って進んでいた。

風の匂いをかぎながら、宇垣は艦橋に立って、ぼんやりと暗い空を見ていた。

やがて室内のかすかな灯りが漏れてくる方に歩きかけた瞬間である。

月明かりを仰いだ主砲指揮所の上に、意外な来客を見つけ、思わず息を呑んだ。

「こっちにおいで、大丈夫だよ」

グルートナッツ島を七十度に折れ、しばらく経っていたので、戻れる島影はない。一体いつ頃飛来したのであろうか。そっと近づいて眺めてみると、ようやく飛べるようになったほどの小さな鷹のヒナである。歩み寄って両手を差し出すと、そのまま宇垣の掌に、温和しく収まってしまった。

「どこから来た、おまえ迷子になったのか」

胸に抱いてみると、小さな心臓の鼓動が聞こえてくるようで、何とも切なくなった。

——よりにもよってこんなところに、誰もいなかったらどうするつもりだったんだ。

まるで宇垣を頼ってきたようで、愛しく思えた。壊さないように恐る恐る抱いて烹炊所《ほうすい》へ行くと、何をしていたのか主計科の士官が二人、手を叩いて笑っていた。

「すまないが、何か食べる物を出してくれないか。勝手を言うが、この鳥にやりたい」

宇垣は声を潜めて内緒事のように言うと、軽く頭を下げた。普通なら口を利くことなどあ

り得ない、司令官の姿に、二人はしばらく薄ぼんやりと口を開けていたが、

「いったいどこから連れてきたんですか」

片方がいぶかしげに宇垣に訊《き》いた。

「いや、別に連れてきたわけじゃないんだよ」

どこにいたのか当ててごらんというように、宇垣は口元に笑みを浮かべた。

「どうせ大した量ではないし、牛肉がありますから、出すのはいっこうに構いませんが……」

もう一方が、背中を向けて冷蔵庫の中をがさがさやりながら、

「まっさか、急にここに現われたのではありませんでしょうな」

急に大声で言ったから、司令官に叱られた。

「しっ、鳥が驚くじゃないか」

「はっ……失礼致しました」

何度か艦内で見た顔だなと宇垣は思った。

「実はついさっき、墻頭に止まっているのを見つけたんだ。可愛いだろう」

「どうされますか、ブルネイで放しますか」

「やむを得んかな。こいつの生まれた島に帰してやりたいが、まさか引き返すわけにもいかない」

司令官の言葉に主計科の二人は、なるほどという顔を見せた。

ひょっとすると、リンガを抜錨する際に、迷い込んだのかもしれないと思ったが、ここではあえて口にしなかった。

指先にのせた生肉をくちばしへ持っていってやると、ひなは喜んで、貪《むさぼ》るようについばんだ。

「だいぶ腹が減っていたようだよ。良かったな」

小鳥に話しかけている宇垣の姿に、親しみを覚えたらしく、一人がどこからか鳥籠を調達してくれた。

「色々なものがあるもんだね、お大臣は何も知らないから助かった」

照れながら礼を言った後、大切に鳥籠を抱えて行く司令官を、二人は敬礼をして見送っていた。

　檣頭に鷹のとまれり勝ちいくさ
　決戦の海路照らして瑞気立つ

宇垣は、この小さな来客を「戦勝のマスコット」と「戦藻録」に綴って記念の句を詠んでいるけれども、世の人の考えはさまざまなので、こともあろうに一刻を争う海戦のさなかで、名のある海軍中将が、何ともまあ呑気なことをしていたものだと苦笑いする方がいるかもしれない。宇垣は生家が農業を営んでいた関係で牛の見張り番のためか、家にはいつも犬がいて、幼少の頃から可愛がっていた。彼の若い日のスケッチブックには、愛犬の姿を写した絵がたくさん残されている。

所帯を持ってからも、妻と息子と並んでいる普段着の写真には、しばしば愛犬も一緒に収まっているくらいだから、きっと家長の宇垣の意向で、家族同然に愛されていたのだろう。

迷い込んだ鳥は御難であったけれど、宇垣に見つけられたのはせめてもの幸運といえる。

深夜の出撃からさらにもう一晩、洋上で夜を明かした栗田艦隊は、ひとまず目的地をすぐそこに見ていた。

南シナの洋上を真昼の太陽の光が、真っ直ぐに照りつけている。ブルネイはマレーシアとフィリピンの国境近いボルネオ島の田舎町で、湾岸は古くから世界有数の石油産出地帯である。

湾内の錨地に艦艇を繋《つな》いだ栗田艦隊は翌日、マニラの一航艦で神風特攻隊が編制された旨を電信で知った。

この年の秋、第一航空艦隊は大西瀧治郎中将を指揮官に迎え、体当たり必中攻撃へ作戦を転換したのである。同じ海兵四十期生の大西は関行男大尉以下の隊員を、本居宣長の故事にちなみ、敷島隊、大和隊、朝日隊、山桜隊と名づけ、出撃を命じたという。

現代人の感覚では理解できない発想なのだが、いずれにせよ、この大戦が末期にきてやっと指揮権を委ねられた宇垣の同期生たちは、あまり運が良いとはいえまい。例えばこの大西中将にしても、山本から当初、自分に提案された真珠湾攻撃作戦に際し、自ら機動部隊を率いて出ていく光景を、きっと頭に描いたことがあるのに違いない。

五

ブルネイに到着した栗田艦隊では翌日、各指揮官が「愛宕」の艦内に参集した。

艦内のテーブルでは、取っておきのシャンパンの栓が抜かれた。

とても酔える量ではなかったはずだが、宇垣はひどく上機嫌な素振りで、

「大丈夫だよ、大丈夫。きっと成功する」

あちこちでグラスをカチカチやりながら、行き交う相手に声をかけ、その手をしっかり握ったという。

内心ではヤケクソの気味があったのかもしれないけれど、どの相手もこれが今生の別れになるかもしれないのが現実である。

黄金仮面などといわれた割に、宇垣には多分に人情家の面があったというが、これは気性の激しい人にありがちなことで、精神状態をフラットに保つのが不得手な、感激屋な一面の表れかもしれない。

映えある連合艦隊が、敵輸送船団との叩き合いで無駄死にしていくことを薄々感じ、心中穏やかであったはずはないが、

「大丈夫、大丈夫」

そうやって景気づけることで、何とかやり過ごそうとしたのに違いない。戦局が行き詰まり、負けまいと思えば、心とは裏腹の言葉を吐くようになる。もう駄目だとは思っても、それを軍人は口に出来ない。概して研究家や史家が書くのは、宇垣のやたらに景気の良い意気込みばかりで、海軍首脳陣のなかでも屈指の精神家などという評まで出てきたりする。

誰しも、自らが語りたいことに合わせて、それに沿った事例や談話を持ち出すのはやむを得ないし、よりにもよって八月十五日に特攻出撃した宇垣など当時の世相を批判したい人々には「軍人」の見本として恰好の標的になってしまう。

ただ表面に見える言動とその人の真実の言葉がイコールとは限らず、ケチのつく部分にあえて眼を向けてみて初めて、当人の本音が分かることもあるように私は思う。終戦当日、特攻をかけると言い出した宇垣の真実の言葉、それはしかし、ここでなく終章まで取っておきたい。

とにかく出撃前夜の栗田艦隊首脳陣はみな陽気にはしゃいで、爆笑の渦があちらこちらで起きた。特に宇垣と並んで御機嫌だったのが、第二戦隊司令官の西村中将であったという。

総計三十二隻の大艦隊が一団となってレイテ島に殴り込むよりも、二手に別れて別々の航路を取ったほうが、戦場到達までに敵潜水艦や空襲の被害に遭遇する確率が少ない、これは連合艦隊司令部と栗田艦隊との一致した見解であった。航路は四通り検討されてきたが、ブルネイからスルー海を東へ進み、スリガオ海峡を抜けてレイテ島へ北上する進路は距離も短く、低速の西村艦隊がここを行くことになったのである。二戦隊旗艦の「山城」は大正の初めに建造された、古めかしい戦艦である。単独でスリガオ海峡に航路を取ったこの人の旧式戦艦部隊が、敵に遭遇すればひとたまりもなく自滅するのは、誰の眼にも明らかだった。

栗田艦隊本隊については、ブルネイからパラワン水道を抜けて、突き当たったシブヤン海を右折。サンベルナルジノ海峡を通過後は、一挙に南進してレイテ島へ入る、いわば比較的穏便な、空襲の危険性の少ない航路が採られたのである(もっとも出撃の翌日には危険水域のパラワン水道に、敵潜水艦が待ち伏せていたのだが)。

大した問題ではないが、ブルネイ滞在の二日間、珍奇な出来事がひとつ、あったといえばあった。入泊後の慌ただしい時間内で、どういうつもりか三十二隻のうち「武蔵」一隻が、外舷の塗装を施されたのである。

かつての天皇陛下の行幸でもあるまいし、何の必要があってこういう命令が出たのか、ともかく「武蔵」はツヤツヤのグレーに塗られ、まるで今度、竣工した新造艦のようになってしまった。それでいながら艦内では、防火対策として塗料を削ぎ落とす作業を行なっていたという。

この辺りのなぜ「武蔵」だけという事情は、たぶん戦隊司令官の宇垣と、「武蔵」の艦長が承知していたはずだが、今日の記録上では不明である。

十月二十二日午前八時、快晴の上空を仰ぎながら、栗田艦隊がブルネイを出た。「大和」の艦橋にも「前進微速」と発進の合図を告げる森下艦長の低い声が聞こえていた。

操艦の腕には定評のある艦長には、この三ヵ月間の訓練期間中、すっかり支持者が増えていた。

「我々軍人はどうも古い考えに捉われる癖がある。今回だから君たちの乗艦は大歓迎だよ。学問をやって来た君たちの意見は貴重だから、何でも遠慮なく言ってくれ」

とある「大和」乗組の予備士官は艦長からそう激励され、すっかり有頂天で同僚の学徒士官たちに吹聴し、艦長の人気はますます上がっていたという。

単縦陣を作って出撃した栗田艦隊には、合計四本の中将旗がひるがえり、特に一戦隊は司令官の中将旗と「大和」「武蔵」「長門」三隻に進級して間もない艦長たちの少将旗がなびいて、はなはだ壮観であった。

ブルネイでは二戦隊の旗艦「山城」の檣頭に中将旗が一つ寂しく残った。一挙に閑散となった湾内で時間調整をした西村部隊は午後二時半、スルー海を東に向かって速度を上げていった。

こうした時間調整により、レイテ湾の手前で合流を可能とさせるのも、あくまでも米軍との遭遇がない、机上の計算に限っての話であった。
二十二、二十三日の二日間、無事に航路を進んだ西村部隊は、二十四日の早朝、麾下の重巡「最上」の水上偵察機から、レイテ湾内の敵情報告を受けた。
「戦艦四、巡洋艦二、駆逐艦六、輸送船八十」

ただひとつ西村司令官が知ることが出来なかったのは、栗田艦隊本隊の動向であった。

逐次連絡を取り合っていなければ、とても合同突入など不可能である。ところが、いくら電信を送っても、いっこうに返電が届かない。二日間、まったく順調に航海が進んだのは、敵が栗田艦隊に殺到している証拠と、西村中将はどの辺りで気づいたろう。

さて栗田艦隊の出撃に呼応して、内地でもマリアナ沖海戦の指揮を務めた小沢中将の機動部隊にもお呼びがかかっていた。空母四隻の機動部隊などというといかにも立派だが、四方八方からかき集めて、どうにか搭載定数の半分くらいまで飛行機を載せたが、出ていったら最後、着艦できる技量を持つパイロットはいなかった。

発艦させてしまえば、母艦はカラ船同然になってしまうから、連合艦隊ではこれを囮《おとり》に使うことを決めた。

栗田艦隊のレイテ突入を助けるため、囮部隊が敵を北方に吸い寄せておく。相手が空母対空母の決戦と錯覚している隙に、栗田艦隊のレイテ突入が成功すればよいが、さもなければ小沢部隊は、まったくの無駄死にとなる運命を負っていた。

第六章――レイテ湾の砲声

一

　どうにか一晩が明けると思われた。日の出一時間前、艦隊がパラワン沖に進出し、総員配置に就《つ》いた矢先である。

　十八ノットで前進する「大和」の艦橋で、第一発見者が大声を出した。

「おいっ、やったな！」

　声の主は司令官の宇垣である。周囲は怪訝《けげん》そうに前方へ乗り出した。

　六時二十五分、明け染む水平線の先に黒煙が立ちこめている。あっと思っている間にもう一つ、大きな水柱が上がった。

「あそこには愛宕がいるのではないか。重巡の四隻がやられたか」

宇垣が航海士の肩を押すと、相手は双眼鏡を顔に当てたままかぶりを振った。

「いや三隻です、三隻、間違いありません」

煙る前方の海上に眼を凝らせば、栗田長官の旗艦が燃えていた。

「斉動青々」の指示が出、「大和」は右四十五度に緊急回頭したが、向こうでは「摩耶」「高雄」の二隻にも、火の手が冷たく迫っていた。

真っ赤な炎が暁を執拗に焦がしている。

乗員救助に駆逐艦の「岸波」が派遣され、やがて栗田艦隊司令部は一人、二人、海中から拾い上げられたものの、小柳参謀長がすでに右足を負傷していた。

火を吐く「愛宕」の傾斜がいよいよ激しくなったので、急ぎ海中に飛び込んだのはよいが、途中どこかで右の太股をしたたかに打ったらしい。

「岸波」まで何とか泳ごうとしたときも、怪我のせいで体が言うことを利かず、小柳本人はてっきりそう思い、むやみに手足をばたつかせたが、体が自由にならない原因は別にあった。

「駄目だ、そんなことしていたら二人とも駄目だ」

「岸波」の艦上から聞こえる声にぎょっとして後を向くと、溺れかけた若い水兵がべったり背中にへばり着き、息絶え絶えになっている。

「助けてくれ、お願いだ」

力任せに泳ぎ始めたが、ただでさえ軍服が水を吸って重くなっている。とても人一人を背負って、向こうの「岸波」までたどり着けるとは思えなかった。

「無理だ、蹴り返すんだ、蹴り返せ！」

考えている時間はない。必死にしがみついている相手を、蹴落とす力が残っていたのは幸運であった。

ようやく身ひとつになって、艦上に拾い上げられ、小柳はようやく正気に返る。

「うわぁ参謀長だぞ、参謀長だっ」

だが周囲の喜ぶ声を聞いたとき、彼は今しがた海中に呑まれて消えていった兵員に心底、すまないと思ったという。時間にすればほんの五分か十分の出来事とはいえ、小柳にとってこれは、終生忘れられない苦い経験だった。

海軍軍人は士官にも兵員にも、金槌などいない前提である。いよいよの人員不足で採用基準が甘くなった時期でも、見逃せる項目ではない。戦争末期しかし、海戦で艦艇が沈没するたびに、これは必ず発生したある種の珍事であった。

小柳少将は運が良かったほうで、怪我がもう少しひどかったら、五十年配の彼が無傷の若者を、とても振りほどく力は出なかっただろう。

「岸波」に移動した艦隊司令部は夕刻、「大和」に指揮所を移す。万が一に際して、取り決め通りとはいえ、檣頭には宇垣と栗田の中将旗に加え、森下艦長、小柳参謀長の少将旗二本が掲げられる、ちょっと異様な事態になった。

三種軍装姿の一戦隊乗員に対し、どやどやと乗り込んできた「愛宕」の艦隊司令部員は、一様に茶色のライフジャケットを身につけていた。所属の別を見分ける意味もあったとはい

え、これを見た一戦隊の内部には、

「一度泳ぐと、ああいうものが脱げなくなるのかね」

しばし冷笑する者があったという。

ともあれ、ブルネイ出撃から二日が過ぎた。

この十月二十二、三日の両日、別働の機動部隊はどこで行動していたのか――。

小沢中将直率の元主力勢は今回、敵機動部隊を北方におびき寄せるための囮部隊に変わっている。

「機動部隊は第一遊撃部隊のレイテ突入に策応し、ルソン島東方海面を適宜行動、敵を北方に牽制するとともに、好機敵を攻撃撃滅すべし」

まさか航空母艦の中身が空っぽになっているとは敵も思うまいという急所に行き着いた連合艦隊は、小沢部隊に白羽の矢を立てた。搭載機の足りない母艦の外見を利用して、いかにも本隊であるかのように見せかける。海上がもぬけの殻になったその隙に、栗田艦隊をレイテ島へ突入させる腹案だったのは、先に触れた。

小沢長官が部下道連れに「瑞鶴」で内海を発ったのは、十月二十日のことである。

この人がまる一年、丹精した航空部隊は昭和十八年秋、上層部の浪費癖で陸上基地へと奪われ、搭乗員は乗機もろとも南海に散ってしまった。明くる十九年、必死で機動部隊の再生を試み、巻き返しを誓ったあ号作戦で無残な落日を見た小沢にとって、それはむしろ晴れやかな特攻出撃であったかもしれない。

「こちら機動部隊本隊、ただいまから豊後水道に入る」

小沢機動部隊は、一見すれば「瑞鶴」を旗艦に空母は四隻、航空戦艦の「伊勢」「日向」まで加えた堂々の布陣であるけれど、搭載機の総計はたったの百八機に過ぎなかった（これでやっと米空母一隻分の搭載数になる）。

二十日の夕刻、東シナ海を抜けた小沢艦隊は、無事に航海を続けたが、とうとうフィリピン海域に来て、ルソン島へ南下を始めた二十三日、「愛宕沈没」の知らせを無電が捉えた。比べて囮部隊の方は、対空警戒を厳重にしている割に、上空も海上も不気味なくらい静かであった。

いよいよ行動開始を急ぐときである。小沢長官は、進路をさらに南西に向けた。

「我こそは帝国海軍最後の砦、小沢機動部隊である」

帝国海軍機動部隊、ただいまルソン島へ接近中……。わざと長めの電文をこしらえて、他の艦隊へ発信する。敵が傍受してくれれば、しめたものである。

壊滅は覚悟の上、しかし発見されるのが早すぎれば、敵はふたたびレイテ島方面へ取って返してしまう。遅過ぎれば、もう完全に栗田艦隊が危うい。

予定の目標地点に到達した小沢中将は、二十四日の朝から、四方を飛行索敵したが、夕刻になっても上空に敵機の気配がない。「瑞鶴」の電信室に入るのは案の定、栗田艦隊がシブヤン海峡で猛攻にさらされている通達ばかりである。

小沢は急ぎ、「伊勢」「日向」の二隻に駆逐艦を随行させ、前衛部隊としてさらに南下するよう命じた。

この頃すでに栗田艦隊は、敵の何度目かの空襲で混乱を極めていたはずで、小沢がこの日に発信した行動開始の電文も、前衛部隊派遣の第二打電も入電することなく終わっている。「大和」の通信室がキャッチ出来なかったのか、それとも「瑞鶴」の電信網に原因があったのかは分からない。

しばしば指摘される通り、航空母艦は飛行機の発着艦の際、通信用のマストを横に倒すため、受発信ともに能力が低下する。囮任務の効果を上げるには相互の情報交換が絶対条件であるのに、ここで大きな誤算が生じてしまった。

二

のっけから旗艦を失った栗田艦隊では、突発性の潜水艦ノイローゼが蔓延していた。航海士が流木を潜望鏡と見誤ってパニックになったり、敵潜水艦の無線をキャッチしたと騒ぎ出す通信員が続出したり――。そのたびに無意味な戦闘配置を繰り返し、一晩ろくに眠れぬまま、三日目の朝を迎えた。

夜半、ミンドロ島南端を通過して、明け方にはタブラス島の北方水路まで到達するが、ほどなく電信室に敵艦上機の気配が探知された。水道の入口が近づいたとき、いよいよ最初の空襲がやって来た。

十時二十五分、第一波三十機。さっそく増設した機銃と高角砲が火を吹く。だが、敵の降下速度とのタイミングがどうも合わない。

敵戦闘機群はやがて、輪型陣の右端に付けた「武蔵」の巨体を攻撃目標に見定める。

高度三千メートルから這うように、降下する雷撃機に、急ぎ「武蔵」の艦長は「面舵一杯」を叫んだが、六万九千トンの巨艦は舵の利きが遅い。魚雷が三本投下され、一本が右舷に命中した。

ドォーンッ、瞬間ひどい横揺れが起きたものの、不沈艦の威力は絶大である。後はびくともしない。

「大丈夫だ、一本ですんで良かった」

乗員はそう言って、むしろ安堵の色を見せていたという。

敵機は「大和」にも「長門」にも襲来したが、「武蔵」が門番になっているお陰で操艦にやや余裕があり、ここはまったくの無傷であった。

「そろそろお出になる頃と心待ちしたる一〇四〇水道手前にて敵機約二五機の初見参あり。二三機落して大した事なしと見へたるが、矢張り妙高は魚雷一命中落伍、5Sは羽黒に旗艦変更、駆逐艦一を附し妙高は西に下る。武蔵より信號あり。右舷に魚雷一命中、発揮速力に差支無しとの事、此分ならばと思ふ」

第一次空襲は宇垣の説明によると、「武蔵」もかすり傷程度の報告になっている。

実際にはしかし、たった一本の魚雷で、前部の方位盤にズレが出て一、二番砲塔が使えなくなった。おまけに罐室では、浸水騒ぎが起きていたのである。

どうにか水道を出てシブヤン海に入ったそばから、敵の第二次攻撃が襲来した。「武蔵」はここで左舷に三本の魚雷を食らう。

十二時半を過ぎた頃、上空の敵機群が去ったので、艦隊はふたたび進路を東へ向ける。途中で左舷に傾いた「武蔵」も、間もなく注水作業で平衡を取り戻し、どうにか後方に付けていた。

ここは一刻も早くレイテ沖海面までたどり着きたい。この先の空襲を抜けるには少しでも加速する他ないので、栗田長官が二十四ノットに増進を指示したところ、

「ワレ三軸運転ノタメ、出シ得ル速力二十二ノット」

「武蔵」一隻が駄目だと言ってきた。まずいことに頼みの僚艦が、お荷物になりつつあった。

間もなく三度目の敵機襲来である。全軍が対空射撃の構えを取り、「大和」「武蔵」がありったけの砲火を上空に放った。急降下する艦上爆撃機がこのとき、とうとう「大和」に命中弾を見舞うが、またもや大きな被害にならなかったのは不思議なめぐり合わせであった。

果たして「武蔵」は、ここでも二本の魚雷を受ける。

とうとう艦首が水面近く沈み始めた。艦首は徐々に海面より深くなり、ギザギザにめくれた鉄板が、海水を拾っては返し、無為な波しぶきを上げている。どうにかして追いすがろうとしながらも、距離は次第に開き、第一部隊から取り残された巨艦は、後に続く「金剛」旗艦の第二部隊の前を、単艦で進む恰好になった。

第二部隊所属の「利根」が、艦長の要望で「金剛」へ信号を送ったのはこのときである。

「武蔵に接近する雷撃機を撃つため、近寄られてはいかん」

三戦隊の司令部にとって、この進言はいささか考えものであった。明らかにスピードが落ちている「武蔵」を囲んで進めば、第二部隊そのものが危険である。参謀たちは誰も芳しい返事をしなかった。

「黛君の気持ちは分かるが」

鈴木司令官は、しばらく何か考えていた。

「利根」艦長の黛大佐は、猪口艦長と親しい仲だった。放って置くのは実際忍びない。

「しかし、武蔵一隻にかかずらっている場合ではない。どうしてもやるというのなら、黛君一人に任せる。信号を送ってくれたまえ」

鈴木司令官の命令により、「利根」一隻に前進命令が出た。黛大佐はしばらく鈴木中将の態度が冷酷だと怒っていたらしいが、ともかく許可を得て「武蔵」の前方へ出た。

「大和」「武蔵」の二隻は、実に良く似ている。将旗が四本ひるがえる「大和」をよそに、二番艦に攻撃が集中した理由ははっきりしない。「武蔵」の檣頭には艦長の少将旗があるのみで、どこか奇妙な話ではあった。

あるいは之の字運動の具合で「大和」の右に並んだ「武蔵」が、幾らか先行した時間帯があったのかもしれない。ブルネイでの塗装の影響も考えられる。いずれにせよ敵攻撃陣が、「武蔵」を旗艦と見誤ったのは、「大和」にとって不幸中の幸いであった。

ただし、こうたて続く空襲では、行方が案じられたのも道理で、栗田司令部はこの日の十五時半、ひとまず反転を決めた。敵は日没までにまだ数回の攻撃が可能である。これ以上被害が拡大してはレイテ突入を果たすとき、何隻が無事で残っているか知れたものではない。一、二航艦の特攻攻撃の戦果を確認した上で、再度反転してレイテへ向かう——、小柳参謀長のこの提案でいったん、艦隊はもと来た海上を取って返した。

上空は機影もなく、薄暮の近い静かな空域が広がっている。水面を拝むように前にのめった「武蔵」の姿が、「大和」の艦上から肉眼ではっきり見て取れた。

宇垣は慌てて席を立ち、猪口少将に信号を送った。

「自力航海可能ナリヤ」

ほどなく艦長が返事をよこした。

「右舷内軸ノミ運転可能、操舵可能」

何とかまだ、見込みありと思わせた。だが「大和」がそこを行き過ぎて間もなく、微かな望みも打ち消される。

復原を繰り返してきた傾斜も、とうとう修復が不能になった。日はすでにとっぷり暮れて、十九時過ぎには左舷の傾斜が十二度まで進行した。

総員退艦命令は、このあと間もなく下される。

最期が近づいた頃、猪口艦長は対空指揮所に戻り、傷ついた不沈艦をいまひとたび、眺めて回ってみた。

——残念だがもう、ここまで来たのだから、やむを得まい。

敵機の姿はもうどこにもない。艦内に黒煙が上がっているわけでもない。何度か回りかけた火の手も、乗員たちの必死の消火作業で食い止めて来た。

砲術の大家と仰がれる艦長の、表情はいつも伏目がちで、禅僧が瞑目しているような風体であったという。変わっているといえば幾分おかしな人で、海軍の仕事とは別に、日蓮の研究がこの人のライフワークであった。

兵学校の時分は授業もそこそこに校門を出ると、生徒クラブの並ぶ坂道をわき目も振らず、頂上の品覚寺に日参した。

希望して入った兵学校で、いざ軍人精神を教え込まれてみると、国のために死ねるかどうか、深刻に悩む生徒は毎年かならずあった。猪口もかつてはそんな一人で、坐禅にいそしむ日々が災いし、入学当初はトップクラスだった成績がガタ落ちした時期もあり、教官たちに気を揉ませたという。

彼の参禅の習慣は任官後も変わらず、後年は鎌倉の円覚寺が精神修養の場であった。

別に高僧の影響でもなかろうが、リンガの大油田にいても、暑いなどとは一言もこぼさず、冬でも寒いともいわず、例えば食うことでも美味《おい》しいとか不味《まず》いとか、そういう感想はあまりなく、周囲から見ると一種、脱俗の趣があったという。

四十六センチの主砲はあの通り健在なのに、この人が長く精根を傾けた砲戦術は、遂に実戦で機会を得ることなく、絶好の働き場所であった巨大戦艦は、敵機との対空戦の前にいま、力尽きようとしていた。

単身で艦内にとどまることを決めた猪口少将のもとへ、加藤副長が走って来た。

「責任を負うなら私も同じです。一緒にここに残ります」

しぶとく拝み倒したが、艦長の結論は変わらなかった。

「本艦の最後の戦闘報告は、君の大事な任務だからな、頼むぞ」

形見の手帳とシャープペンシルを託し、艦内休憩室に入ったきり、猪口がふたたび姿を現わすことはなかった。

左舷に三十度、急速に傾斜を増した「武蔵」が不意に横っ腹を見せたのは、それから間もなくである。呆気ない転覆だったが、総員退去命令から三十分以上の猶予があった。

しかし、艦長の決断が早かった割に、艦内には避難に遅れた多数の乗員が残っていたという。

「武蔵」沈没の知らせを受けた「大和」の艦橋はその後、誰しも一段と暗い表情になり、人の声もめっきり減った。

右舷近い指揮官の腰掛けでは、栗田長官が司令部参謀たちに囲まれてじっと向こうを睨んでいる。一方、左舷側の椅子では、宇垣が一戦隊幕僚たちを従え、むっつりと押し黙ったまま、掌で顎を支えていた。

人数の膨れ上がった艦橋で、時折近づいて耳打ちする参謀と、顔を寄せ合って言葉を交わす宇垣。まるで艦内はくっきり分断されたようだった。

未《いま》だ何の敵情も得ず、味方の行動経過もさっぱり分からない。ルソン島に向かっているはずの小沢艦隊からも依然、音沙汰なし。

夜になってしかし、西村部隊から、ぞっとするような電報が入った。

「二十五日〇四〇〇、ドウラグ沖に突入の予定」

西村部隊の途中経過を、この段階まで栗田長官は知らない。

というより相次ぐ空襲で、とても電報を受けている余裕がなかった。当初の合同予定時刻より計算上、六時間遅れている栗田艦隊に対し、別航路を取った旧式戦艦部隊が二時間も早く、むざむざと敵の餌食になるように闇夜のスリガオ海峡へ入って行こうとしている。

三

電報を受けた栗田艦隊は大慌てで、西村中将に宛て、合同予定地点、時刻の修正案を送信する。

今またしかし、お互いが時間調整を試みたところで、無事に艦艇を保護できる見込みはない。予定通りの合同が厳しいことを、たぶん西村中将は知っていただろう。

戦艦四、巡洋艦二、駆逐艦六。西村部隊が偵察で得た敵の陣容は、実際よりもやや僅少に見積もられていたが、これでも鈍足の旧式戦艦部隊に、とても太刀打ち出来る相手ではなかった。

「ともかく一隻でも倒す」

ここまで来たら、他に方法はなかった。

十月二十五日午前二時、スリガオ海峡の上空は厚い雲で覆われていた。波間には靄が立ち込め、闇夜の海原はしんと静まり返っている。

真っ暗な海上を進む第二戦隊に間もなく、敵駆逐艦が小手調べのように砲撃を開始した。最初に被雷した「扶桑」がたちまち右に傾いた。炎がやがて弾薬庫に点火し、呆気なく沈没すると、敵の魚雷はさらに「山雲」「満潮」「朝雲」を襲った。

西村部隊も懸命に反撃したが、月明かりを遮《さえぎ》る雲が邪魔になって、敵艦の姿が捉えきれない。

轟《とどろ》く空砲が虚しく響いた。

砲火と潜水艦の包囲網のなか、何とか前進していた旗艦「山城」も二時三十分、左舷に一本魚雷を被った。

「スリガオ海峡北口ニ敵駆逐艦、魚雷艇アリ、味方駆逐艦二隻被雷遊弋中。山城被雷一、戦闘航海ニ支障ナシ」

この電文が、二戦隊の最後の戦闘報告となる。「山城」はしかし、魚雷の応酬を受けながらも前進を止めず、速力が五ノットまで落ちても進み続けた。

盲目のまま突進する旗艦に、とうとう敵戦艦群までがしびれを切らしたように砲門を開く。

四十センチ砲弾、二十センチ砲弾、あまりのしぶとさに苛立って、気でもふれたように撃ちまくった。

それで間もなく、一時間に満たない短い海戦が終わった。

矢のような砲撃で、右舷の機械室をやられた「山城」はやがて、火炎と共に海中へ消えて行く。朝焼けが近づくころ、生き残った駆逐艦「時雨」が辛うじて退却したほか、第二戦隊はスリガオの夜戦場にことごとく没したのである。

「西村艦隊、どうやら全滅であります」

通信参謀の報告を受けた瞬間、しんと静まる「大和」の艦橋で、前方を見据えた栗田長官の肩が、ガクッと落ちた。

だが、夜明けにはまだたっぷり時間がある。

シブヤン海で反転した栗田艦隊は、敵機が去ったのをしおに、ふたたび回頭したばかりであった。敵機群が去っていったのは他でもない、北方に小沢機動部隊を発見したからだが、栗田艦隊はそれを推測できる情報を得ぬまま、その晩、サンベルナルジノ海峡を通過する。

敵の艦影もなく、砲声も聞こえず、向こうには暗夜に広がる水平線だけが見える。「大和」の後方に、損傷を負いながらも、「長門」が良く頑張って付いていた。暗闇の中に、黒い「長門」の艦影がひたひたと進んで来る姿は、僚艦の「武蔵」を失って、架空の存在になりつつある第一戦隊がふたたび、息を吹き返したかのようだった。

明くる朝、サマール島沖に進出したときの空模様は、宇垣の言葉を借りていうと、こんな具合であった。

「當方面雨季殊に東岸は天候不良にして夜は明けたるも明け切らず、暗雲所々に低迷してスコールを伴ひ視界不良」

生ぬるい風がなびく前方は、靄う空と海の境目が失せ、まったく一枚になっている。

スコールがやがて、退いていった六時四十分、「大和」の艦橋は見張りの声に騒然となった。

「左二十五度、マスト四、駆逐艦発見」

さらに間を置かず、続報が来た。

「空母三隻、巡洋艦三隻。空母は飛行機発艦中」

敵機動部隊を砲撃圏内に発見したのである。

不意の会敵で何が起きたのか分からぬまま、艦内は沸き立った。各艦ともに慌ただしく砲戦の準備を始めた。

「大和」の艦橋でじっと動かなかった栗田長官が、ここで初めて腰を上げ、宇垣の方へ歩み寄った。

「一戦隊の指揮は宇垣君、任せるからな」

栗田は水雷畑の人間だからだが、二期上の先輩指揮官である。これは願ってもない申し出だった。

やがて「大和」の前方の砲門が開いた。

「砲撃始めっ！」

戦艦の主砲で空母を砲撃する、夢のような瞬間が眼の前に展開している。宇垣はもう無我夢中であった。

——今日は何としても、「武蔵」の無念を晴らしてやる……。

この敵はだが、昨日「武蔵」を倒した機動部隊主力ではなく、レイテ沖に展開する米輸送船団の護衛空母群であったのだけれど、ここで考える暇はない（ハルゼーの率いる主力部隊は、この頃まさに小沢機動部隊に吸い上げられつつあったことを、栗田艦隊は知らない）。

急遽《きゅうきょ》反転してスコールの中へ退却する敵を、栗田艦隊は迷わず追撃した。「大和」の前を第二部隊の「榛名」がまっしぐらに進み、主砲を撃ち続けに撃っていた。グングン加速する「榛名」がやがて向こうに遠くなり、発射した砲弾の黒煙だけが後方に残った。

七時、「空母六隻視認セリ」の報告により「全軍突撃セヨ」が下令される。「大和」「長門」「金剛」「榛名」の戦艦四隻はもちろん、巡洋艦、駆逐艦もこぞって増速した。

驟雨《しゅうう》の中を飛ぶ砲弾、敵戦闘機の轟音、打ち寄せる波音——。

敵と遭遇して一時間以上が経った。すでに空母二隻以上撃沈の報告が入っていたが、問題なのは敵の機動部隊に対し、飛行機の護衛を持たない我が軍も「筑摩」「鈴谷」「熊野」などの損傷艦が続出していたことで、栗田長官はこの先の追撃をためらった。

上空の空襲は避けられないもので、敵機が来襲すれば、追撃中でも回避を迫られる。転舵すればスピードが落ちるから、接近していたはずの敵空母との距離がまた、広がってしまう。

慌てて追いすがっていたところに、また飛行機が来て、縮めたはずの距離がふたたび開く。

こんな素人でも分かるようなプラス、マイナスの算式が三日三晩、不眠不休で艦上にあった栗田艦隊では、誰も解けなかったのである。

「こちらが全速で行っているのに追いつかないとなると、三十ノットは出ているだろう」

これだけの高速を発揮する空母部隊が、敵の主力でないはずがない、艦隊司令部が当初、そう誤認したのも無理はなかった。

眼の前の敵はしかし、昨日「武蔵」を沈没させた敵機動部隊に比べ、どうも規模が小さい。いったい敵の主力勢はどこにいるのか。艦隊司令部はまったく判断に苦しんだ。カラ船だけかもしれないレイテへ突入するのに、この先もし敵の本隊とぶつかるようなことがあれば、もう何隻も艦艇は残らないだろう。

ともかく、いい加減にここを打ち切らないと、作戦が進行しなくなる。九時十一分、栗田長官は、

「逐次集マレ、ワレ〇九〇〇ノ位置、ヤヒセ四三」

方々へ散っていた諸艦に集合を命じた。めっきり数の少なくなった艦艇が、それでも元気良く戻って来た。

「ヤキ一カ」の電報が入ったのは、それから間もなくのことである。北方に敵機動部隊発見の報、地点「ヤキ一カ」。

「大和」の艦橋は、これで栗田艦隊司令部と、宇垣の一戦隊幕僚とが、睨み合いの恰好を強

めてしまう。

もともと「大和」でマリアナ沖海戦当初から就業していた一戦隊の通信員たちは、不意に乱入してきた艦隊司令部の通信科員との仕事の線引きに戸惑っただろう。海戦のさなかにあって、迅速な事務処理など不可能だし、二つの指揮系統がぶつかり合って、情報の伝達網は相当に混乱していた。

敵の主力はすでにルソン島付近で小沢艦隊に誘致されていたわけで、北方の敵機動部隊など発見されるはずはない。戦後のある時期、「謎の反転」で退却指揮官と見られた栗田長官であるけれど、「ヤキ一カ」にいないものが、なぜ存在することになってしまったのか。

この電報の原文は、南西方面艦隊司令長官の三川軍一中将による。三川部隊がしかし、発信したかった相手は、きっと一、二航艦の基地航空部隊であり、

「敵機動部隊をスルアン灯台の五度百三十マイルに発見」

という内容のもので、地点を「ヤキ一カ」に限定したわけではないらしい。

たぶん三川部隊の電報をたまたまキャッチした「大和」の艦上で、航海士か通信士かあたりが地点を「ヤキ一カ」に絞ってしまった。

栗田長官に届いたのは、手の加えられた電報であり、先の進退に迷っていた艦隊司令部にとって、それは渡りに船であった。

三川部隊からの電文を受けた誰かが、何の躊躇もなく「ヤキ一カ」を記入した所以は分からない。ありのまま栗田長官の手元に届いたら、あるいは艦隊参謀が疑問を提示したかもし

れず、この点にも栗田艦隊司令部と第一戦隊司令部の通信員が入り混じっていた弊害が感じられる。

ヤキ一カ、ここにあるはずのない空母部隊が出現した原因は不明だが、この日の索敵で三川部隊に所属する航空戦隊が「サマール島北東に巡洋艦数隻発見」という報告を入れていた。巡洋艦がいるのなら、後方に空母群が控えているかもしれないという尾ひれを付けて、三川部隊が一、二航艦に送ったところ、「大和」の艦上でとんでもない創作がなされてしまったらしい。

レイテ湾突入を決行するか、最新情報に従って北方に反転するか、「大和」の艦橋では意見が割れた。それでも艦隊司令部の密議により、あらかた先の針路がまとまりつつあった。

背後の気配を、何かおかしいと感じた宇垣がふり向いたのはこのときである。

「参謀長、敵は向こうだぜ」

すでに時刻は正午が近い。栗田艦隊の参謀はしかし、誰もこれに答えなかった。

ここで眼前の敵を蹴散らして、「大和」の主砲でレイテ湾を砲撃する、宇垣の頭にはそれしかなかった。

彼がむしろ果敢な機動部隊への方向転換を否定して、無駄死にすら想像されるレイテ島突入にこだわったのは幾分、意外な気もする。昨日、片腕の「武蔵」を失ってようやくここまで来たのに、前後の脈絡に乏しい「ヤキ一カ」電に振り回され、結局、空振りするようなことがあったら堪まらないという思いはあっただろう。

だが、宇垣が何より欲しかったのは、確実に討ち死に出来る戦場であった。前日、「武蔵」を沈めた折にも、

「明日、大和にして同一の運命とならば、麾下なお長門の在するあらんももはや体をなさず。司令官として存在の意義なし」

と消沈し、まるで「大和」も一両日中に沈むことを想定したように、

「よろしくかねて大和を死所と思ひ定めたる如く、潔く艦と運命を共にすべし、と堅く決心せり」

と悲壮な覚悟を決めたように言っている。たぶん宇垣自身、気づいてなかったろうが、これは彼の以前から頻発する口癖であった。出来るものなら最後、山本五十六と共に慣れ親しんだ「大和」と海に骨を埋めたい、その思いはもはや願望に近くなっていたのだろう。

前日シブヤン海の空襲では、「大和」も相当な攻撃を受けた割に、不思議なくらい致命傷を受けなかった。これには運もあるけれど、「大和」が腕利きの艦長を得たことは、宇垣にとって別の意味での不運であったのかもしれない。

それと別に栗田艦隊が機動部隊に鞍替えするのも、一見積極的なようでいて、何かにつけ東西南北、行く先を変えるのは、すでに決まっている作戦に対して意志のおぼつかなさを思わせる。

ここで、小沢艦隊の囮作戦が成功した情報を得ないのは確かに痛い。しかし、すでに去った機動部隊の集中攻撃を昨日あれだけ、「武蔵」が一手に引き受けたのも目標はひとつ、レ

イテに行くためであったはずである。

日没をとうに過ぎ、照明も粉々になった暗い艦内で、猪口艦長が手帳に遺したメモにはこうある。

「本艦ノ損失ハ極大ナルモ、之レガタメ敵撃滅戦ニ些少デモ消極的ニナル事ハナイカト気ニナラヌデモナシ」

現実はだが、猪口少将の案じた通りで、不沈艦の神話が崩れたことに、栗田艦隊の首脳陣はすっかりぐらついてしまった。

「予期ノ如ク敵機ノ触接ヲ受ク」で始まる猪口艦長の遺書は、形見の手帳に書かれたもので、後日これを見た宇垣はひどく胸を痛め、「戦藻録」に全文を転記している。

――ツイニ不徳ノタメ、海軍ハモトヨリ、全国民ニ絶大ノ期待ヲカケラレタル本艦ヲ失フコト誠ニ申シ訳ナシ。タダ本海戦ニオイテ他ノ諸艦ニ被害殆《ほとん》ドナカリシ事ハ誠ニ嬉シク何トナク、被害担当艦トナリタル感在リテ、コノ点幾分慰メトナル。

――本海戦ニオイテ、全ク申シ訳ナキコトハ対空射撃ノ威力ヲ十分発揮シ得ザリシ事ニシテ、之ハ各艦トモ下手ノ如ク感ゼラレ、自責ノ念ニ堪ヘズ。

――被害ガ大ニナルト、ドウシテモヤカマシクナル事ハ致シ方ナイカモ知レナイガ、之モ不徳ノ致ストコロニテ慙愧ニ堪ヘズ。

――大口径砲ガ最初ニ其ノ主方位盤ヲ使用不能ニサレタ事ハ大打撃ナリキ。主方位盤ハドフモ僅カノ衝撃ニテ故障ニナリ易イ事ハ、今後ノ建造ニ注意ヲ要スル点ナリ。

航空全盛の時流に敗れた猪口は、今後の戦艦建造に注意点を書き留めることで、この世への未練を少し、愚痴ってみたかったのかもしれない。

当日の「武蔵」の被害状況の概要が書かれたあと、さらに末筆にはこうある。

——最後迄頑張リ通スツモリナルモ、今ノトコロ駄目ラシイ。一八五五。暗イノデ、思フタ事ヲ書キタイガ意ニ任セズ、最悪ノ場合ノ処置トシテ御真影ヲ奉遷スルコト、軍艦旗ヲ卸スコト、乗員ヲ退去セシムルコト、之ハ我ガ兵力ヲ維持シタキ為、生存者ハ退艦セシムル事ニ始メカラ念願、悪イトコロハ全部小官ガ責任ヲ負フベキモノナルコトハ当然デアリ、誠ニ相済マズ、我倒ルルモ必勝ノ信念ニ何ラ損スルトコロナシ。我ガ国ハ永遠ニ栄ヘユクベキ国ナリ。皆様ハ大イニ奮闘シテクダサイ。最後ノ戦勝ヲアゲラルル事ヲ確信ス。

——本日モ多数ノ戦死者ヲ出シアリ。コレ等ノ英霊ヲ慰メテヤリタシ。本艦ノ損失ハ極大ナルモ、之ガタメ敵撃滅センニ些少デモ消極的ニナル事ハナイカ、ト気ニナラヌデモナシ。今マデノ御恩顧ニ対シテハ心カラ御礼申ス。私ホド恵マレタモノハナイト平素ヨリ常ニ感謝ニ満チ満チイタリ。始メハ相当ザワツキタルモ、夜ニ入リテ皆静カニナリ、仕事モヨクハコビダシタ。今機械室ヨリ総員士気旺盛ヲ報告シ来タレリ。一九〇五。

海軍屈指の砲術家と認められながら結局、年功序列で栗田艦隊の指揮下に置かれ、不本意な最後を迎えたこの人と、次席指揮官にとどまっている自分が、宇垣にはだぶって見えたことだろう。

ちぐはぐなままに最後の反転をして、サマール沖を後退した栗田艦隊に、小沢機動部隊から、電報が入ったのはこの前後であった。

「大淀に移乗し作戦を続行す」

これだけでは、何のことやらさっぱり分からない。小沢艦隊が海上で行動中なのははっきりしているし、あるいは旗艦の「瑞鶴」が計算通りやられた可能性も考えられたが、ここに至ってはもう遅かった。

この日、小沢艦隊の第一電は七時十三分に発信されており、

「機動部隊本隊、敵艦上機ノ触接ヲ受ケツツアリ。地点ヘンホ四一」

とあった。続いて八時十五分、

「敵艦上機約八十機来襲、我之ト交戦中、地点エンガノ岬ノ八十五度二百四十マイル」

小沢艦隊が先に発していた二つの電文が「大和」に届いていたなら、栗田艦隊も迷うことなくサマール沖を前進出来たはずである。

十三時十三分、「ヤキ一カ」の敵を探すため、結果として栗田艦隊が戦場を放棄していく傍ら、四百マイル北方のルソン島海面では、小沢艦隊が引き続き、ハルゼー機動部隊の猛攻に逢っていた。

四

敵の誘致に成功した囮艦隊は、先に搭乗機を保全のため退避させており、ハルゼー機動部

隊が襲って来たときはもう、母艦の中身はまったくの空っぽだったという。

見事、罠《わな》に掛かった敵の執拗な攻撃の前にひたすら逃げるのが、小沢艦隊の仕事になった。「瑞鶴」が十四時十五分、「瑞鳳」が十五時三十分近く、相次いで身代わりとしての使命を終えるのだが、小沢長官が「大淀」に移った後も、敵は三次攻撃を仕掛けてきた。

「どんどん掛かって来い、我々を片っ端から片づけるまで返すわけにはいかんぞ」

小沢艦隊幕僚の心は一つであった。

「敵機動部隊ハワガ誘致ニ乗ッテ目下全力ヲ挙ゲテワガ艦隊ヲ攻撃中」

小沢長官はガラ空きになったサンベルナルジノ海峡を突破してレイテへ突き進む後輩、栗田健男の顔を思い描きつつ、全軍へ電文を送った。

敵機の襲来は十六時、十七時まで細分化して続き、空母「千代田」、軽巡「多摩」、駆逐艦「初月」「秋月」まで犠牲を増やしたが、この段階で彼らは、囮任務の成功を信じていたのである。まさか電文を受信できたのが同行の航空戦艦「伊勢」だけだったとは考えもつかない。あとはどこにも届かなかったとは……。

これは基地航空部隊についても同じであった。同日午前、クラーク基地から飛び発った一航艦の神風特攻隊のうち、指揮官の関大尉が率いる敷島隊は、ルソン島北東に特空母四隻を発見し、うちの一隻に二機が体当たり攻撃を仕掛け、撃沈に追い込んだ。さらにもう一隻にも一機、命中して損害を与えはしたから、特攻の出撃としては決して不成功ではない。

もとはと言えばしかし、栗田艦隊のレイテ突入を援護するための敵空母削減が、基地航空部隊の課題であった。敷島隊がその日、体当たり攻撃を掛けたのは、栗田艦隊が深追いしたのと同じく、レイテ島上陸船団の護衛空母群の一派に過ぎず、強大な米艦隊にとってこの程度は、何の打撃でもなかった。この必中攻撃の成功はしかも、栗田艦隊が護衛空母部隊との交戦を打ち切った後の話で、艦隊はレイテ突入を中止し、後で虚報と判明した北方の敵機動部隊を求めて反転を考えはじめた頃の出来事であった。

そもそも捷一号作戦本来の性質がそうであるように、海戦の経緯をたどってみると、栗田、西村、小沢の三名がてんでばらばらな戦を展開したのみで、海軍全体の作戦としてはまったく成功しなかった。

三十二隻で出撃した栗田艦隊は、持ち駒を半数以下に減らし、ブルネイへ帰って来た。連合艦隊はいよいよ、外見上の体裁すら成さなくなった。港湾で補給と修理をすませた十一月十六日、艦隊は「矢矧」を先頭に黄昏《たそがれ》の海上を内地へ向けて出発した。「金剛」「長門」「大和」が後に続いた。

帰国の航路は何度か警報こそ発令されたが、結果的には何事もなく一日、二日と過ぎた。三日目の夕刻、電探が探知した敵機の動向も、よくよく確認すれば味方の天山艦攻の誤認であった。

東シナ海はもうすぐそこに迫っている。いちいち冷や汗をかいていてはキリがない。どうやらもう一息だと誰もが、肩の荷を下ろし始めていた。

戦いはだが、その晩も決して中断していたわけではない。

ふたたび不穏な電波が探知されたのは、すっかり安逸の濃くなった十一月二十一日の深夜である。潜水艦の気配はしかし、徐々に艦尾の方へ遠ざかり、やがて静かに消えてしまった。物音の止んだ電信室では、

「勘弁してくれよな、もういい加減うんざりだ」

飽き飽きしたという顔で呟く通信員もいた。乗員一同、所定の配置に戻ったときには真夜中の三時を回っていた。

艦橋に立っていた宇垣はやがて、先頭を往く「金剛」に起きた一瞬の惨事に眼を疑うことになる。

――そんなことが、あって堪まるか。

漆黒の海上で突如、はじけた水柱が、全長二百二十二メートルの戦艦を雪崩《なだれ》のように覆った。大きな炎の夕映えがしばし、闇夜をまぶしく照らした。

宇垣は情けないくらいに膝頭が震えているのを感じながらもう一度、前方を確認した。

「良く見ろ、燃えているのは金剛か。あれは金剛に間違いないか……」

一人でぶつぶつ言っている司令官の周囲に、わっと参謀たちが殺到した。

「金剛には、鈴木司令官がおられますな」

誰かの声を聞きながら、級友の顔がよぎったように思う。あるいは火の手が上がったのが「金剛」であることを見極めただけかもしれない。いずれにせよ、時間にしてほんの数十秒、考えている間もなく敵潜の魚雷がまた一つ、「金剛」にとどめを刺すように新たな火を放っ

た。

炎はあっという間に赤々と燃え盛り、後方に控える「長門」と「大和」まで危なくなって来た。

——死ぬなよ、頼むから帰って来いよ。

乗員たちが右往左往する間にそれでも、駆逐艦の「磯風」「浜風」二隻に救助命令が出た。

「とにかく着替えだ、何だって構わない。それからな、泳ぎ着いても寒いだろうから、毛布か何か用意してくれるか」

宇垣は自分の従兵に命じて、鈴木のために身の回りの支度をさせた。

「金剛」はしかし、暁を待たずに沈没したのである。

暗夜の救出作業はひどく困難であるが、待ち続けるうちに生存者の報告が入った。

准士官以上十三名、下士官、兵員合わせて二百二十四名、翌朝になって千二百名を超す「金剛」から、救出された乗員の詳細が宇垣の手元に届いた。

もうだいたい諦《あきら》めてはいたが、一人一人綴りを追っていく名簿のなかに、司令官鈴木義尾の名はとうとう見つからなかった。

戦艦「金剛」の最期、鈴木義尾が立っていたと思われる艦橋付近から、救出された第三戦隊の参謀クラスは一人もいない。たぶん鈴木も「金剛」と運命を共にしようとしたわけではなく、部下の退艦作業に追われるうち、火の手に巻かれて、助からなかったと思われる。

ただそんな救出作業のなかでも、粘り強く艦内に踏みとどまった従兵が一人、生きて帰った。まだ二十歳になるかならぬかの、司令官付の従兵である。

鈴木とは、ちょうど親子のような年格好になる。優しい司令官にすっかり打ち解けていた彼は、何が何でもお供をすると瀬戸際までそばを離れなかったが、

「逃げるんだ、いいから早く逃げなさい」

「………」

「何をもたもたしている、早く行け、これは司令官の命令だ。命令が聞けないというか」

初めて聞く怒号に気押され、泣きながら「金剛」を去った。

それが鈴木義尾の、人づてに聞く最期の言葉であった(戦後この青年は郷里の沖縄に帰り、青果業を営んで暮らしたが、五十年以上を経て、司令官の遺族と対面を果たしている)。

艦隊はそれでも翌日、これまで通りに本土へ向けて北上を続けていた。宇垣は何となく恨みがましい思いで一人、鈴木のことを考えた。

江田島の兵学校で顔を合わせたのは、もう三十年以上も昔である。自分が不精者のせいで、相手が訪ねて来るばかりの付き合いであったが、思えば人の家で延々と杯を傾けつつ、

「奥さんすいません、もう休んで下さい」

知子にそんな声をかけながら、彼は案外、平気なものであった。そんなときは宇垣もつい優しい声を出して、

「そうだ知子、後は勝手にやるから早く寝なさい」

妻を奥へ追いやってしまえば最後、夜も白々とするまで呑んで、台所を散らかしたまま床

に就いたことも多い。

そんな付き合いが、もうどれくらい続いてきたのだろう。考えれば、どれもついこの間のことのような気がした。

――まったく早すぎる。何か歳月にからかわれているようだな。

あるいは暦ほど、人を小馬鹿にしたものはないだろう。人間の一生などまったく歳月にあざけられながら過ぎていく、ちっぽけなものかもしれない。もうすぐそこに、呉の港を見ながら宇垣は、そんなことを思った。

十一月二十四日八時、連合艦隊が四ヵ月ぶりで内地の海へ帰ってきた。

軍令部からの通達で第一戦隊は解隊が決まり、「大和」は近日、新編の第二艦隊に編入される予定であった。司令官の任務を解かれた宇垣は、軍令部出仕の扱いになっていたが、その晩はひとまず吉川旅館に落ち着いた。

冷え込みのきつくなった十一月の風が、港に停泊する軍艦の狭間を直線に抜けていった。

第七章——妻への悔恨

一

アメリカと開戦してから、四度目の冬が近い。

艦隊が内地へ戻った翌朝、宇垣はすぐに吉川を出立し、呉駅へ向かった。

副官が一人、東京までのお伴に同行していた。

「これで見納めかと思いながら、こうしてまた帰って来たか」

列車がホームを出ると、宇垣は見慣れた街の景色を窓の外に見て言った。

「また近いうち、呉へ戻られることになりますよ、きっと」

「そうか。いや、今度ばかりは、どうかな」

もう艦艇が幾らも残っていないのだから、ありそうもない話であったが、車内に多数の乗客がいる手前、それは口に出来なかった。

現実その日が、宇垣にとって慣れ親しんだ呉の街とのお別れになる——。

この土地については前にも書いたが、駅の周辺にはもともと本通、中通、今西通と呼ばれる界隈があって（呼称は現在も変わらない）、吉川とか、海軍士官が利用した旅館や料亭は、本通を流れる堺川沿いに並んでいた。艦隊入港の際、港にお出迎えした夫と、吉川に厄介になった夫人も多かったという。

もっとも元気だった頃の宇垣の妻は違ったらしい。

昭和十三年、滞在先を出た知子が呉の街中を急いでいたのは、一月の寒い最中であった。陽暮れが早く、繁華街の路地ではもう一軒二軒、暖簾《のれん》の脇の提灯に灯が入っていた。中通の商店街では、ちょうど買い物袋を下げた女たちが、方々の店を行ったり来たり、誰のものともつかぬ声ががやがや聞こえる時間であった。

雑踏を抜け、駅舎の前に現われた知子は、やがてポストを見つけて駆け寄り、袂《たもと》から一通の封書を取り出した。

急ぎ投函を終え、そのまま駅を横切った彼女の行く先では、洋上訓練を終えた戦艦「日向」が艦長の宇垣大佐に操舵され、港へ到着する頃だった。

ちなみに急ぎ認めた書簡の宛て先は——、
東京市世田谷区東玉川町九十八
宇垣　博光　君

東京からの長旅を終え、港に夫を出迎え、傍ら留守番の息子に手紙をやり、いつの時代も家庭の主婦は忙しい。

「前略

あと六拾何日となって日々気が気でないと存じられます。

一昨日江田島見学に出かけました。久しぶりに知明様にも会ひまして元気な様子に喜びました。

父上のお舟はかり出航致しておりますが今日位は入航のはづ。出航準備にて大変忙しいかと存じます。父上もしつこく、たのむたのむと開口一番に博光の学校の事を云ひまして非常に案じて語られました。

兵学校に於て妹尾君等に面会出来ました。教官の方にも懐しいと御云ひ致して差し上げました。

此月は漸《ようや》く父上の俸給を頂く事になりましたが父上も綽々《しやくしやく》と一年、方々へ支払ひを随分取られ私の手へは参百円切りしか下さらず、帰途の旅費のかかりますし、此月は三等にて帰ってみます。それで私が参拾円残し全部博光君へ発送致します。前月も参百円送りましたが全部支払ひに入った由。大いに倹約してやって下さってゐるとは存じられますが気をつけて下さひ。

私も福山へ下車して荷物も取って参りましたが、もう一度お墓参りも致したいのでおそく共一月二十二日頃までにはきっと帰京致します。晴夫君にも宜しく伝へて下さひませ。乱筆御免なさひ。皆々様の御健康を祈っております。

頂いた漬物が有りましたので博光は嫌ひでせうが朝のおかづに切って食べなさひ。

二伸
二百七拾円一月分御送り致しましたが出来る限り倹約して下さひ。お払ひすませましたら残りは全部貯金に致して置いて下さひ。少しは小遣ひは残るかと存じますが、うんと貯金多くして置いて私を楽にして下さひよ」

差出人の居所は心持ち大きめの字で、呉市今西通八丁目と書かれている。本通の一つ向こうが魚屋、豆腐屋からキャバレー、割烹まで店屋が乱立する中通、そこから路地をくぐって進むと、省庁や金融機関の並ぶ今西通に突き当たる（ホテルや旅館は少ないが、何軒かあるにはある）。

知子を今西通に滞在させた理由は定かでないけれど、港町の盛り場付近は往来の顔ぶれも雑多で騒々しいし、それに戦時でなければ、公務終了後のプライベートな時間、同じ海軍関係者と一つ屋根の下にいることを宇垣が好まなかったのかもしれない。

書簡の消印は昭和十三年の一月十八日となっていて、宇垣は前年の練習艦「八雲」から異動し、二度目の艦長務めにあった。

知子の手紙はところで、要約すれば浪費の戒めばかりで、大名家老の名門の娘が嫁いでちょうど二十年、ずいぶん締まり屋の婦人になったものだと感心するけれど、

「父上も綽々と一年、支払いを随分取られ」

と息子にこぼしているくらいだから、夫の金銭感覚も多少、丼勘定式に雑なところがあったのかもしれない。

ただ宇垣の夜遊びについて、ここで改めて詮索するわけではないが、例えば参謀長当時など、旗艦が呉に入り、山本長官を囲む一同がどこかで派手にやっている頃、宇垣が料亭で一人、呑んでいた光景はよく語られる。卓の上には徳利と肴が二、三品載っており、呑みながら揮毫をしていることが多かったという。

それでツケが溜まってしまうのは不思議であるが、料亭でも何かで部下を同席させたら酒の勢いで、自分の懐から一切を捻出したとする。必然的に酒代も倍に跳ね上がってしまう。そんな前後を考えない気前の良さが、あるいはあったのかもしれない。宇垣を「案外、人情家であった」と語る人は多いし、料亭の女中とか従兵とか、世話をかけるはずの相手には、彼は非常に評判が良かったという。

まあ、いずれにせよ酒呑みの惰性で、毎晩呑んでいれば、さほど贅沢はしなくても積もり積もって「支払いを随分取られ、私の手へは参百円切りしか」渡らないことに、なりがちではある。

海軍大佐の妻が三等車輌に乗るのも、世間体を気にする夫人なら眉をひそめる真似だけれど、知子は東京と呉の往復旅にすっかり慣れている様子だし、当時四十代後半の宇垣の年齢を考えると、長年連れ添った女房をたびたび呼んでいるわけだから、それが堅操家の証拠であるかはともかく、仲の良い夫婦であったのは確かだろう。

二

東京へ戻った宇垣は、また妻を思ったのだろう。まず郷里の兄へ手紙を書いた。無事の帰りを知らせるためもあったが、知子の五年忌の法要を、年明け早々に行なうことを決め、出来るものなら上京してほしいと頼み込む。

兄からはすぐに返信で了解を得たが、命日は四月の下旬である。ずいぶん気の早い話で、宇垣はいよいよ気が急《せ》いていたのに違いない。

帰宅して以降、日課というほどのものはなく、たまに本省へ出向くだけで、あとは概《おおむ》ね暇ではあった。その割に今日はまず、盆栽の手入れ、そして翌日には花壇の草むしりといった具合で、何もせずにのんびりする日は少なく、始終考えるのは、身辺の整理と後始末ばかりであった。

十一月も過ぎ、乾いた風は日に日に冷たくなっていく。毎晩闇を突く空襲警報にも、だんだん慣れっこになって、手伝いの者と親類の娘が慌てるのに、

「なに、もうじきいなくなるよ。大丈夫、しっかりしなさい」

そんな優しい言葉が出たが、内心は単に悠長なだけで、実際、恐ろしくも何ともないのが奇妙な感じであった。

変化のないまま年も迫った頃である。珍しい人が訪ねて来た。

海軍省の車を降り、屋敷の門を入って来たのは今度、第二艦隊司令長官に内定した伊藤整一中将だった。

「いや何にせよ、じき正月なのに。つまらない用事で押しかけてすまない」

第二艦隊の旗艦は「大和」に決まっている。

「呼んで頂ければ、本省まで行ったのに、わざわざ御苦労様です」

レイテ沖で主砲を放ったときの敵艦との距離だの、上空の襲来を受けたときの措置だの、伊藤の質問は何かと熱心であった。

相手は兵学校が一期先輩で、昭和十六年の春に数ヵ月ほど、前任の連合艦隊参謀長を務めた経験もある。少佐時代には駐在武官としてエール大学に留学しており、

「ちょうど、そこでワシントンの大使館付だった山本さんに会った。徹底的に向こうの言葉をマスターしろと言われてね。まあ外国語というのは使わないと、どこかへ行ってしまうものだが、あの人の話は面白かったな」

そんなことを問わず語りにしゃべったあと、

「大和だって、この先の使い途を考えなければと思うんだが」

と言ったきり、じっと黙ってしまった伊藤に、

「内海の砲台では、能がありませんからね」

宇垣はつまらないことを答えながら、腹のなかではもう、それしか手がないような気もしたし、いまさら議論そのものが、どこか空々しい思いもあった。ともすれば相手の伊藤も、

本音は隠しているのかもしれなかった。

たとえこの大戦に敗れても、世界最大の戦艦は将来かならず、陽の目を見ると信じたい。

だが、そんな遠い日の夢物語は、所詮、幻想で終わるのかもしれなかった。

夕靄《ゆうもや》の漂い始めた空の下、宇垣は玄関先まで見送りに出て、

「行く先が見つからないことには、何も出来ませんからね」

そう言って苦笑いを作ってみたけれど、出ていく相手が羨《うらや》ましいのかどうか、それも良く分からなかった。

そしてまた一晩が明けた。昼になっても陽射しの淡い、寒い日であった。羽織を掛けて納戸に入る、宇垣の寂しい背中が地面にうっすら、影を落としている。

——ひょっとすると前線に行くより、これが残った大事な仕事かもしれない。

拾い集めた枯れ草で、焚き火の用意が整った。マッチも手元にあったし、あとは奥の一角から無造作に、何も考えず書類ごと運び出せばよい。

海大在学中の教科書、ノート、それに四、五年前まで書き続けた研究論文。手に取ればついページを開いてみたくなる。

——こうして何でも取って置くのは考えものだな。いざというときに面倒が多くて困る。

やはり自分が死ぬことを真剣に受け留めていなかった証拠だろう。口では葉隠精神を気取っていても、思えば今日までこの書類一式、あの世へ運べないことを考えずにいた。

何かの記念にと保管して置いたが、いったい誰のための何の記念か、知れたものではない。

中央に点じた火は、じんわり弧を描くように拡がっていく。とうとう記念どころか、いまここで敗戦と米軍の進駐に備え、灰になっていく資料の渦を見ていると、何とも虚しい一方で、人生そのものがとても滑稽に見えた。

——世の中、思いどおりにはならないな。何もかも、あっという間に終わってしまった。人間ひとりに与えられる時間は、ごく僅かに過ぎない。個人個人、多少の差異はあっても、一人の力でやれることなど、所詮ちっぽけなものだろう。

上空に昇る煙は、やがて雲居にまぎれて消えた。

隣近所では、こんな時節でも正月支度のためか、がやがやと絶え間のない物音が聞こえる。後片づけを終え、奥へ引き上げた宇垣は、気を取り直して夕刻から一杯やり始めた。家では年末休暇で帰った息子が、手伝いの女たちと大掃除に励んでいる。箪笥や本棚を抱え、せっせと廊下を往復していた博光は通りしな、つと立ち止まって居間を覗き、

「………？」

相も変わらず、何もせず、偉そうに座っている父に眼を留め、にやっと笑って行き過ぎていった。

三

米軍も正月休みを取るのか、昭和二十年の正月三が日は、空襲もなくのんびりと過ぎてい

った。

親子揃って手伝いの者たちと囲んだ食卓には、少ない配給から、数の子と餅と、二合の酒が並び、宇垣は正月の匂いをたっぷりと楽しんだ。

松の内が明けてすぐ、郷里の兄が来たので、家の中はさらに賑やかになった。

親子ふたりでの法要では寂しいし、福山の知子の親類にしても、わざわざ上京を請うには、ちょっと時期も早過ぎた。

一月十日、三人は南武鉄道の多磨墓地駅で電車を降りる。往来は、平日のせいか人も少ない。通りに並ぶ石材屋と生花店を見ると、宇垣はつい暗い顔になったが、

「今日は割合、暖かいな。何よりじゃな」

道すがら、兄がそんなことを言って、会話の隙間を拾ってくれた。

霊園の正門を入るとすぐ、目前の並木道には、古賀峯一の墓所が増設されている。

昭和九年に八十七歳の大往生を遂げた東郷元帥の後、続けざまに二人の連合艦隊司令長官が命と引き換えに元帥の称号を得、三名の英霊はそれぞれ、壮大な構えの中に祀られている。

宇垣はなかの一つの墓標の前に寄り、じっと頭を垂れた。

大義院殿誠忠長陵大居士――、戒名の中の「長陵」は生前の山本が、出身地の長岡にちなんで用いた雅号である。墓石の文字を見ていたら、彼の残した歌を思い出した。

大君の御楯《みたて》とたたに思ふ身は

名をも命も惜しまさらなむ

──心意気はともかく、どうしてか、あまり上手《うま》くなかったな。

語調がどこか浪花節めいて、風雅とはおよそ無縁の人だったようには思う。そのくせ実に筆まめで、内地に残した者たちと、書簡の往復も頻繁であった。愛人からの返信が届いたりすれば、

「おうっ、どうも有り難うっ」

従兵にやたら威勢の良い声で答えていたが、いそいそと自室へ引っ込んでしまうのを見ると、やはり気になった。

呉で初めて見たときは、あまり若い女なので内心うんざりしたが、それからずいぶん経って内海に控える「大和」から、参謀たちを連れて東京出張の折、艦内で留守居役の長官に代わり、この女人の家を訪問し、酒と夕食を振るまってもらったこともある。参謀たちが時局論を始めたりすると、いつの間にか席を外しているあたり、なかなか出来た女だと宇垣は感心したものだった。

(この自分がこの先、どれほどの働きが出来るか、心もとないでしょうが、見守っていて下さい)

延々と瞑目している背を、兄と息子は後ろでじっと見つめていた。

やがて山本の前を去り、さらに奥へ進み、亡妻がひとり眠る場所に出た。

宇垣が「日向」の艦長務めを終えたのは、昭和十三年十二月のことである。その月、大佐から少将へ進級し、軍令部第一部長の辞令を受けた。

達者で留守が良いとはいうものの、久しぶりに亭主が自宅へ落ち着き、知子はやはりほっとしただろう。

だが平和なのは朝、寝床を出て新聞を読み、食事をすませ、それで知子の見送りを受け、迎えの車に乗るまでだった。

長引く支那事変は解決の見通しが立たず、本省務めは多忙を極める時期にぶつかったのである。

深夜まで省内に詰めている宇垣の帰りを待つのは、毎日さぞ苦労だったろう。

軍令部には総長、次長のあと、第一部から四部までそれぞれの部長がいるが、ちなみに第二部長の担当は作戦や兵器の製造に必要な資材の調達である。土台となる作戦の指示や兵力の増強、あるいは削減など全般の権限は第一部長にある。

要するに、宇垣は忙しかった。現地視察の必要も生じ、たびたび大陸と本土を往復していたそんな最中、とうとう知子が倒れた。昭和十五年四月のことである。

その春、親類の長老の米寿の祝宴に、夫婦の出席を要請する通知を受けた。むろん宇垣は都合がつかず、知子一人を送り出した。

一人で汽車に乗り、一晩向こうで過ごし、慌ただしく帰って間もなく、体調は悪くなっていたはずである。

当日の参会者が全員、発病していることは後になって知った。知子はしかし息子と、東京の学校へ進んだ親類の若者たちの世話をし、夜は帰りの遅い宇垣を待って、どうにも医者にかかるのが遅れてしまった。

近隣の医院で手当てを受けて、やや快癒に向かっていると安心したのも失敗であった。温めるところを冷やしてしまったのか、その逆であったのか、とにかく医者が反対の処置をしたのだと、泣きながら報告する息子に、宇垣は逆上しかけた。

「………」

だが、眼を真っ赤にして、ごめんなさいと繰り返す我が子を見ると、やはり怒れなかった。癇癪《かんしゃく》をこらえて、彼の在学する大学病院へ電話を入れるように言った。

「そうです、今すぐ診《み》て下さい、急患です」

つながるとすぐ、息子から受話器を取り上げて事情を説明し、宇垣も付き添って救急車に乗ったが、知子はその晩、隔離病棟へ移されてしまった。

明くる朝も普通に出勤しないわけにはいかないし、要領を得ない割に時間ばかりたっぷりとかけた会議は、毎日やたらと増えていた。

偶然、早めに職場を切り上げて病室を見舞ったら、心持ち意識がしっかりしていた日もあった。すると次の日は妙なもので、前日たまたま自分でお茶を一杯入れたのを思い出し、今日も飲みたくもないのに、急須を使い、湯呑みに一杯注いで卓上に持って来てみたり、根拠のないゲンかつぎに神経を遣《や》った。

田舎からは会の出席者がみんな持ち直し、八十八歳の老翁もすっかり元気になったという知らせが入った。

（そうだ、知子だけが死ぬわけがない、死ぬんじゃないぞ）

宇垣は毎日、時計ばかりを気にしながら、海軍省内にこもっていた。妻はしかし、あっという間に衰弱し、とうとう四十二歳で命を絶たれてしまった。

あれから何度か再婚の話も持ち上がった。度を超すとお節介というもので一度、開戦直前の「長門」へ、陣中見舞いと称し、縁談を持って来た上役もいた。

返事を渋る宇垣に、

「だって君、山口君も二度妻帯している。これから不在がちになるのに、留守を守る人がいたほうがいい。独り身でいるのが、奥さんへの供養というものでもなかろう」

同期生のことを持ち出し、宇垣の家の心配をしたが、せっかく自分も東京にいながら、丈夫で元気な知子を死に追いやってしまった責任を考えると、後添いといっても、家事をさせるためにもらい受けるようで、考えてみる気にはなれなかった。

——昔、あんなにわがまま勝手な子供だと思ったのにな。

息子が学校へ上がるまえは、艦隊勤務になると、妻子はいつも福山の家へ遣《や》っていた。用務を終えて妻の実家へ顔を出せば、気ままなお嬢さんの片鱗を見せることも少なくなかった。

数え二十一のとき、宇垣と所帯を持ち、少将まで進級した夫の栄達と、志望通り医学部に進んだ我が子の成長を見届けて逝った彼女の生涯は、果たして幸福であったのだろうか。

生活の不自由こそさせなかったつもりだが、女の生涯そのものが、いったい何のためにあるのか、考えると余計にうら悲しい気がした。

——知子だけがどんどんしっかり者になったのに、俺はいつまでも世話ばかりかけた。

最後までじっと眼を閉じている父を見て、背後で涙を溜めている息子に、

「そりゃあ可愛らしいお嬢さんじゃったよ」

兄の囁《ささや》く声が聞こえた。

母の急逝からすでに五年である。すっかり大人になっている彼の涙の半分は、連れ合いを失った父の悲しみに対する、もらい泣きのような涙かもしれない。

立ち上がった宇垣を見て、兄はいかにも可笑《おか》しいといったふうに、

「伯父さんな、見合いに付いていってのぉ、おまえの親父は例によって偉そうな口、叩こうとするんじゃが、しばらくは声が上ずっとってな」

内緒事のように甥に語り続けた。

「こっちは二つ返事ですぐに仲人さんにお願いしたんじゃが、坂さんの家からは、なかなか連絡がもらえなかった」

「……………、お母さんの家が立派過ぎたからですか」

「いやぁ、田村君の親が是非にって勧めてくれて、向こうもすんなり話に乗ってきたようじゃし、別にそんな了見じゃなかろうよ」

息子は赤くした眼を怪訝そうにしばたいて、伯父をじっと見つめた。

「それじゃあ二人で、散歩でも行って来いって送り出して、さてそこで何をしゃべったんじゃか知らんけど、おおかた知子さんのほうが、纏にあまりいい印象を持たなかったんじゃろうな」

息子は遠慮がちに宇垣に視線を移し、父と眼が合うと慌てて顔をそむけ、クスッと声を立てて笑った。

「兄さん、要《い》らんこと言わんでおきんさい」

宇垣はむきになって怒りながら、心のどこかで救われる気がした。

肉親ならではの気やすさだろうか、率直な言葉が出るのは、久しぶりのことだった。

思えば大和ホテル、武蔵御殿など、陰口を叩かれた艦隊の内部も、物はジリ貧に乏しくなり、酒も満足になく、リンガ泊地で決戦に備えていた乗組員に、笑いなどほとんどなかったように思う。

ハワイ作戦やミッドウェーの第二段作戦の頃は、ちょくちょく朝からビールを呑み、優雅な参謀長がいたものだけれど、何も遮二無二やるのが誉められたことでもない。

一人自室にこもり、作戦の想を練っていた黒島参謀が奇異に映ったのも、海軍がまだまだ正常であった証拠である。終わってしまったレイテ沖海戦など、いったい誰が考案したのか、正気の沙汰ではなかった。

いま時おり、本省へ出向くと、軍令部の第二部長に転出した黒島と顔を合わせることもあるが、

「そうか、ともあれ変わりなくて何よりだ」

お互い無口なせいか、社交辞令以上の言葉は出ない。

だが、宇垣は知らずにいたが、この頃、軍令系統で極秘に回覧されていた赤本には、近々ドイツの開発した報復兵器V1、V2がもうじき日本に供給されるというレポートが綿々と認められていたのである。何でもこの新型兵器は、アメリカの機動部隊を本土周辺から一蹴してしまうほどの脅威を持っており、したがって日本の勝利はそう遠いことではないという有り難い結びになっているが、このガセネタの執筆者が何と黒島第二部長であった。

要するにみな少し、頭がおかしくなり始めていたのかもしれない。

真冬の寒さを映すように、背筋うすら寒い日々を日本全土が見つめた昭和二十年初頭、赤レンガの海軍省三階、軍令部第二部長公室には、時ならぬ高笑いが何度となく響いた。

「出来た、出来た」

黒島が編み出したのは、特殊内火艇に魚雷を積んで、敵空母に体当たりする、名付けて曰く「竜巻作戦」――。

例によって乗員の生還は不可能である。黒島に限らず、誰しも思いつくのは特攻の活用法ばかりで、軍令部の思考もまったく底辺を徘徊していた。

「よしっ、これで勝てる！」

居合わせた側近が一瞬、ぞっとするような、抜けるような高笑い――。

黒島部長もまた必死であった。人命を武器にしても国家を生かすため、非道な作戦は奇才の頭脳に絶え間なく湧き続けていた。

四

墓参りの二日後、宇垣は自宅に住職を呼び、予定通り五年忌の法要を終えた。夕刻、帰り支度を終えた兄は、

「歳を取るとのぉ、土産物を詰めたか、この家に猿股でも忘れたら赤っ恥だとか、無性に心配が増える」

傍《かたわ》らで手伝う博光に、もう一度、鞄をほじくり返しつつ、笑って言った。すぐに若者と馴染んでしまう物腰の柔らかさは、仕事柄かもしれなかった。

東京駅まで世田谷の家から二時間はたっぷりかかるし、最寄りの雪ヶ谷大塚駅へも、ちょっと距離がある。隣近所ではさすがに海軍将校の屋敷と仰ぎ見られるだけの構えはあるが、交通の便はお世辞にもよいとは言えなかった。

もう一度、位牌に掌を合わせて立ち上がった後を追うと、

「別に見送りなど要らんよ」

先に玄関を出た兄は、片方の手で宇垣をさっと払いのけるような仕種を見せ、奥へ戻るように言った。

「ここは田舎と違うけん、すぐに道が分からんようになる」

宇垣が笑って駆け寄ると、兄は黙って歩き出しながら、

「おまえこそ、いつも車のお迎えつきで、ろくに歩くこともないんじゃろう」

いかにも自分のほうが健脚であるというように、わざと歩調を早めて言った。

何かにつけ宇垣をからかいたいらしく、どうも口が悪くなったように見えるが、たぶんそれは久しぶりに会う弟の姿に、戸惑っている証拠だろうと思った。

住宅地の路地裏は夕闇で覆われ、足元がやや心もとない。

とりとめのない会話の端々に、兄は昔を思い出す様子であった。

「滋子らも、ろくに顔も出さんがの。上の二人は、ずいぶん、おまえに遊んでもらったな」

もう嫁いで何年にもなる姪っ子たちは、兵学校の頃、郷里へ帰ると物珍しさもあって、しばしば構ってやることは確かに多かった。

しかし、一号生徒に進級の年、長く床に就いていた父が亡くなったのにもかかわらず、何の変わりもなく仕送りを受け、休日には生徒クラブで飲み食いをし、さらに煙草まで始める贅沢はみな、兄がやり繰りしてくれた小遣いのお陰であった。

少尉任官を果たした年の暮れ、父の墓前への報告を兼ね、宇垣は郷里へ帰った。江田島から内火艇で広島の宇品港へたどり着くと、ちょうど海には牡蠣《かき》筏が出漁しており、闇間に漁火がきれいに映えていた。

市電の停留所から広島駅へ出て、山陽本線の列車に乗り込むとすぐ、夜空に短い警笛が放

たれ、車輌は緩慢に動き始めた。

翌朝ようやく、故郷の村近い、万富駅へ着いた。周辺に並ぶ下駄屋、薬屋、仕立屋は依然そのままだったが、子供の頃はほんの五、六軒の店舗があるだけで、駅前をすこぶる賑やかに感じたのだから可笑《おか》しかった。

——さあ帰って来たぞ。でも少尉になったといって、改まった挨拶をするのも、何だか威張りくさって見えるな。お母さんはどんな顔をするだろう。

宇垣はそこから人力車を取った。

「車ハ冷イ田舎ノ空気ノ中ヲ進ンデ吉井川沿岸ニデタ。前ニ先帝陛下御休憩所ト記念碑ガ立ッテイル。昨日モ師団長ガ来ラレタトノ事ヲ車夫ガ語ッタ。八時過ギニ帰宅。マダ家デハ餐ノ最中ダッタ。母上ハ先日石ニツマヅキ肋骨ヲ打タレタトカデ床ニ在中シテ居ラレタ。老人ノ負傷ハ中々ニ癒エヌモノトミユ。完爾君モ帰ッテ来テ居タ。夕食ハ共ニシタ」

完爾の叔父は先にも触れたが後年、陸軍大臣まで昇り詰めた宇垣一成。出世の見本があったことは果たして、将来を決めるのに幸いしたのか、あるいは災いとなったのか、いまは考えるのが物憂かった。

「偉くなるには軍人になるほかない、そんな考えを親父も兄さんも、どう思ったんじゃろうなあ」

大通りに突き当たると、向こうにちょうど下りの蒲田行きのホームに入って来る、東急電車の車輌が見えた。駅の近くまで来てつまらない質問をしたものである。言ってから宇垣は、しまったと思った。

「そうじゃな、もう仔細なことまでは覚えとらんが」

「いや、別に答えてくれる必要はない」

「とにかくワシは長男じゃから、何も考えず家を継ぐもんじゃと思った。そうじゃけん、軍人になりたいなんて毛頭思わなかったが、おまえはよう勉強も出来たしな。親父も上の学校へ遣《や》りたいとは考えておったじゃろうよ」

出来る、出来ないを言ったら、兄も同じように秀才であったが、師範学校を出た後、すんなり田舎教師に収まったのである。

宇垣がようやく少尉になったときは、もう立派に一家を構えており、帰省中はただ厄介ばかりかけた。

「鴨打チニ行ッタ。四羽バカリ捕ッテ帰ッテ来タ。完爾君ハ明日出発スルトカデ、今夜ハ大イニ御馳走ニ預カッタ。帰ッタノガ九時頃ダッタト思フ。写真ヲ二、三枚撮ッタ。完爾君ノ妹、完爾君ト俺ト」

幼馴染《なじ》みが出発した後、宇垣はだらしなく寝床で頑張り、兄の出勤したあと、布団を這い出す毎日を送った。

遅い朝食を終え、一人鉄砲をかついで連日、山へ登ったが、冬の雨にたたられ不猟が続いた。

「ほうら、早う帰って来れば良いのに、この阿呆」

濡れ鼠になって家へ戻ると、母にたしなめられ、不機嫌に炬燵に入り浸っていた晩である。

「おいっ、纒よぉ。ちくっと起きてみろや」

向こうの三和土《たたき》から兄の興奮した声が聞こえた。

「なあ、どうじゃ。大漁じゃろ」

兄は帰り道、吉井川に立ち寄ったようだった。

肋骨の痛む母が大喜びで兄嫁と二人、鍋の支度にかかってくれた。

長年手を入れていない家は、障子を閉め切っても隙間風が絶えないが、煮え立つ鍋からじんわり昇る湯気が、ちょうど暖房の代わりになった。

「さあ纒エ、食え。兄ちゃんに礼ぐらい言わにゃいけんぞ」

母に促されてもどうにも照れ臭く、黙って箸を伸ばしたとき、戸外に忙しげな物音が立った。

「電報です、宇垣さんっ」

配達員の自転車は、車輪を軋《きし》ませて止まり、あっという間に去っていった。

「ヒラド　ノリクミオメデトウ」

中身は新米少尉の宇垣に宛てた、中学時代の友人の祝電であった。相手はいま、東京帝大にいる。手紙で知らせた帰省予定を計算に入れ、江田島でなく、実家へ電報を打ってくれた心遣いに、宇垣は胸が熱くなった。

「ほう、三宅君も元気で何よりじゃねえ」

母が嬉しそうに相槌を打つので、宇垣は何と答えて良いのか分からず、ただ盛大に箸を動かすだけだった。

「ワシも親父の歳を追い越したが、息子の一人前になった恰好を見た分、長生きするのは得じゃと思うのお」

駅前でちょうど踏み切りが下り、立ち止まった兄は、独り言のように呟いた。四人目に、ようやく男子に恵まれた兄夫婦であるが、長男英明は、陸軍士官学校を出てすぐ、大陸へ送られていた。

「便りが届くまで、かなり時間がかかるじゃろう」

「ああ、それでもこまめに手紙はよこす。変に里心を起こさんと、しっかりやっておればええんじゃが」

鞄を肩へかつぎ直した兄は、室内着に外套を羽織った宇垣を眺めて言った。

「おまえ、立派になったのお」

禿げ上がった弟の頭から足の先まで、じっと見つめ笑っている。

「兄さん、何じゃ唐突におかしなことを」

宇垣は困り果てて棒立ちになった。

お互い言いたいこと、励まし合いたいことはたくさんあったけれど、「頑張るんじゃよ」など、あたかも「さようなら」と言っているようで、率直な言葉が出なかった。

威勢良く改札を入って行く兄の背を、宇垣は黙って見送った。

(ずっとずっと達者でな。無事に岡山まで帰ってくれや)

今度、兄に知らせを送るのは、たぶん次の任地が決まったときになるだろうと思った。

翌日からしかし、首を長くして待っても、本省からは依然、何の沙汰もなかった。

五

数日後、宇垣は四十期のクラス会代表として、鈴木義尾の家を訪ねた。自由が丘の自宅にはちょうど、夫人と長男が在宅していた。

留守を預かる細君が、帰らない夫の代理のように現われた宇垣の姿に、心持ちはっとしたように見えたのも、あるいは考え過ぎであったのかもしれない。

「御無事のお帰り、何よりでした」

二人とも顔色を変えず、戦死の報告を冷静に受け止めた様子だった。

「金剛が沈んだのは十一月二十一日でした」

沈黙が流れた。時計の針がコツコツと刻む音を聞きながら、宇垣は黙って眼を伏せた。

寒い一日がまた過ぎていった。

唯一の朗報は休暇を終え、軍医学校へ戻った息子に、呉海軍病院へ赴任の辞令が出たことである。出立前、一時帰宅した息子は、

「精一杯働いてきたいと思います」

父に畏《かしこ》まって挨拶を述べ、翌日、大船から任地へ出向いていった。見送りには数人の縁者を遣《や》ったが、宇垣はそこには付き添わなかった。

とうとう一人になり、東京にいるのが億劫になったのもある。中央に出頭したところで、これといった変化もない。

といって、休息の場はこの時世、幾つも見当たらないが、宇垣は熱海に海軍の保養所をあるのを思い出した。

着のみ着のまま、平服姿で無聊《ぶりょう》の慰めに猟銃を下げ、大垣行きの三等列車に乗り込んだ初老の男が、海軍のお偉方だとは誰も気づかない。途中乗り降りする客と荷物、検札に回る車掌と、通路で押し合いへし合いしながら、ついに立ち通しで目的地へ着いた頃には、へとへとになっていた。

夕闇が辺りをすっかり閉じ込めて、探すのに難儀をしたけれど、ようやく水光荘の看板を見つけたときは、ほっとして足取りが軽くなった。

到着したその晩から十日あまり、酒と散策に費やし、暦はあっという間に二月を迎える。

住み慣れた家に一人でいるのは寂しいけれど、馴染まぬ土地で一人、ぼんやり日を送るのは、宇垣は嫌いでなかった。

案外いいものである——、そう思いつつ、昨日と同じように、少量の酒と肴で一人、一杯やり始めた夜、階下が急に騒々しくなった。

「お電話です、宇垣中将にお電話が入っております」

女中の知らせに階段を下り、宇垣は急いで受話器を取った。

「夜分に申しわけありません、こちら人事局であります」

用向きの詳細は得なかったが、新任地への親補式が、明日行なわれるという知らせに瞬間、不意を突かれた。

——とうとう来たわけだな。

そして言われるまま、宇垣は翌朝一番の列車で東京へ戻って行く。

前後するがこの冬、同期の四十期生で一人、何かの用で本省へ立ち寄った者がいた。

マニラの第一航空艦隊を指揮する大西瀧治郎である。その日ちょうど、正式に父の戦死の知らせを受け、恩給の手続きやらの所用で、鈴木義尾の長男が海軍省に来ていた。

あれが鈴木中将の令息だと、誰かが耳打ちしたらしい。

駆け寄って来た大西の姿に、鈴木の息子は慌てたが、

「いや、君か。お父さんにやはり似とるな」

そう言って微笑《ほほえ》んだ顔はとても優しげだった。

立派な青年に向かって大西は、夜道は危ないと言って聞かず、自宅までの車を手配してくれた。玄関先で大西と、幾つかの言葉を交わした長男重義氏から、

「あとになって考えれば、父の同期ではあの人が一番有名といえば有名になりましたね」

私はそんな話を聞いた。すでに大西はこのとき、マニラの一航艦で特攻攻撃を指揮した後

であり、のちに語られるような徹底抗戦主張派の一人になっていたと思われるけれど、

「いや有名な写真のように頭を短く刈って、その日は眼鏡をかけていましたよ。大西さんから見れば、クラスメイトの子供でしょう。大学生といっても、こっちはまだ二十歳そこそこですからね、とてもいいオジサンだと思いましたよ」

と、好人物の印象を語っていた。

開戦直前、大西が参謀長を務めた第十一航空艦隊は、鹿児島県の鹿屋基地にあった。山本五十六から真珠湾攻撃のプランを打ち明けられた大西はまず、源田実を鹿屋の一室に呼び、計画の立案を命じたという。

やがて岩国航空基地にいる淵田美津雄少佐が鹿屋へ転勤を命じられ、鹿児島湾内で攻撃演習が始まった。

「いいか、ここから五百メートル先のブイ、これを停泊船と想定する。発射時の姿勢は機首角零度、発射時速百六十ノット。撃ったらすぐに上昇、右へ旋回して敵機から離れる」

海面から矢のように飛行機が飛び出し、次々と雷撃を繰り返す。洗濯物が吹き飛んでしまい、主婦たちは顔をしかめた。

すさまじい轟音がぱったり止んだのは、中秋の頃であった。

やがて――。

「帝国陸海軍は本八日未明、西太平洋ニ於イテ米英軍ト戦闘状態ニ入レリ」

ラジオが報じる大本営発表、あれからすでに三年あまりが過ぎた。

昭和二十年二月十日、第五航空艦隊創設。艦隊司令部は鹿屋に置かれた。司令長官に任命された宇垣は、帰京からほんの数日で九州へ発つことになる。真珠湾へ南雲艦隊を送った街がいま、「国体護持」の名のもと、尊い人命を太平洋の海原へ幾つも投げ出そうとしていた。

第八章——第五航空艦隊着任

一

鹿児島県鹿屋市、ここに海軍航空隊が増設されたのは、実は開戦のたった五年前に過ぎない。

霞ヶ浦や岩国のような伝統もないこの土地は、海軍が来た後、一面山と野原ばかりの装いを一変、目覚ましい発展を見せた。

もっとも近頃、鹿屋の地名を耳にする機会は少ないし、近年鹿児島を訪れる人の視界にあるのは西郷、大久保らの藩士を記念した旧跡や桜島、あとは指宿温泉、枕崎あたりのようで、何かで戦記に興味を持った人があっても、薩摩半島の中ほどに、陸軍の特攻基地だった知覧があるから、客足はもっぱら片側に吸い寄せられ、対岸の大隅半島からは遠のくばかりである。

その昔はしかし、大隅地方一帯は鹿屋を中心に県内でもっとも近代化が進んでいたそうである。昭和十一年、鹿屋海軍航空隊の発足で軍需産業が発達し、三年後には大隅線の鹿屋駅が着工。以降、鉄道省の在来線が続々と敷かれ、街はすっかり都市の機能を備えた。

とはいえ、都市化の基準は人によって異なるようで、昭和十五年当時、現地の航空隊へ指揮官として着任した山口多聞など、

「十六日、予定通り木更津から鹿屋に飛びました。当日、天気も晴朗で途中、美しい富士の秀峰を白雲の上に眺め、空にそびゆる富士の気高さの歌を口ずさみました。

鹿屋の町は聞きしに勝る田舎で、宿屋は二、三軒あるそうですが、到底貴女のような文化人種に適しそうもありません。

小生、煙草を買おうとしたら両切りは一本もないとのことでした」

と女子大出の美人の後添いに手紙をやっているくらいで、神田っ子の彼には少々手を入れたところで、泥臭い辺鄙《へんぴ》な土地の印象はまぬがれなかったらしい。

ちなみに戦争末期、鹿屋の海軍基地から出撃した特攻機の総数は知覧の陸軍よりはるかに多い。

だが戦後、これを地域振興の手段として全面に押し出した知覧に比べ、鹿屋では往年の海軍色を消したがる風潮があったという。終戦の昭和二十年八月、いよいよ沖縄から本土に戦火が広がったのを契機に、鹿屋基地の第五航空艦隊が、長官の宇垣を含めた参謀一同、九州

北部の大分まで司令部を後退させたのに対し、市長、助役クラスはひどく立腹した。その恨みを、戦後も長く引きずったらしいのである。海軍側としては鹿児島でも大分でも構っている場合ではなかったが、土地を上げて海軍に協力した役人たちは手ひどいしっぺ返しと受け取り、捨て置かれた気分が拭えなかったという。

これは現職の鹿屋市職員や、海上自衛隊職員、それと戦中、第五航空艦隊に所属した元軍人から実際に聞いた話である。

戦後やがて数十年が経過し、国鉄の民営化で汽車の便が途絶えた街で、大隅線の鹿屋駅はいま鉄道資料館と名を変え現存している。市の観光パンフレットにも掲載されており、試みに覗いたところ、一応の展示物こそあれ、建物は外観も内装も、着工当時の駅舎そのままかと疑うほどに古臭い。

市中に往時の海軍士官の足跡を感じさせるものといえば、繁華街に頻出する「あみ屋」の看板だろうか。昭和初期に黒毛和牛の小売りから始め、やがて割烹まで手を広げて利潤を拡大し、さらに旅館が一軒、二軒建つほどの繁盛を見せたのは、ひとえに「海軍さん」のお陰であった。

海軍航空隊が進出した昭和十年代、割烹の本店をさばいていた「あみ屋」の主人は若い時分、花の帝都で蔵前の土俵に上がったこともある元力士で、この人が士官たちから、

「おいっ、多聞丸。今日も俺たちをいじめやがったな」

酔った腹いせに、出っ腹を太鼓のようにポコン、ポコンと叩かれ、すっかり馴染みになっ

ていたという話は知る人も多いだろう。

多聞丸はむろん、先の書簡の山口多聞であって、相撲取りと似ていたという逸話は、彼の顔を想像すると納得がいく。

ただ山口少将のスパルタ教育が鹿屋で評判だったとはいえ、大なり小なり航空隊には共通の気風があり、霞ヶ浦の航空隊など、

「泣く子も黙る霞空隊」

誰が言い出したのか、陰でそんな標語が生まれたという。

日米開戦からまる三年が過ぎ、鹿屋で山口が指導した青年士官たちも、早い者なら少佐クラスに進級していた昭和二十年。

三四三空、二〇三空、八〇一空ほか、本土南西に控える航空勢力を結集して第五航空艦隊は発足した。現存する海軍の精鋭航空部隊だが、保有機は幾らもない。東京を出立する直前、司令長官の宇垣は、それが特攻作戦を前提とした指揮権であることを軍令部から通達される。

二

二月十四日午後、輸送機で厚木を発った宇垣は上空が暮れかけたころ、任地の鹿屋へ到着した。

同乗した参謀長の横井俊之が先に立って案内しながら、

「まさかここで御一緒するとは、思いませんでしたね」

宇垣をふり返って嬉しそうに笑った。

横井は二十五航空戦隊の司令官から今回、五航艦へ転出した生え抜きの飛行機乗りだが、お互いかねてより見知った顔なので抵抗はない。

でこぼこの坂道を登って行くと、さらに前方に丘陵がある。そのまた先にやっとバラックの建造物が見えた。あれが庁舎ですと、横井が指を差して言った。二十五航戦は鹿屋基地にあったから、参謀長はすっかり勝手を心得ている。

「まだこの辺りに大きな被害はありません。鹿児島にも空襲はあるのですが、鹿屋は山ばかりで攻撃の甲斐がないのか、敵も狙って来ない」

しまいの言葉に宇垣は、くすっと笑いを漏らした。もっとも隊門に掛かる「鹿屋海軍航空基地」の木札は、火の粉で煤けて黒くなっていたし、焦げついた作業用の鉄柱や割れたガラスの破片が方々に散乱しており、宇垣の眼にはとても無事とは思えなかった。

そんな視線に気づいたらしく、

「そりゃあグラマン機が焼夷弾を一つ、二つ落としていく日は、週に何度かありますよ」

気落ちさせないように横井が努めて明るく振る舞う様子が、宇垣は少し頼もしかった。

道の途中には温暖な気候のせいか、もう梅の花や蕗《ふき》の薹《とう》が顔を出している。

雑木林の中にぽつんと一軒、建っている庁舎にその晩、旭日の中将旗が上がった。

それから数日、宇垣は周辺の視察と攻撃演習の監督に動き始めたが、間もなく日吉の連合艦隊司令部から五航艦へ、緊急電が届く。

「丹作戦発動X日ヲ三月十日トス」

作戦は昭和十八年からの懸案事項で当初、マーシャル群島中央部のメジュロに布陣する敵を襲う算段であったのだが、秋のソロモン沖航空戦で搭乗員と乗機の損耗が激しく、補塡のように丹部隊をつぎ込み、とうとう全滅させてしまった経緯がある。部隊を再編した十九年秋、メジュロより北のウルシーへ進軍していた敵の機動部隊を攻撃目標として作戦が再開されたが、中継地点のトラック島へ向け、機上から電文を送ると、絶妙のタイミングでトラック島上空へ敵機が来襲する。やむなく引き返し、時間を置いて再度発進しても結果は同じで、ようやく暗号が解読されている気配に気づくありさまであった。

実戦に至らなかった丹作戦はこうして、五航艦に手渡され、特攻攻撃に変更される。

概要はカロリン海域のウルシー島まで、千三百六十カイリを直行する片道挺身攻撃である。

特攻作戦は前年から繰り返されていたが、日吉からの命令を受けた宇垣は、

「之が実施は特に慎重を期せざるべからず」

日誌にもそう書いており、やむを得ないこととは思えなかったらしい。

沈鬱な顔になっていた長官を夕食どき、参謀長が見かねたように誘った。

「ちょっと御一緒願えませんか」

十畳ほどの狭い食堂から、招かれるままに向かった先は地下の格納庫であった。有線、無線いずれもの通信機能のほか、兵器の保管と隊員の居住が可能な設備が整っている。

「大したものだ、さぞ手数だったろう」

これは二十五航戦の司令官当時、横井の指示で造成されたものである。

「今さら遅いようですが、少しは役に立つでしょう」

重要施設の地下への移行、航空機と兵器の隠匿所の設置に力を注いだ結果、鹿屋基地一帯は縦横へ防空壕を広げ、意外に短期間に備えだけは出来上がった。本土決戦にならない限り、敵も地下に潜む相手に手出しは不可能であって、貴重な航空機を野放しにして、むざむざ空襲でやられる心配はなくなった。

ただこれも搭乗員の育成のための、いわば時間稼ぎであって、兵力がいずれ底をつく前にどれだけの挽回を図れるか、疑問はあった。この間にも沖縄に進攻する敵に向かう兵力は特攻機だけで、戦力が増強されたわけではない。

二月十九日、そんな現実を見せつけるように硫黄島に米軍が上陸した。

「海軍自体にて相当の堅固を以て任じたる同島が此の始末とは全くあきれ返らざるを得ず」

宇垣の物言いは、どこか他人事のような響きすらある。

「全島要塞化を以て聞えたる同島にして敵手に落ちんか、本州の前途誠に寒心に堪へざるものあり」

三陣やバラックにすく寒の風

宇垣はそれでも、内面にくすぶる思いは決して表には出さずにいた。

敷地内を歩いていると、出くわした彼の姿に部下たちは急ぎ足を止めて敬礼する。

（御苦労だが頑張ってくれよ）

思いを込めて長官は、右手を掲げて応じる。無意味なしきたりなどと、いまは決して思わなかった。

——彼らが張り合いを感じてくれるのなら、たやすいことだ。

それは見よう見真似で山本五十六から教えられたものだった。下士官から一兵卒にいたるまで、丹念な答礼で対していた山本に比べ、いつでもどこでも、すげない素振りで行き過ぎていた宇垣参謀長。他意はなくても、上に立つものがこれではいけないと気づいたあの頃が、もはや遠い過去のようだった。

鹿屋に着任してひと月、士官の間では異常に娯楽が溢れてきた。ポーカーや将棋、果ては茶の湯、活け花。どれもそこいらから集めた粗末な道具や、道で摘《つ》んできた草花での我流だが、要は現実を忘れる手だてであった。

宇垣は時おり、司令部の庁舎で、書物を読みふけっている隊員を見かけたりもした。

「いいよ、構わないからそのまま読んでいなさい」

いっそのこと禁足令は解いてしまったほうがよいのではと思う。人間はだが、歯止めが効かなくなれば弱いものである。

宇垣にはその勇気が出せなかった。

長官には日常の仕事と別に、麾下の部隊を巡回する任務がある。

地図を確認すると分かるのだが、五航艦統括下の航空基地は、鹿屋を囲むように北西の国分、東方の串良、笠ノ原、それに錦江湾を挟んで向こうの出水があった。

長官の視察などというと立派に聞こえるが、車で出向く各指揮所は、いずれも洞窟のなかである。

トンネルを奥へ進むと、それでも航空隊司令たちは嬉しそうに宇垣を見上げてくれる。そうして真面目くさった顔で、部隊の状況を報告する。

(こんな場所でお互い情けない話だね)

まさか相手にこぼすわけにもいかない。もっともらしい言葉を探して口に出す。

「まったく深刻な事態だが、もう一踏ん張りだ。心してやってくれ」

湿っぽい防空壕から戸外に出ると、しばしば春雨にたたられる日もあった。雨音につれて宇垣の禿げた頭がぬれる。雨のしずくは遠慮なしに眼鼻へ流れ落ち、甲斐のない任務をあざ笑うようだった。

土壇場になって預けられた艦隊司令長官の職権は名ばかりで、環境だけでなく、先に控えるのが特攻作戦ばかりという台所事情は、まったく皮肉であった。

軍人である以上、戦となったら思う存分やりたいのは当然で、真珠湾からミッドウェー作戦まで、ともかく意思を通した山本五十六などは幸運である。結果こそ無為な惨敗に終わったあ号作戦にしても、小沢中将は半分ぐらいは本気で、アウトレンジ戦法の成功に期待し、興奮を感じていたのに違いない。

比べて宇垣、さらに関東の三航艦を預かる寺岡謹平、前年秋、特攻を切り出した大西瀧治郎。後年花の四十期生と呼ばれた彼らは、正規の兵力を持たない長官であった。

二月も終わりに近づいたある日、宇垣は串良基地の視察をすませ、さらに笠ノ原へ出向く。航空隊司令との面会を終え、防空壕から車へ戻りかけ、はっと足を止めた長官を見て、なるほどと合点した顔で部下の参謀が微笑んだ。

「鶯ですか、だいぶ春が早いですね」

小枝の中から、そう遠くない鳴き声が聞こえている。

「……いや、他の鳥もいるようだよ」

「そうですか。あっ、雲雀《ひばり》かな……、あれは雲雀のさえずる声ですかね」

にわかに汗ばむほどの好天気であった。

思えば開戦後、最初の春を宇垣は「大和」の艦内で迎えた。翌年は南方の海上に進出して、間一髪のところで命を取り留めた。また一年経って、今度はリンガ泊地で暦だけを頼りに四季を確認しながら、マリアナ沖、レイテ沖の海戦の洋上にあった。もうどこで死んでも不思議ではなかったのに、とうとう四度目の春を内地で迎えることが出来た。

——やはり俺は運の良いたちなのかな。

そんなことを時おり思うが、幸運の使い道はこの先、簡単に見つかりそうになかった。

空に満月の掛かったその夜、鹿屋基地の者たちは戸外に割れるような爆発音を聞いた。ヒューッ、バリバリ、ドォーン。雷鳴のような轟音は間もなく、笠ノ原の山中に落ちたB29の仕業と判明する。幸い怪我をした者はなかった。山奥なので民家もなく、一見何の被害も見当たらない。

だがその晩きっと、何羽もの鳥が一瞬にして命を落とし、帰らない親鳥を待ちながら、巣の中で腹をすかせて息絶えた雛たちが大勢いただろう。

本土が無事でさえあれば、青葉が繁り、鳥も鳴く。もうじき新緑の季節もやって来るのに違いない。

なのに世の中は、他国の進駐を防ぐだけの軍備を持たなければ、平和が維持できない不幸な時代であった。軍人がそのため、兵力の拡充を目指し、働いてきたのは全員等しいところで、それがやすやすと壊れていくのは無念である。

大切なのはしかし、勝つことよりも国の存続であり、先決なのは国土の保全と人命の尊重であることを、誰もが忘れつつあった。

三

とはいえこの期に及んで、神州の不滅を本気で信じ、技量もない搭乗員が単独で敵空母に突っ込んで行く愚かな行為に、心底望みを託す指揮官がいたとは思えない。

ただし出撃する青年たちは違ったのだろう。丹作戦出撃を控えた、梓特攻隊員が辞世に遺した歌がある。

たらちねの心のままに梓弓
今ぞ出撃夷艦《あだぶね》砕かん

大君の勅かしこむ武夫は
あだし空母に砕け散るべし

出て行く彼らは、たとえ無茶な特攻作戦でも、体当たりして散ることで、起死回生の道を拓けると、信じねばならなかった。自己暗示によって実際それを信じ、機上に就いた若者もあるだろう。国に殉じる滅びの美学、そんなものは幻想に過ぎないと、心のどこかで気づいていたとしても――。

昭和二十年三月十一日、鹿屋市の上空は本当によく晴れていた。乾いた山の大気のなかに、キーンと裂くようなエンジンの音が聞こえている。

事前の偵察で、目標地点のウルシーに敵艦艇発見の知らせは前々日に届いた。宇垣は迷わず十日の出撃を命じたが、その日、特攻隊員誘導のため、四国の詫間から先発予定の二式飛行艇が、整備不良で出発時にもたついてしまう。

取りこぼしがあってはならないから、結局、出撃は一日延期された。

お陰で夜、隊員の壮行会が出来た。水交社から河豚《ふぐ》の刺し身を取り寄せ、食膳に真っ白なカバーを掛けた、目一杯の心尽くしも、何か芝居がかって見える。

――よせ、憐れだと思ったら俺の負けだ。

宇垣はじっと一人、一人の隊員たちを見つめた。酒の勢いにつれて心穏やかでないはずの若者が、努めて明るく振る舞う姿は悲哀を誘う。だが、彼らの本音に触れることを、今後の特攻作戦を指揮する長官の仕事にしてはならなかった。

翌朝午前八時、宇垣は基地内の指揮所に到着した。絶好の飛行日和を得て、攻撃機が出撃を待っている。

「皇国の浮沈はまさにこの時である。いまや敵に対抗し得る戦力を保持するのは、我が第五航空艦隊のみである」

「諸君たちの国への忠誠、日頃から錬磨した技量と相まって、神の加護を受け、作戦成功は疑いない。長官は確信する」

宇垣は出撃準備を整えた隊員たちに、連合艦隊司令長官から届いた激励文を訓示として伝えた。

「それでは、行ってまいります」

指揮官が最後に一言、一列に並ぶ司令部幕僚の方を見て言った。

乗機に向かって小走りに去って行く青年たちの、元気一杯な後ろ姿を見ていると、むごいことをしている実感が増す。

笑顔で答礼を返す、宇垣はそれが仕事とは思いながらも、心のどこかに疑問はあった。

エンジンの回転が加速する。一機、砂塵を上げて滑走路に入ると、また一機が続く。モスグリーンの機体がぐんぐん高度を上げる。背後には暁に輝く霧島連山、視界に漂う桜島の噴煙を次第に遠く下に見て、編隊は大空に巻かれるように、雲の彼方へ消えた。

宇垣はやがて、司令部幕僚と地下の作戦室に入った。

さて、この日も鹿児島基地から発進予定の天候偵察機が、装置の不調のため、出発が遅れたのは予想外であった。

しかも早々、佐多岬付近でエンジンの故障により「引キ返ス」を知らせる機があった。その後も時を刻むように不時着電は増え続け、夕暮れまで絶えなかった。

残存の隊員たちだけは何とか、目標のウルシーに向け、飛行を続けているのだろうが、まだ着信電はない。

冷え込む地下の防空壕では、時おり伝声管にまぎれて、雑音だけが聞こえる。誰も一言も口を利かない。

十八時五十二分、とうとう現地の日没時間が過ぎた。

四

出撃から三日後、生き残った隊員たちが鹿屋に戻った。なかには指揮官の黒丸大尉の姿もあり、宇垣は現場の顚末を聞いた。

カロリン諸島上空、真下には西太平洋の海面が見える。鹿屋を発ってから長い時間が過ぎていた。

どうにか隊形が整って、第一目標の南大東島を通過したときには、エンジンの故障で早くも五機が落伍したという。さらに第二地点の沖ノ鳥島への道中、雲量が増して眼下の視認が困難になった。そこで高度三千メートルから一挙に八百メートルまで降下。

しかし、低空飛行はスピードが出ないのが難点で、もたもたしていると日没前の突入が危うくなる。

「ヤップ島、次はヤップ島だぞ」

飛行機の操縦席では、パイロットたちが後部座席の偵察員に声を張り上げていた。

「いいな、しっかり見てろよ」

刻一刻と夕暮れが近づき、途中の脱落だけが増す。上空を飛び続けてはっと思えば、もう五分、十分が過ぎている。

そもそも失敗の始まりは、のっけから起きていた。追い風が予想されたため、出発時間の大幅な繰り下げ。さらに香川県八〇一空の誘導隊員と、佐多岬上空で合流のはずが、飛行艇の発動機障害で二十分も時間を喰った。

辺りは完全な夕闇に包まれてなお、目印の島が見つからない。

「見えた、見えたです。左前方」

ようやくウルシー停泊地に近づいた指揮官機は、いつしか先頭にいた第三小隊が、眼下の海上で、大型母艦に突っ込んで行くのを見た。やがて確かに火柱が上がった。

遅れを取った黒丸機はしかし、あまりの暗さに艦種の識別が困難なことを考え、爆弾を投下したのみで引き返したという。

――あの子もこれから、ずっと重荷を背負うことになるな。

蒼冷めて語る黒丸の表情は、眼を伏せてしまいたいほど憐れであった。

不可解なのはただ、出撃当日の突入電である。

「指揮官機ヨリ、我奇襲ニ成功、一八五八」「全軍突撃セヨ、一九〇〇」

第三小隊一番機より、

「我正規空母ニ命中セントス、一九〇三」「我奇襲ニ成功、一九一〇」

突入を告げる長符が続々と入り、作戦室は沸き返ったはずだった。

だがその翌日、ウルシー泊地の現場をトラック島の友軍機が視認したところ、敵艦艇の数は以前より増えていた。惨事があれば洋上を往き来しているはずの救助艇もおらず、沈没船の形跡もない。不時着機の数と突き合わせると、どうやら戦果を望むのは難しい状況だった。

彼らは何をどう見誤ったのか。

奇襲成功を知った瞬間、

「やった、遂にやったぞ」

大はしゃぎで椅子から飛び上がった航空参謀は、眼をしょぼつかせてうなだれていた。

「今日のところでは何とも言えない。いったん日吉にも連絡を取ってから、今後の検討をしたい」

周囲をぐるっと見渡して、横井がそう言い、よろしいですかという顔で、傍らの宇垣を振り返った。

「以上、そういうことだ」

地下の低い天井に反響する自らの声を、宇垣は苦い思いで聞いた。

五

鹿屋基地での宇垣は、何の目的もなく、しばしば庁舎の外に出て、その辺りをぐるっと一周するのを一種の日課にしていた。隊門を出て左に折れ、少し行くと野里国民学校の屋根が見えるが、時おり、

「春が来た、春が来た」とか、

「我は海の子、白波の」

子供たちの唱歌とオルガンの、呑気な音色を聞く日もあった。田んぼの畦道にいかにもふさわしい調べを聞くと、何とはなしに足を止めてみたりもした。

そんな散歩の道すがら、ちょっと足を延ばして飛行場の先まで行ってみた日である。

天気は良いのに、終始、向かい風があり、手足が冷たくなっていた。用もないのに馬鹿げた気もしたけれど、

「おやっ、今日は銃をお持ちじゃなかとですか」

見張りの下士官が、いかにも珍しいという顔でにっこりするので、宇垣もつられて余計なことを答えた。

「ちょっと窮屈な気分だったからね、外に逃げて来た」

たぶん階級章まで見ていないのだろうが、年中散歩ばかりしているせいで、相手は顔を覚えてしまったらしい。

「たまにはそれがよろしいでしょう、まる一日地下にこもっていたら、息が詰まります」

とりあえず宇垣を司令部の人間だろうと見当をつけた様子で、いかにもしたり顔で頷《うなず》いた。

付近には特攻隊員の宿舎があるが、今日は何の物音もなかった。

丹作戦のあと数日、次回の作戦目標は宙に浮いていた。しかし五航艦の内部では、間もなく新型兵器、桜花の使用が立案され、参謀たちが検討を始める。

第九章——特攻基地の沈鬱

一

三月二十一日朝、防空壕内で開かれた作戦会議には艦隊参謀数名のほか、七二一空司令の岡村中佐が呼び出しを受けていた。

この数日、戦局は良い意味でも悪い意味でも目立った動きはなかったが、その日未明、恰好の索敵情報が届いたのである。

地点は都井岬の南南東、距離三百二十カイリに発見された敵空母二隻は、上空に護衛機の姿がないという——。

五航艦ではちょうど十九、二十日の両日、国分基地を出撃した彗星艦爆隊員の戦闘報告が入ったばかりであった。

「空母エセックス型一大爆発炎上」「サラトガ型一大火災」「両者撃沈確実」――。

　報告の中身は華々しいもので、艦隊司令部は、索敵隊が南下中の敗残勢力を発見したのだと思った。損傷艦の数が多いのだろう、退散する敵の平均速力が十二ノットという報告も、この判断を裏打ちした。

「笠ノ原から応援が出るとは本当ですか」

　地下の作戦室では、岡村司令が横井参謀長に泣きそうな顔で訴えていた。

「いま戦闘機は三十二機しか使えません。笠ノ原から何機、出撃してもらえますか」

　言葉だけは丁寧だが、明らかに反駁《はんばく》する顔つきだった。

「機数は二十三機と聞いているが足りぬか」

　横井の返事に瞬間、岡村司令の肩が震えた。

　中佐の七二一空は神雷部隊を置いており、これは特殊兵器桜花の搭乗員、桜花を搭載した一式陸攻の操縦士と偵察員、さらに護衛の戦闘機隊で構成されていた。ただし護衛戦闘機については、これまで他の出撃にも数回派遣され、機数がジリ貧になっていた。

「参謀長……」

　岡村の消えそうな声が聞こえる。

「もう少し、何とか出来ませんか」

　横井はちらっと宇垣の方を見て、やがて弁明するように答えた。

「敵は上空に護衛を持たないと聞いているし、速力も落ちているという話だ。どうにかやってはくれぬか」

「彩雲の報告など信用しかねます。スピードが落ちているといっても、南下中では距離も遠くなるばかりです」

司令の言うのはもっともだった。

見幕に押された恰好で、横井は宇垣を振り返った。

「どうですか、今回は見合わせて、護衛機が整うまで待ってみますか」

暗がりのなか、椅子にじっと動かなかった宇垣がようやく腰を上げた。

特殊兵器といっても、陸攻のふところに宙づりにされた桜花は、敵発見次第、搭乗員が狭い入口からロケット式の機内へ乗り込み、親機の陸攻から放たれたら最後、炸薬を抱えて落下していくのに過ぎない。高度は三千から五千、眼下を見ただけで眼がくらむ。突入の目標地点を定めるのに、桜花の機内にもハンドルだけは取り付けてあるが、本来、還って来るように設計されていない飛行機なので、操縦機能といえるものは皆無であった。

イチがバチか、半ば賭けのようなものだが、もはや特攻作戦そのものが非情を前提に始まっている。指揮官としてはたとえ桜花でも、戦果を上げてもらう必要があった。

「岡村君、いま使わなければ桜花を使うときはない。私はそう考えている」

宇垣は岡村の肩に手を置き、力を込めて言った。他に言葉はなかった。

考えている間にも、敵はどんどん南下してしまうから猶予はない。

その日、午前十時過ぎ、飛行場の滑走路にまず陸攻十八機が集められた。やがて桜花の懸吊作業がすみ、燃料タンクの装着が完了した。

「神雷部隊は陸攻十八(桜花搭載十六)、一一三五鹿屋基地を進発せり。桜花隊員の白鉢巻、滑走中の一機瞭然と眼に入る。成功し呉れと祈る」

それぞれ六機ずつの中隊が、指揮官機を先頭に続々と滑走路を離陸した。おしまいに飛び立った護衛機の集団も、あっという間に空の向こうへ隠れていった。

艦隊司令部はほどなく地下の作戦室へ戻った。後は待つばかりと思ったが、第一電がすぐ、護衛戦闘機から届いた。

続く第二打電も、三電もそれからひっきりなしの着信はすべて護衛機からのものだった。

燃料計が突如ゼロになってしまったとか、燃料タンクからの吸引が出来ないとか、どういうものか護衛集団にばかりトラブルが続発した。

まだ発進から三十分過ぎたほどなのに「引キ返ス」を言ってくる護衛機は、呆気なく二ケタを数えてしまった。整備に時間が取れなかったとはいえ、許されない誤算である。

横井参謀長が苛立った顔で電信班の方を見た。

「通信参謀。彩雲からその後、報告はないか」

「いや、それが……」

「何だ。何か言ってきているのか」

ちょっと間を置いて、

「敵機動部隊は、三群の輪型陣で南下中の報告であります」

高木通信参謀のヤケを起こしたような返事があった。

「今朝の報告より多いではないか。……間違いないか」

「間違いありません。三隻が南下中であります」

不穏な空気が漂い始めた。宇垣が観念したように告げた。

「敵発見が困難なら、南大東島へ退避するよう連絡が取れぬか」

放って置けば、こちちに被害が出るだけと思われた。

参謀長がふたたび通信参謀に訊いた。

「依然、神雷の電信ないか」

「依然、ありません」

事態は想像してみるほかないけれど、洋上の敵艦隊へ到達までに、米軍機と遭遇する可能性はたっぷりあった。おまけに護衛集団が続々と落伍している状況下である。

それから一時間待っても、神雷部隊の動向は不明、索敵機のよこす敵機動部隊の状況にも変化はなかった。

作戦を急《せ》いたのはいけなかったし、責任を問われるのはやはり宇垣かもしれない。

さんざん懇願した岡村と、反対を押し切った宇垣。それはマリアナ沖海戦前、宇垣が小沢長官に詰め寄ったのとよく似ている。

「アウトレンジは甚《はなは》だ虫の好き戦法なり」

これは宇垣自身の言葉だが、小沢部隊が苦心して編み出した飛行戦術にさえ、ケチをつける宇垣が、末期的産物の特攻兵器を信用したはずはない。

当時、小沢は多少の無理を押してもアウトレンジを採用しなければ日本がもっと追い込まれると考え、その結果、さらに国を敗戦に近づけた。レイテ沖の大敗でいよいよ連合艦隊が形を失くし、海軍が陸に上がったいま、宇垣の焦りと危機感は前年の小沢の比ではない。よく戦場の指揮官の、人命感覚の麻痺を言う人がいる。だが、桜花を使うと言い切ったのも小沢のアウトレンジと同じく、国を崖っぷちから転落させないためである。出撃を強行した責任は軽くないけれど、本当なら神雷部隊の岡村司令に向かって、こう言ってやりたかったただろう。

——自分も今日まで、ありとあらゆる作戦に反対してきた。君の思いは痛いほど分かる。

神雷部隊の顛末は、どうにか現場まで同行し、辛うじて退散した護衛機の搭乗員から詳報を得た。

鹿屋へ生還した彼らによると、グラマン機との遭遇はまったく不意のことで、空中戦をやろうにも爆弾と特攻機を搭載していて、身動きが取れない状況だったという。本隊の陸攻はだから、爆弾を積んだ桜花をすぐ、海中に投棄するほかなかった。

もっとも応戦した陸攻隊のほうも、たった十八機では戦闘など不可能で一機、また一機、順に海中へ撃ち落とされ、結局全滅したと思われた。

野中少佐の隊長機が最後、断層の中へ消えていったのは、鹿屋へ生還した護衛戦闘機の搭乗員が確認しているが、後の消息は不明である。

それでも桜花の出撃は失敗であったが、その日まで連日五日間の攻撃で、一応の「戦果」は確認されていた。

「空母五、戦艦二、大巡一、巡洋二、轟沈」

飛び立った特攻隊員の若い命と引き換えに、米艦艇にはかならず甚大な「被害」が出た。

これは特攻採用以来、度重なる戦場報告の常である。夜間の攻撃が特にいけない。撃ち落とされた友軍機の燃え盛る炎で、しばし敵艦がぱっと照り映え、いかにも海上で火炎が上がっているように見える。実戦の経験に乏しい偵察員は、感極まって、

「轟沈、轟沈確実ですっ」

思わず見たままを打電してしまう。それを受けた鹿屋の司令部では、参謀たちが歓声を上げる。

傍らの宇垣も横井参謀長も、まさか味方機の誤認とは気づいていなかった。

二

神雷部隊の生還者が帰隊し、今回の作戦に一応、ケリのついた艦隊司令部は、めいめい宿舎へ取って返した。

戸外はもう陽が傾きかけていたが、空はまだ充分に明るい。庁舎への坂道を歩く宇垣に、参謀長が近寄って来た。

「すっかり春ですな、麦の背がずいぶん高くなっている」

寝不足のせいか腫《は》れぼったい眼をし、しみじみ呟《つぶや》く顔に愛嬌がある。

「まったくな。こう四六時中地下にもぐっていると、ただ空を仰ぐだけで気分がいい」

ほんの何日か前、ようやく芽を出した雑草も、見ればすっかり丈が伸び、萌黄色の絨毯《じゅうたん》が出来ている。道端のツツジも紫、白、とりどりのきれいな花をつけている。

ちょっとした今浦島の気分であった。

バラックの玄関を入り、互いの私室へ別れると、粗末なベッドに誘われるように宇垣は体を放り出した。

——まるでよそごとだな。

小さな窓の向こうに、クスの木の枝葉を見ながら考えた。勝つか負けるか、そんなことは微塵も気にせず、新緑は日に日に濃くなっていた。

——我々は毎日あくせく、何をやっているのだろう。

敵味方が傷つけ合い、殺し合って数え切れない命が失われるのは、いったい誰のためか。

——やれ戦争だの敵の機動部隊だの、いまさら俺に、何が出来る？

自然世界の大きな力にかなう相手は、たぶんどこにもない。連合艦隊などあってもなくても、現にいま花の匂いも草の芽の息吹も、素知らぬ顔で春の到来を教えてくれる。もたもたしていると南国は、すぐに夏が到来するだろう。戦いなどなければこれ以上、若い命が奪われることもない。

——ちっぽけな人間が、愚かな真似を繰り返す。短い一生の間にな。
思うとすべて馬鹿に見え、不意に笑いがこみ上げた。不謹慎な長官が一人、まるで腑抜け
のように笑っている。
立ち上がった宇垣はもう一度、「戦藻録」に胸の内を復唱した。
「丸々四日の奮戦を過ぎて、丘上バラックに帰れば、晴朗の春日天地に普《あまね》く、作戦指導の疲
一時に消し飛ぶ」
「四五日の間、春の進行著《いちじる》しきは小なる人間の世界に、やれ戦争だとか敵機動部隊だとか
と騒ぎ過るあはれさを笑ふに似たり」

桃咲きぬ特攻の士に手向して
菜の花や戦友《とも》が勲し聞き相手

二句目には、「机上の一輪挿し、菜の花やさし」と追記がある。

彼岸とも知らで散りけり若桜

満開の桜の眼の覚めるような美しさがほんの数日で失われるように、命の満開のときはそ
れと知らぬ間に終わる。陽はあっという間に昇り、後は徐々に沈み出し、気がつけばそこは

人生の夕暮れ——。

いつかはきっと、そう思いながらやり過ごしたことは多すぎて、散り始めて焦り出しても、そんないつかはもはや不可能になっていたり、あるいはいまさら取るに足らないものになっていたり。

情熱はまさに若さの賜物であって、少尉任官がどんなに晴れがましいものか、そして軍服の襟に星の数が増えていくことで逸《はや》る思いも、過ぎてきた宇垣はよく知っている。

だが、年月を辿ってきたいま、残された仕事は若い彼らを死地に駆り立てることだけになってしまった。

昭和二十年四月五日、敵の沖縄侵攻が苛烈になり「菊水一号作戦」が発動される。沖縄本島で苦戦する陸軍牛島満中将の第三十二軍と海軍の残存水上部隊の合同作戦が本格化し、「大和」旗艦の二艦隊がいよいよ引きずり出されるときが来た。

「その目的残敵掃蕩に使する點は若干許容すべきも、九州東岸南下により敵機動部隊を誘出し當隊をして攻撃せしめんとする常套の小細工に至りては笑止千萬なり」

「大和」をダシに使った陽動作戦は「當隊」の宇垣長官をいよいよ笑うしかない心境にさせた。囮《おとり》作戦など数ヵ月前、比島沖の海戦で犠牲になった小沢部隊の例を考えても結果は察しがつく。

問題は航空機主力の近代戦で、戦艦の無力さが半ば実証済みの点である。

そのうえ巨大戦艦はただ内海に置いておくだけで、大変な燃料を必要とする。飾っておいても無意味というのは、ともあれこの段階での一つの正論ではあった。

今後「大和」を生かしておいて何かの役に立つ日があるのか——。これに実は一人、明快な回答を持っている人がいた。

「馬鹿な、大和は何を言おうと世界最大の戦艦だ」

海軍次官井上成美は、航空本部長を務めて以来、戦艦の建造に反対を通した一人である。だがここまで来た以上、話は別問題だった。

「戦争はいずれ終わる。アメリカと講和を結ぶ際、互いの戦力の保有比率は大きく作用する。大和があるのとないのでは、講和条件が大きく違ってくる」

軍令部にはちょうど、兵学校同期の小沢治三郎が次長にいたこともあって、井上はかなり強硬に言った。

がしかし、次官の声も虚しく四月六日、連合艦隊は徳山沖から最後の船出に発つのである。

三

「大和」の水上特攻は、現場の第二艦隊も寝耳に水で、長官の伊藤整一すら、直前まで何も知らなかったらしい。出撃の数日前ようやく、連合艦隊参謀長の草鹿龍之介が艦内へ訪れ、やっとの思いで了解を得た場面が戦後、多くの資料で語られている。

草鹿の回想によると、「大和」の出撃は彼の出張中、参謀の神大佐が抜け駆けして豊田連合艦隊長官に直訴し、参謀長の居ぬ間に決裁されたものらしい。日吉へ帰ってこれを聞いた草鹿は、やむなく東京を発ち、内火艇で「大和」へ乗り込み、第二艦隊司令部職員と面会した。

否定的な見解が続出するのは分かっていたことで、いちいち頷いていられないと思った草鹿は、

「要するに、総員特攻の先駆けとなって欲しいのです。潔く散ってもらいたいということです」

伊藤長官にストレートに言ったところ、

「それならば……、分かる」

と言葉少なに、返事があったという。

ただ草鹿の言うのがいわゆる大和魂だとしても、いっそ死んで来てやろう式の発想はいかにも無策であった。連合艦隊の栄光の象徴といえる「大和」に、死に場所を与えるのは良いとしても、艦艇が無線で動いてくれるわけではない。

水上特攻に殉じるべき者とそうでない者、三千名を超す乗員を、どこで線引きするかは難問だった。

第二艦隊には兵学校を終えたばかりの少尉候補生が多数乗り込んでいた。伊藤長官が独断で出撃前、彼らを退艦させた逸話は、悲壮な物語の中で唯一の美談になっているが、トップの彼に出来る工夫がせいぜいその程度であったことを思うと、日本という国の古臭い体質を

見るような気がする。

比べてアメリカは真珠湾の太平洋艦隊を壊滅させられて以降、空母の量産へ方向転換した柔軟性に見るように、ふたたび海上へ現われた「大和」と会敵の瞬間も、誰の示唆であったのか実に巧妙にやった。

出撃した第二艦隊は七日午後二時過ぎ、徳之島沖で敵艦上機と鉢合わせになった。レーダーの探知機が作動してから二時間後のことで、時間的猶予はたっぷりあった。

巨大戦艦の砲門が開き、敵機の舞う上空へ砲弾が放たれた。それからわずかな時間で、息の根を止められるとも知らずに——。

間断なく襲いかかる敵機群は、もっぱら「大和」の左舷を狙った。前年シブヤン海域で、栗田艦隊をまんまと捉えたのはよいが、さんざんの空襲で鉄クズ同然になった「武蔵」が、徐々に沈下しながらも洋上でまる半日、頑張った姿は、敵機動部隊をさらに利口にしたらしい。

艦艇攻撃の秘訣は、四方八方からの盲撃ちをしないこと、両舷への均一化した攻撃は艦の沈没を平衡にさせ、逆に転覆を遅らせること。あの日末期の「武蔵」が手本となって、それを教えたのである。

「大和」はあっという間に、艦橋の戦闘旗が海面に浸るほど左へ傾斜を見せた。広大なデッキの上に乗組員が集まってきた。総計九波の襲来で、早くも七本の魚雷を左舷に食らっている。艦橋は煙に包まれ、空舷側をしきりに水が洗っていた。空が褐色の煙で染まる中、随行した「矢矧」「浜風」の二隻は、すでに海底に消えてしまった。

漆黒の海面には沈む艦艇のスクリューと、流れ出す重油が混ざり合って不気味な模様を作っている。

最後の訓示の後、自室へこもったきり出て来なかったという伊藤長官は、たぶん沈没より先にピストルで自決していたと伝えられる。昨年暮れ、宇垣の家を訪ねて時局を論じていった日、まさか自分の生涯がこういう形で終わるとは想像もしなかったのに違いない。

「総員特攻の先駆けとなって突入してもらう」

勇壮な言葉で飾られた連合艦隊のフィナーレは十四時二十三分、辛うじて右の腹を見せていた「大和」は、弾薬庫の誘爆で艦尾を持ち上げ、がくっと左へ倒れると、一瞬のうちに海中へ消えた。

それより先、左舷側にあった者は自分から海へ飛び込んだり、あるいは波に呑まれたりして艦から離れていたと思われる。だが、三千を超す不沈艦の乗組員のうち、救出されたのはほんの二百名余りに過ぎなかった。

「大和」沈没の模様はすぐ、鹿屋の五航艦へも聞こえてきた。

宇垣が第一戦隊司令官の折、馴染んだ隊員たちの大部分は、今回も「大和」に残り特攻攻撃に従っている。例えばレイテ沖海戦の途中、海上で迷い込んだ鳥のヒナに餌を都合してくれた主計科士官とか、無名の兵士たちは多数ここで命を落としたのに違いない。もっとも親しく接した当時の艦長、森下信衛も今回、艦隊参謀長に転出して「大和」に居残った一人であった。

鹿屋基地の周辺はその日、何の音もなく静かであった。

——とうとう「大和」もいなくなった。あの男ももう、生きてはいまいな。

無念という言葉を言うのはたやすいが、艦上での森下の胸の内までは、思いをやるのが怖かった。

四

また何日か過ぎた日の午後、宇垣は基地から車を使い、参謀を一人お伴に連れ、錦江湾沿いをドライブに出た。市街地を抜ければ小高い山ばかりの鹿屋から、湾港近くの垂水へ抜ける途中に、古江という海岸がある。省線の鹿屋駅から線路づたいに大隅半島の海岸を行くと、この古江、新城の駅間は言葉に尽くせぬほど見晴らしが良い。山系を背にし、眼の前の海べりを見ると、魚民たちが今日も何食わぬ顔で働いていた。

強い陽射しが、鏡を敷いたように輝く海の波間で、順繰り乱反射を見せている。

「これが本当の平和なら、さぞ良い眺めでしょうね」

車を下りた今村中佐が、宇垣を振り返って言った。それは言っても仕方のないことであるけれど、宇垣もまったくその通りだと答えた。それから今日ここへ、来てみて良かったと礼を言った。

そうやってしばらく海を見ていた。見るものはみな本物であるけれど、真の平和が帰ってくる手がかりはない。いったい自分たちは何のための仕事をしているのか。静かな光景を見ていると、この戦《いくさ》の意義も矛盾だらけのように思えてくる。黙って横に佇《たたず》んでいるお伴も、たぶん似たような考えでいるような気がした。

帰路、車に積んだ猟銃を肩に、宇垣は途中の山道を歩いたが、鳥の群れはぱったり消えていた。たぶんもう越冬を終え、北へ引き上げていったのに違いなかった。

九州がすっかり新緑の装いになった四月、遠い中央では海軍予備役の鈴木貫太郎大将が首相に任命され、新たな内閣を敷いていた。また水上特攻の前日、連合艦隊司令長官の豊田副武も鹿屋まで前進し、形の上では陣頭指揮に当たっていた。

水上特攻の失敗から一週間後の夕である。「大和」の生還者の一人が鹿屋に現われた。豊田長官に呼ばれたその男を、宇垣は私室で一人、むやみに頬杖をついてみたり、止めてみたりしながら待った。

やがて戻って来た彼に、宇垣は探るような眼で呟いた。

「足が……、確かにあるな」

椅子を勧めながら顔を見る。間違いなくここに森下がいた。

苦労だったろうと声をかけた宇垣に、森下はくたびれた声で言った。

「いや去年、南方で受けた空襲に比べれば、数は少なかったくらいですよ」

幾分すねた顔をしているのが気になった。

ら言った。

「もともと攻撃目標がはっきりしなかったのでやむを得ませんがね」

別に憚《はばか》られる話もないが、きちんとドアが閉まっているかどうか、宇垣は眼で確認しなが

「……かと言ってな。特攻精神は結構だが、もう少しマシな方法があろう」

「ええ、たとえ大和だって上空の護衛もなくもたもた出ていけば、やられるに決まっていま

す。本当に何もせず、最初から最後まで指をくわえているだけでした」

それから森下は、とうとう「大和」を沈めて申し訳ないと詫びを言った。

「確かに、停泊しているだけで、月に二千トンの油を食うのは痛い。だから死に場所を与え

るなどという考えは乱暴だ。所詮きれいごとに過ぎない」

そう言って黙ってしまった宇垣に、森下はさらに続けた。

「陛下から今回の出撃についてお尋ねがあったようです」

「それなら君にも、お呼びがかかっているだろう」

宇垣が問い返すと森下は頷《うなず》き、明日東京へ戻り、軍令部へ出頭する予定だと言った。

「総長が私の話をどう脚色するつもりか、考えるとわざわざ出向くのも億劫です。まさか陛

下にありのままは言えないでしょうから」

相手はしまいに、自嘲気味に言った。宇垣もつい苦笑いしながら、

「悪口は言いたくなる。しかしな、人の批判はやっているうちに余計、不快が増すものだ。

ほどほどにしろ。寝付きが悪くなるよ」

一応なだめるような口を利いたものの、森下は首をかしげたまま、答えなかった。

どちらともなく腰を上げ、送りがてら廊下へ出ると、付近に人の姿はなく、辺りはすっかり静かになっていた。早い者ならもう、床に就いている時間かもしれなかった。

それから数日、平和に見えた鹿屋でも、空襲警報が夜ごと頻繁になり、深夜起こされる回数が増え始めた。

例によってうんざりする思いで防空壕に入った晩、宇垣は定位置の席に腰かけて状況報告を待ったけれど、

「どうやら高度三千メートルを行っていた索敵機からの発信の模様です」

「それで何か判明したのかね」

「それがどうも……、下層の雲を敵艦艇と見間違えたというような話で」

未熟な搭乗員の代わりに通信参謀が頭を下げたが、さすがに不機嫌を隠せなかった。

「何のための索敵かね」

まったくおっしゃる通りです、そう詫びる参謀を見ていたら、一層に腹が立ったものの、それ以上責める道理ではない。

くたびれてはいたが、明け方は早々に食事をすませ、気晴らしに基地の外へ出た。

人の気配のない道は心細いものだが、最近では田んぼの畦道も、途中の三叉路やリヤカーを置いている民家を目印に、きちんと方向の見当がつくようになってきた。道が悪いので杖を突きつつ山道を登り、もと来た方へ回って来ると、近くに黒豚を囲っている家屋を見つけ

た。

——なるほどよく造ってある。空いた敷地を無駄に置く手はない。よく肥えた豚が五、六頭、土の上で大きな鼻を鳴らし、しきりに何か喰《は》んでいた。耕作地のあしらい方については、農家の育ちだから心得がある。

感心しながら生き物の生態をしばし観察した。あるいはこの家の者がそこに現われたら、世情に通じる意味でも、何かしら談義をしてみたかったけれど、語る相手もなく、生臭い匂いが鼻につくばかりで、やがてそのまま引き返した。

宇垣の散歩は、いつもそんな調子で終わる。

変わったことと言えばその日、自宅からの便りのついで事のように、自分の先行きのことを書き残した記述であろうか。

「東京方面の空襲により留守宅の節子下女共大分動揺し来れり。家の始末何とか指示してやらざるべからず。帝都に敵が来襲するは尚時々あり。餘が本戦争に對する責任よりせば家の焼くる等は問題とするに足らず。其の責任者の家宅を引拂ひたる精神的影響は他に對し一層大なるべし。長からざる命とも覺悟せば家の事問題に非ざるも留守番の苦勞思ひやり何とかせざるべからず」

さらに数日して、鳥撃ちに行き、収穫のないのがつまらなかったのか、

「猟期盡きたれば狩猟免状を世田谷警察署宛返送す。東京五十日間（註・鹿屋着任前の待機期間）の遊猟は心身鍛練に資し此の世の思出たり。蓋《けだ》し今秋の猟期至るも餘輩の生存は逆賭

し得ざるなり」

また似たような表現で「最期近し」を呟いている。

二月で満五十五になっていた宇垣の年齢を考えると、医師の診断では一応の健康体でも、年齢的に仕方のないガタが来ているのが普通であって、毎夜の空襲警報や作戦指導で地下に詰める時差ボケまがいの日常に、強いて健康的要因があるとすれば、艦内を幾ら往復しても限度がある洋上での生活に比べ、楽しみの散歩くらいであっただろう。

水上特攻の後、戦局に大きな変化はなかったが、この時期、連合艦隊は故あって「海軍總隊司令部」と名を変えた。理由はいろいろあろうが、宇垣が言うには、次の通りである。

「連合艦隊司令部が艦上に居らず、陸上に存在することに對し、世人の思惑を消さんが爲とは聞きて全く開いた口が塞がらざるなり。斬る事に捉はれて制度の改變事務の複雑を来す」

半ば八つ当たり気味ではあるが、現場の人間にしてみれば、こういう暇なことをやっている間にも部下の命が損耗されている実感がある。徒労を繰り返すのは惨めなものだが、どうしてやることも出来ない宇垣に、罪悪感が生じるのは当然だろう。

「長からざる命」の意味が敗戦の予感であって、後日彼が行動したように、若桜たちの後を追って自分も行くと決意を固めたのは、たぶんこの頃だろう。これは五航艦に着任したときとか、特攻を最初に送りだしたときとか、何かの明確なきっかけによるものではなく、こういう日々を繰り返しているうちに、やっとの思いで宇垣が見い出した安逸の拠り所であり、これによって彼はどうにか精神の平衡を保っていたような、そんな気がする。

四月二十六日、妻知子の五度目の命日を宿舎で迎えた宇垣は朝方一人、戸外へ花を摘みに出た。

露おきて人目をよそに野ばらかな
五ツ年の御霊祀りや春の逝く

鹿屋基地から三十分ほど歩いた場所に現在、霧島ヶ丘公園と称されるバラ園がある。もともと古くからのバラの名所で、高台に昇ると天気が良ければ、向こうの薩摩半島がそっくり見渡せ、眺めははなはだ雄大である。

宇垣が両の手に抱えてきたバラの花は、あるいはこの丘陵に咲いていたものかもしれないと思いながら、私はそこを歩き、下方に見える小さな市街地をしみじみ眺めたものである。

さて一人、基地の周辺を歩く長官の姿を見かけた若者は多数おり、鹿屋の司令部で宇垣に接した元大尉に、私は何通かの手紙を頂戴している。鹿屋での思い出を順を追って書き送ってもらったもので、中途から紹介したい。

「長官は黄金仮面とか呼ばれていた、と後で知りましたが、長官の厳しそうな角ばった顔の印象から言い出した醜名《しこな》でしょうが、私はまったく逆の印象で受け取っていました。

私は長官と親しく言葉を交わしたことはありません。司令部の近くで時折、一人で歩いておられるのに出会って挙手の礼をすることがあり、その折の長官の慈愛に満ちた眼の温かさがいつも変わりがなく、しかも長官の返礼の挙手の時間が長く続いて、私の方が早く手を降ろしたくなるほどでした。

鹿屋で第五航空艦隊司令部が創設された頃は、まだ大きな作戦はなかったようでした。そんな時は司令部付の下級士官たち（主に予備学生出身の少尉たち）の二十名くらいは、朝起床後、司令部庁舎（仮設の平屋の長屋みたいなもの）前の空き地に集まり、海軍体操をしたものです。

そんな折、宇垣長官は私たちの側を一人で通り過ぎるのでした。そして長官は、穏やかな眼差しで、体操の集団指導をしている私の方へ視線を向けるのでした。その何とも表現し難い温情溢れる風貌に、私は感動したものでした。

沖縄の菊水作戦が始まると、連日のように夜間攻撃機が出撃しました。沖縄まで出撃した飛行機が基地に還り着くのは朝の四時、五時頃になるのでした。未帰還機も出るし、自分の位置が分からなくなる機も出るのでした」

戦争の悲惨な記憶とは別に、海軍への一種のノスタルジックを持つ元学徒士官はとても多いという。この方は戦後、郷里の熊本県の教員となり、校長で定年を迎えたのが二十年以上前の話で、往時の記憶が多少美化されているかもしれないけれど、宇垣長官が若い人に好感を与えていたフシは他にもある。

これは昭和二十年、「於某特攻基地、一海軍士官の手記」と題して地方紙の「鹿児島日報」に掲載されたものである。

——ここ南九州ともなればやはり春は早いやうだ。

「今日は天気がいいやうですから豫定の攻撃を続行します」

食堂に出て来られた長官に向かって参謀長が先づ口を切った。食堂といっても板敷の踏めばしなうやうなバラックの十畳ぐらゐの部屋である。

「うむ、けふはうまくゆくぢやらう、天気さへよければなあ、皆腕に自信はあるんぢやから」

長官は悠然と朝食のテーブルに就かれた。

「けさはえらいいい天気ぢやが、昨日はなんと云ふ霧ぢやらう、残念ぢやつた、けさ起きるなりこんな句が出て来たよ」

長官はいつも乍ら餘裕綽々誰を見ても微笑みかけられる。

霧晴れておもひはのこる春の夢
幕僚たちは風流を解せずといふ顔で相槌を打つものがない。

「霧がなければ敵の機動部隊を逃すんぢやなかつたのにと云ふ意味だよ」

長官が自分で説明される。

「けふはやりますよ、ところで昨日出てゆく勇士を見送つた私はこんなのを作りました」

敵こぬと征でゆく子らの雄々しさよ
すると参謀長に
「そいつはいかにも雄々しいが惜しい事には季がないな、俳句には季が必要ぢやと云ふ話ぢやが、俺のには季があるぞ」

長官は如何にも得意そうに二杯目の茶碗を従兵の方に差出す。

「成程、すると私のは川柳ですかなあハハ」

参謀長大聲で笑へば隅の方から

「参謀長のは都々逸ですよ」

といふ聲が外から鶯の聲と一處に聞こへて来る――。

五

この頃、日本国内は一時妙な静けさが戻ったけれど、大局を見れば七日、同盟国のドイツが無条件降伏に調印し、ソ連軍がベルリンの東側に入ったというニュースが伝えられる。列強の視線が日本へ集中する日は刻々と近づいていた。

だが、国内には有名な「一億玉砕」とか「総員特攻」とか、景気のよい言葉が流れるばかりで、敗戦の噂などまったく飛ばなかった。

この辺りの立役者は、何といっても本土決戦を唱える陸軍であり、これに対し四月に成立した鈴木内閣は、首相を筆頭に海軍大臣が米内光政、それに軍需大臣が豊田貞次郎、国務大臣に左近司政三と海軍出身者ばかりで、閣僚の意図を薄々感じるのか、陸軍側は以下の三点を強調し、彼らにしつこく同意を迫った。

一、戦争完遂
二、陸海軍合同
三、本土決戦のため陸軍の企図する方策実行

鈴木内閣の成立直前、重臣会議の席上でつと立ち上がった東條英機が言うところでは、

「国内がいよいよ戦場にならんとしている現在、よほど御注意にならぬと陸軍がそっぽを向く恐れがある。陸軍がそっぽを向けば内閣は崩壊する」

とかで、組織の規模を楯に取った脅し文句に、鈴木も米内もかなり胸を悪くしただろう。

もっとも陸軍が大きな障害になるのは予期したことで、本音は早期和平のはずの鈴木首相もある夜のラジオ放送で、

「光栄ある国体防衛の御楯を立てるべき時であります」

いかにも陸軍の喜びそうな「戦争完遂」を奨励する声を張り上げた。日露戦争当時、水雷戦隊を率いて夜戦場を駆けめぐった提督の迫真の演技だが、日々あまりに芝居の度が過ぎ、しまいには海相の米内までも御大の腹の内が読めなくなり、

「おいっ、譲るぞ」とか、

「俺はもう疲れた」

などと、次官の井上にこぼすようになっていた。米内が弱気になったのには自身、慢性の

腎臓疾患による高血圧で、ひどいときは数値が二百を超してしまい、健康上の限界もあったというが、大臣が弱音を吐くたび、

「いけません、いけません」

と井上が踏ん張った。

昭和十七年の終わり、第四艦隊長官から江田島の兵学校校長に異動した井上は、この閑職をすっかり気に入って、

「遅すぎると言うな。自分に一番向いているのは教育の仕事だと、この歳になって分かった。ずっと務めたい」

と御満悦であったが、終戦工作を急ぐ都合から、米内大臣が次官室に連れ戻した。

兵員の不足が深刻だったこの時期、兵学校では普通学の時間削減や、修業年月の短縮が言われていたが、井上校長はきっぱり否定し、出来合いの軍人教育に走りがちだった風潮を一掃した。一時は内部の職員からも、

「いまはそんな悠長なことを言っている場合ですか」

と反発を買ったというが、前任の草鹿任一校長から交替の後、井上の手によって従来ののびやかな校風が戻ったのか、変に殺気立っていた生徒たちの顔つきがすっかり穏やかになったのは本当らしい。

江田島在任中、陸軍からも彼を訪ねた人があり、

「君のところの生徒は皆、可愛い顔をしているね」

と一言、感想を述べたという。

相手は陸軍士官学校の牛島満校長であった。この人は昭和十九年、首里に司令部を置く第三十二軍司令官に転じた。だが、陸軍側には本土決戦の青写真しかなく、三十二軍を囲む輸送船団に対し、参謀本部は知覧の特攻機を出し惜しみ、牛島部隊は陸上で完全に孤立してしまった。

二十年六月、野山が焼け爛れていく火炎の中を、摩文仁の洞窟へ移動し、なお抵抗を試みた彼らであるが、上陸した米軍の前になす術はない。とうとう洞窟の中へも弾薬が投げ込まれ、遂に暗がりのなかで玉砕する牛島部隊に、陸軍首脳陣が求めたのは決戦準備のための、いたずらな時間稼ぎであったのだろうか。

比べてはるかにマシな戦いをやっていた海軍でもこの時期、少々問題が生じ始めた。鹿屋もすでに雨期に入り、五航艦も飛行機が出せず、搭乗員を待機させる毎日が続くのである。

何も出来ないと、どうしても気持ちが逸《はや》るものだが、これは一体、自戒だろうか。

「此の頃『虚無』ならんことを修養の第一義と心得あり。思想や主義に非ず、心を虚にして己を無ならしむるに存り、漸《ようや》くして常に心の平静を保ち指揮官としての大を致さんとするなり」

わざわざ日記に書かねばならないほど、宇垣は長官の肩書が重たくなっていたのかもしれない。書簡の日付は七月五日となっているが、そんな心の内を僅かに見せられる相手が一人いた。

「冬から春へ春から真夏へと時候は移ってきた。この間葉書一枚受け取っただけで御身の近状を承知しないが、四月に医務局長が出張してきた時、元気でやっているとは聞いた。呉も先般の被爆で大分やられたようだね。市内の罹災に際しても、病院から応援の手は充分のべたことと思うが如何か。（中略）

五日以来、天気の日は作戦と敵機来襲の合間を見て、毎日一時間半以上乗馬をやっている。自動車の燃料節約になるとともに、広範囲にわたる部下の状況を見るのに都合がよい。これで大概くしゃくしゃした気分は追っ払ってしまう。長官は窮屈なものだ。しかし至極丈夫で陣頭指揮に任じているから安心せよ」

さらに末筆では、「時々の通信怠るなかれ」と博光の筆不精を戒めている。

これが実は、たった一人の子へ宛てた最後の手紙になる。言葉とは裏腹に、便りがないのは無事な証拠と知り、親の方が照れもせずに綿々と近況を書き送るいま、すっかり大人になってしまった我が子に、宇垣はほんの少し弱音を吐いてみたかったのに違いない。

これを見た呉の博光は、むろん返信を認めたろうが、この時期、国内郵便は投函してから宛て先へ届くまで半月以上を要していた。届いてすぐ返事を書いて投函しても往復で一ヵ月、八月三日には五航艦も大分へ移動し、鹿屋からの転送でさらに時間を食ったとする。十五日にはもう終戦だから、息子の返信が届いたときに、父はもうこの世になかったかもしれない。

郵便事情に弊害が出るのも道理で、本土各地の被災状況は、日ごとにはなはだしくなっていた。

六月三日、沖縄本島の北西伊平屋島、敵二十隻の砲撃。

六月五日、B29、阪神地区を空襲。

六月六日、夜間大型機、志布志湾上空に出現。これにより小禄飛行場の沖縄根拠地隊司令官大田実少将が麾下の九五一空隊と共に玉砕していく。

続く空襲のなか、鹿屋を来訪する人があったのは六月十日のことである。

海軍総隊と名を変えたが、実質上の連合艦隊司令長官に就任した小沢中将は、佐世保、大村の基地を廻った後、有明海沿岸を鹿児島本線に揺られて鹿屋へ現われた。飛行機を使えばほんの数時間ですむが、上空はいつ敵機と遭遇するかも分からない危険な状況になっていたらしい。

遅ればせながら、小沢の経歴に道草の多いのは有名な話である。中学時代、不良学生を取っ組み合いの末にやっつけた結果、自分のほうが退学処分を食らったり、転校した私学を卒業後も先の進路に悩み、いったんは官立の高校へ進学したが疑問を感じて中退し、だいぶ遅れて兵学校三十七期の門をくぐっている。

すでに満年齢で五十九になっており、長時間の汽車旅が応えたのか、鹿屋に来着して間もなく腹をこわし、宿舎に静養するほど疲労していた。雨降りが続き、飛行機も使えず、身動きの取れない状況であったし、ちょうど良い休息と思われた。

だが、組織のトップというものは、そう簡単には周囲から解放されないものである。見舞いと称して押しかけてきた者があった。

「おっ、どうした。また俺を懲らしめに来たか」

椅子にかけた小沢は、通された宇垣を見上げ、何か可笑《おか》しそうに言った。

「いや、とりあえずの御機嫌伺いですよ」

相手はしかし、体調を崩しているのである。こういう宇垣の勤勉さはちょっと考えものであろう。参謀長就任当時、山本としっくり行かなかった要因の一つも、根本はこの辺りにあったのかもしれない。

「でもまあ宇垣君、私の顔を確認したってつまらないだろう」

小沢は宇垣に椅子を勧め、何でも言えというように顔を覗いた。

それで宇垣は、つい言ってしまった。

「ですが長官、もう先の見解を論じる余地もありません」

「先の見解ね」

こうして顔を合わすのはマリアナ沖海戦前、「大鳳」の長官室を訪ねて以来だが、夜間にわざわざ出向いたり、公務だかプライベートだか分からないお見舞いをしたり、少なくとも宇垣のほうは、小沢にはっきり好意を持っていたようである。これは三月から四月の菊水作戦で鹿屋に居座った豊田長官には、ついぞ見せたことのない態度であった。

「見解といっても、君の考えるところと大きな違いはないはずだが」

小沢は鈴木内閣の終戦の意図を踏まえ、米内海相からじきじきに推された連合艦隊司令長官である。ただ具体的にいつ和平が出来るかとなると、上層部も理屈ばかりが先行して、即刻可能な方策は見い出せずにいた。戦いが続行する以上、少しでも挽回し、講和条件を良化させるのが軍人の当面の仕事である。

この段階で無条件降伏という意図は、小沢の頭にもなかったわけで、仮に二人が話し合えるとすれば、少しはマシな負け方であり、そのためにはやはり日々の奮戦あるのみに相違ない。無理を承知でアウトレンジを採り入れ、囮作戦で大勢の部下を死なせてきた小沢には、特攻作戦しか残されない現場で指揮を執り続ける宇垣の思いは、他人事ではなかったはずである。

その日、小沢との会談を終えた宇垣は、何か一つ、ケチをつけたがる彼にしては不平もなく、夕刻には馬の手綱を取って散策に出たと結んでいる。

「馬上の感次の如し」として二句、

麦たたく農夫の頭白かりき

刈麦を背負ふ老婆に戦あり

とはいえ、次に検討された「決号作戦」がもはや実現不可能に近いのは海軍の誰もが知っていたはずで、すでに沖縄の三十二軍の全滅により防備線が崩れ、いよいよ本土への侵攻が懸念されてきた。

手始めはもちろん南九州であろう。それで第五航空艦隊は七月下旬、大分への後退を正式に決定する。

いよいよ引っ越しの日取りも決め、出発に備えていた晩である。艦隊司令部は鹿屋の市長、助役、警察署長、出納役らを水交社に招いて宴を張る。

送る側でなく、出ていくほうからの心づくしにもかかわらず、当日になって先方に急用が生じ、欠席者が続出した所以《ゆえん》は先に書いた。

軍の駐在などむしろ敵の標的になるだけで、何も有り難い話は生じようもないのだが、たとえ市のお歴々といえどもその辺り、「海軍さん」への根拠のない畏敬があったらしく、

「何でいまさら見捨てられるのか」

と鬱憤が噴出したらしい。

「当日になって、急用も何も、無礼な話だ」とか、

「これは我々の好意だ。いったい勘違いもはなはだしい」

広間でがやがや言い出す部下に囲まれ、それでも不愉快を隠して代理の部長や室長を相手に、宇垣は一応頭を下げて歩いた。しかし人間やはり、恨みがましい気持ちになるのは仕方もなく、庁舎へ帰り着いたあと、

「寂しき晩餐となれり」

ぽつんと一言、日記に書き残している。

梅雨明けも近い割には天候が不順で、飛行機が使えず、移動は延期に次ぐ延期で、とうとう汽車での出発が決まった。

八月二日、五航艦幕僚は、大隅半島北西の隼人駅へ車を出した。

隊門を出た車はやがて、徐々に山道の奥へ入って行く。牛を引いて歩く老父のいがくり頭、一面に敷かれた青田に収まり、耕作に励む女人の痩せた背中。行き過ぎる車に、海軍の司令長官がいることなど誰も知らない。

途中のまばらな家並みに送られて、車は森の小路に入り、やがてそこを抜けた。

隼人駅にはあらかじめ、予定の便に合わせて到着したが、沿線一帯に空襲が続くせいで、ダイヤが大幅に乱れていた。夜行列車で隼人駅発が十八時五十分、大分着は翌三日の七時四十分、延々十三時間近くかかった計算になる。宇垣によれば、当時の鉄道事情でも、「三時間半も遅れた」のだそうで、列車の椅子で書いたその晩の日誌には、

「久しぶりの汽車旅行も停車極めて長し」

とだいぶ疲れ気味であった。

第十章——八月十五日の決死行

一

隼人駅から延々、日豊本線に揺られ、大分駅へ到着した司令部一行は、迎えの車で市内を出、郊外の宿舎へとりあえずの荷物を下ろした（場所は大分から在来線で二つ先、当時は山並みばかりの風景だったという）。

大分市内のやられ方はひどかった。空襲が去って間もない街はまだ、焦げて燻《くすぶ》った煙の臭いがひどく、列車を降りた途端、咳をする者もあった。火の粉の降った跡だろう、路上には点々と黒いシミが残っている。駅舎も見すぼらしい眺めであったが、商店街のアーケードの先には、壊れて宙吊りになった店の看板が幾つもあった。

大分川の土手には工場の屋根が多数並んでいたが、作業そのものは休止中らしく、どこの煙突にも煙はない。

到着した夕、宇垣は東京の海軍総隊参謀長から電話を受けた。何でも近々、連合航空艦隊が編制される予定で、自分が司令長官に内定しているというのである。

「統括の都合上、もうじき三航艦へ異動してもらうことになるはずです」

「………」

これは近く終戦を迎える経過からして、間の抜けた伝達に見える。

一説には、宇垣を作戦の最前線から下ろさなければ、終戦工作に支障を来すのではと、心配する向きがあったという。真実なのか、あるいは戦後、誰かが色をつけて語った逸話なのかは分からない。

ただそれを言うなら特攻を推進し、終戦間際になって、「あと二千人の特攻隊員を死なせる覚悟があれば必ず勝つ」と、閣議に乱入した大西瀧治郎はどうだろう。すでに鈴木内閣が動き出した昭和二十年五月、よりによってこの人が、軍令部次長に就いたのである。

土壇場に来てそこまで、人事の配転に熟慮する余裕はたぶんなかったろう。そもそも三国軍事同盟論議の際、軍令系統では第一部長の宇垣が最後まで「駄目」を出したことを、部内では誰もが知っている。

そういう宇垣がまさか、徹底交戦論者だと誰が思うだろう。現実には自決の意志を固めるほど宇垣は思い詰めていたのだが、中央にそれを知る人間はまずなかったのに違いない。

大分へ来た後、八月四日、五日の両日は現地の航空基地の視察に充《あ》てられた。それを終えた司令部は六日、歯痛でぼやいていた長官を、別府の海軍病院に連れて行く。そこで一人が、「せっかくです、別府の温泉街を見ずに帰る手はない」と呑気なことを言い出した。周囲も賛成したので一応宇垣の許可を得、彼らは一軒の旅館に宿を取る。

陸軍に比べてつましいといわれる海軍も、庶民感覚からするとやはり贅沢であった。特攻作戦に追われるだけの日常に、その程度の休養は、彼らの道義的範疇では許されるのだろうが、一般の市民生活を正確に認識していれば、ちょっとやれる真似ではなく、その辺りの意識のズレは否定できない。

むろんまだその日、広島に起きた大惨事を誰も知る由もなかった。

二

だが、宇垣にとってその晩は、久しぶりに畳に横になり、ゆっくり休んだ最後のときでもあった。

――気がかり、いや違うな。こういうのを老婆心というのだろう。

布団に入って天井を見ながら考えた。

呉にいる息子の行く末、この先、彼のもとに来るはずの嫁のこと。自宅に住み込む手伝いの者たちへの対応も、親に放り出された彼が自力でやれるのか、心もとなくはあった。

「もう止そう、言い出したらキリがない」

せめてゆっくり我が子と話が出来たらと思いつつ、父が眠りに落ちていく頃、呉の海軍病院部隊はもう動き出していただろうか。

八月七日早朝、現地へ出た宇垣の一子博光は、それから長く爆心地と呉の病院を往復する。被災者は手当ても治療も不可能な人ばかりであったが、処置は難しくとも息のある人を見つけると、それは嬉しかった。そういう人はとにかく急ぎ病院に収容したが、

「毎日、毎日、道端で亡くなっている人を火葬する仕事がほとんどだった」

と博光は後年、妻に語ったという。

焼け野原に散乱する遺骸の前で、機械的な処理を繰り返す仕事は、彼の長くない生涯の中でももっとも辛いものだった。

生まれて初めて戦火の惨状を眼の当たりにし、彼はきっと九州にいる父親の身を案じたのに違いない。

広島焼失の噂はすぐ、大分の宿舎へも届いた。

悪いことに五航艦では参謀を二名、広島へ出張させていた。別府から帰り着き、新型爆弾の知らせを受けた宇垣は、まずそれを訊《たず》ねた。

「いまのところ、何の連絡も入っておりません」

こちらから手を打てるものでもないから、その日は平常通りにやるほかない。

翌日も何も判明しなかったので、

「今村君が戻ったら、すぐに知らせに来てもらいたい」

そう言い置いて、宇垣は川へ釣りに出る。日中に図上演習を実施し、それを終えるや魚釣りとは困った長官である。片手に変な釣り竿を持っていた（近くの繁みで竹を取り、自力で編んだ子供だましの竿である）。

言いつけられた参謀は一瞬、妙な顔をしたが、

「良いな、頼むぞ」

宇垣はそそくさと出ていってしまった。

誤解を招くのは分かっていても、たぶんさほど表情を変えずに——。毎日真剣は真剣であったが、心のどこかに、もうどうにでもなれという思いは確かにあった。

釣り竿が釣り竿なので大きな獲物は望みようもないが、いたるところ工業地区の河川水域で、その日は海老が一匹釣れた。

八月三日の到着以来、わずか二週間足らずではあるが、鹿屋基地では事あるごとに鳥の声、青田の緑、自然とりどりの風物を書き留めていた宇垣が、終戦の当日まで大分の街については何の記載も残していない。

日付がそして、八月九日になった。長崎にも原爆が投下され、ソ連の対日参戦が明らかになり、連合国側はいよいよ強硬に降伏を勧告する。「敗れても悔いなき一戦」という言葉が、この日初めて「戦藻録」で使われた。

三

宇垣はいよいよ、別れの準備を急がねばならなかった。

宿舎といっても最後、五航艦司令部が居住していたのは、土地の農民から提供された粗末な民家である。長官の部屋だって、ほんの四畳ほどのスペースしかない。ベッドと机を置いたら、人ひとり通るのがやっとの狭い室内で夜、小さな灯りのもと、汗をふきながら色紙に一枚ずつ、参謀たちに宛てて言葉を探す。

(宮崎君、体当たり作戦ばかりで、ろくな仕事が出来ず苦労だったな)

丹作戦で梓特攻隊員から突入電を受けたとき、椅子から跳ね上がって興奮していた先任参謀も、桜花隊の全滅の後、すっかり元気が失せてしまった。

(今村君、鹿屋は本当にいい土地だった。最後も出来るなら、あっちで終わりたいものだった)

春のあの日、車で半島の海岸まで連れ出して、錦江湾の眼の覚めるような海を見せてくれた男。

(広島へ遣ったのはまったく災難だったが、命に関わることがなくて良かった)

傷病姿で帰った彼を見て、宇垣はひとまずほっとする(この人が戦後数日し、原爆症が進行して亡くなるのを、宇垣はむろん知らない)。

広島市内にはもともと陸軍の中枢機関があり、県内では先に呉が度重なる空襲に遭っていたが、九日には福山まで焼夷弾攻撃の手が延びた。家屋八割焼失、死傷者多数——。

「同地亡妻の里方にして多数の親戚知人あり。果して如何になり行きしや」

宇垣は知るすべもなかったが、知子の実家はこの日、幸い戦火から逃れるには逃れた。坂の屋敷に仕えた女性に松岡という人があり、家系にまつわる遺品はいまも、女性の長男の手で保管されている。

「母が生きていれば詳しいことが分かるのですがね」

と前置きした上での話によると昭和二十年、直系の男子、つまり知子の兄や弟に当たる人はこぞって命を落としてしまった。

たまたま八月六日に広島へ出ていた人があったり、出征中に戦病死した人もいたり、それが兄の話なのか弟なのかは判然としない。あるいは九日の福山の空襲も関連があるのかもしれない。

宇垣の残された息子は二十歳で母を失い、その親類をここで一挙に亡くし、ポツダム宣言受諾の八月十五日、父にも別れることになる。

降伏の受け入れについては、だいたいどこの部隊でも前日には噂になっていたというから、呉の病院でも、何も知らぬはずはなかったろう。二十五歳の軍医中尉はしかし、艦隊司令長官の父にとって敗戦が何を意味するのか、むろん見当もつかなかった。

五航艦内部ではそれと別な問題もあった。パイロットたちが、終戦の「デマ」を信じそうになかったのである。

もともと航空隊には荒っぽい気風があり、特攻攻撃が導入されて以降など、いかにして敵艦艇に突入するか、日々そればかり考えている搭乗員たちに、殺気走ったムードが漂うのは当然だった。

降伏を言われても即刻、部隊の解散が可能なはずはないし、燃料こそ欠乏していても、戦闘機がそこに控えていれば、まだ戦えるような錯覚に捉われる。

宇垣は、こうした部下の勇み足を押さえるのに思案した気配がある。

「既に本土決戦迄追ひつめられて本準備に集中して餘念なき時、米の原子爆弾に依り衝撃を受け更にソ連の参戦となり情況は層一層不利となれるも、之等に對し、策無きに非ず、しかも我には猶充分なる戦力あり、只制肘せられて発せざるのみ」

「長官としての餘個人にとりてもまた大に問題あり。大命もだし難きも、猶此の戦力を擁して攻撃を中止するが如きは到底不可能なり」

かといって宇垣の選択が、終戦に際して部隊を鎮めるためのものだったわけではない。

徐々に極秘に練られた降伏の台本は、それ以後、頻々に電信班がキャッチする外国放送のはしゃぎようで、いよいよ裏書きされた。

玉音放送の後、司令長官自らが部下を率いて特攻出撃するなど、後世の視点で見れば異様な事件だし、宇垣に同行した七〇一空の彗星艦爆隊員二十二名の指揮官、中津留大尉の父は戦後、公の取材にも、

「宇垣さんはなぜ、自分だけ腹を切らずに息子まで道連れにしたのか」

と訴え続けた。

そのため事が肥大化したわけでもなかろうが、八月十五日の第五航空艦隊に「何が起きたのか」を述べた文芸作品が複数巻間に出た。

宇垣が特攻出撃を通達した日はいつなのか、それを命じられた中津留隊に動揺はなかったのか。出撃が決定した際、あるいは五航艦側は玉音放送を単なる停戦と解釈したのみで、明確に「終戦」を認識していなかったのではないか。さらに指揮官の中津留はともかく、道連れの隊員たちは、正午の玉音放送すら聴いていなかったはずだとか、作品はいずれも現実認識の度合いをクローズアップしている。なぜならば、それが好ましくないという前提で話が展開しているからで、その功罪はおおむね宇垣に着せられている。

だが、宇垣が特攻を命じたのがいつなのか、仮に明らかにしたところで、何か変わるだろうか。出撃命令が仮に停戦の通達以前であったとしても、宇垣にあるとされる罪は軽くはなるまい。

ただ中津留の父は、ある人から、

「宇垣さん自身、彗星五機に出撃を命じたといいます。それを残る十一機、すべてで同行すると決めたのは息子さんです。隊員はみな、中津留隊長に付いていくと言ったのではありませんか」

と問い掛けを受けたことがある。それを言われた父親は返す言葉もなく、

「息子と一緒に死んで行った方たちには、本当に申し訳ないと思っています」と誰に詫びるでもなく呟《つぶや》いたという。この人とて悲しみを何も、すべて宇垣のせいにしていたわけではない（この会話は松下竜一氏の「私兵特攻」に書かれている）。

中津留に同行し、ひいては宇垣長官の特攻出撃に帯同された隊員は兵学校出身の士官、そして折柄増員されていた予科練出身の下士官、さらに予備学生士官で編制されていた。

四

こうして八月十五日の朝が訪れた。

八時過ぎ、日吉の海軍総隊から呉の鎮守府を経由し、沖縄方面とソ連軍への攻撃中止命令が入ったが、もう驚く者もなかった。やるべきことは、ほぼ片づいたと言ってよい。

正午の放送まで、だいぶ時間があったから、宇垣はもう一度、戸外へ出た。

洞窟から地上へ出ると、まぶしい朝陽が眼を射してくる。

――これでようやく防空壕ともおさらばか。

ぼんやりとたたずんでいると、山だけが見える。丘陵のほかには何もない。ただ青い空が大きく開けている。

存外、上空は風があるのだろう、ただ雲だけが後から無心に流れては去り、やがて向こうに消えていく。まるで空が動いているような、そんな錯覚を誘う。

もうじき自分がこの空の向こうに消されて行くことも、どこか似たようなことではないかと思った。

この国の行く果ては気がかりではあるけれど、もはや一人の軍人に、その役目は見当たらないだろう。ならば帝国の再建のため、後ろ楯になるような大和魂を、最後に示して終わりたかった。

——それが俺に残された仕事だろう。何か違っているだろうか。

ともすれば、死の理由を無理に結論づけているのかもしれない。だが、先に出撃した大勢の特攻隊員の命の引き換えが、ただの無条件降伏ではあまりに哀れである。せめて彼らにならって最期を遂げて御霊に報いたい。でなければ神州の不滅を信じ、飛び立った彼らがあまりに惨めで悲しい。

——何の償いにもならないが、他に詫びを言う方法はない。

宇垣はじっと眼を閉じ、やがてもう一度上を見上げ、健全な太陽の匂いを嗅いだ。

引き上げていった宿舎では、参謀たちがラジオを囲み、正午の時報を待っていた。

ほどなく君が代の吹奏に続き、憶えのある声が聞こえた。間違いない、それは五航艦着任前、じきじきにお言葉を賜った陛下の声だった。

「朕深く世界の大勢と帝国の現状に……、非常の措置と……、忠良なる臣民に告ぐ」

電波が悪く、雑音が混じって放送は途切れがちになる。

「朕は帝国政府をして……、受諾する旨通告……めたり」

日本が負けたことで何が起きるのかは、もう宇垣が案ずることではない。ただ戦に敗れた国が、どうすることも出来ない大きな力の支配する場所へ移されていることを認めないわけにはいかなかった。

「八月十五日、敵の通信状況について報告すべき内容はありません。太平洋方面全域、艦船系の出現もない模様です。商船についても同様です。敵艦隊はすでに停戦に備え……、たぶん……、一斉に待機状態に入り……」

通信参謀が泣きながら、まるで最後の務めのように、宇垣に向かって言い、深く頭を下げた。

周囲のすすり泣きを聞きながら、宇垣は廊下をつたい、自室へ入った。狭い部屋の扉を閉めると、こらえていた涙が急にあふれ出た。向こうの部屋からも、誰かの号泣が聞こえていた。長官が室内を見回している。

屋内が急にざわつき始めた。

間の悪いことに艦隊ではこの数日、横井参謀長がデング熱で床に伏しており、この人が知らぬ間に事は急速に進んでしまった。

五

事情を聞いた横井は、大慌てで宇垣の部屋へ駆け込んだ。

「長官、ただいま先任参謀から聞きました。いったい如何なさるお考えですか」

部屋には肘掛け椅子が一脚ある。宇垣はそこに座っていた。

「俺が乗って、沖縄に特攻をかけるのだよ」

横井は慌て、大任を放棄するのは無責任だと迫った。

「長官は陛下から、当隊の指揮を任されている方です。思いとどまって下さい」

何にせよ、仕事を中途で投げ出すのは良くない、宇垣もそれが誉められたことではないのは知っていたが、

「いや、陛下に苦しい御決断を迫ったのは、沖縄で最後の望みを失ったからだ」

と第五航空艦隊の責任の重さを言った。

「しかし……、死ぬのはたやすいことです。いつで出来ます。艦隊の後始末をつけてから自決されても、遅くありません」

その時こそ私も、喜んでお伴させて頂きます……。横井は一語一語、押さえつけるように言った。しまいには宇垣のほうが劣勢になって、

「いや、一度死に場所を失えば、何かと障《さわ》りが出来る。俺は沖縄戦になってから特攻隊員を見送るたびに、おまえたちの後を追うと誓ってきた。俺は裏切り者になりたくない」

そう言って、掌を合わせるように懇願した。

中途からは先任参謀も割り込んで、横井と二人、ならば自分もお伴すると宇垣に言い寄ったが、受け容れられなかった。

横井はうなだれつつ、起案用紙に出撃命令を記し、宇垣にサインを求めた。

「七〇一空大分派遣隊は、彗星五機を以て沖縄に於ける米艦隊を攻撃すべし。本職之を直率す」

残された時間はもう残り少なくなっていた。ほどなく従兵が呼びに来た。準備の出来ていた別室で、しきたり通りに別杯を交わして戸外へ出る。

居室はすっかり形見分けもすんでいた。たったひとつ、山本五十六から贈られた短剣を手に現われた宇垣を見て、眼を伏せる者もあった。

走り出した車の中で、宇垣は改めて外の景色を見た。

――今日も本当に良い天気だな。

雨にたたられた夏であった。それが南国の熱帯気候の仕業なのだろう、今しがた照っていた空が真っ暗になって、見る間にスコールがやって来る。発進を待っていた索敵機はそのたび、防空壕へ戻さねばならない。つい癇癪《かんしゃく》が起こりかけるが、とにかく引き上げないと、自分がずぶ濡れになってしまう。

地を打つ雨音は地鳴りのように足に響くほどだったが、気まぐれな空にあざけられた日々も、過ぎてみると懐かしい記憶であった。鹿屋では出撃前の隊員たちの門出に、女子挺身隊員の手を借りて、散髪を行なったものである。青年たちが妙齢の娘に頭を刈ってもらう光景は、悲壮なようでいて、どこか愛らしい緊密な空気があったものだった。

やがて向こうに、飛行場が見えた。漆黒の車が三台、滑走路を横切って現われた。

夏草が風に揺れている。しんと静かな中に、降るような蟬時雨がとめどなく聞こえた。

車を降りた宇垣はそして一歩、指揮所へ歩きかけて足を停めた。

総勢五機、搭乗員は十人のはずである。整列する隊員の頭数がしかし、多すぎた。あるいは見送りの者も一緒に整列しているのだろうか。背後の先任参謀を振り返ると、宮崎大佐も驚いた様子で、

「指揮官、命令は五機であったはずではないか」

と列の先頭に立つ中津留に言った。

「それが部下たちが聞かないのであります。長官が特攻をかけるというのに、たった五機などとはもってのほか、命令に違反してでも付いて行くというのであります」

ふっくらとした丸顔の若い隊長は宮崎に訴え、遠慮気味に宇垣を仰ぎ見た。

中津留はそう言って抗弁したというが、彗星十一機の隊員のうち彼を除く他の二十一名は、どうやらここで宇垣からじかに訓示を受け、ああこの人が司令長官かと眼の辺りにするまで、出撃が長官のお伴であることを知らなかったらしい。

この日も案の定、飛行中のエンジントラブルで不時着機が出、泣く泣く戦後を迎えた者が数名おり、彼らの回想はこの点で一致する。

長官の出撃に際し、たった五機では申し訳が立たぬというのは、たぶん中津留自身のエクスキューズであり、彼らはきっと「全機で隊長に付いて行く」と勇み立ったのに違いない。

並ぶ隊員たちの前に、椅子が一脚置かれており、宇垣はここに立ってポツダム宣言受諾を

言ったあと、

「本職先頭に立って沖縄に突入する」

と告げた。途端にうわぁと、若い歓声が上がった。日々潔く死ぬことを教えられた彼らである。戦争はついさっき、確かに終わったらしいけれど、いま眼の前に立っているのは第五航空艦隊司令長官だというのだ。隊員たちが喜色満面であったことは想像がつく。

宇垣はしかし、ちょっと考える様子だった。

「こんなに行く必要はない、偵察員は残れ」

すでに宇垣の頭の中では解答が出ていたのだろう。その意味が彼らには体面通りにしか分からない。

「偵察員がいなくて、飛行機が飛べるものではありません」

一人が叫ぶと、待っていたように声が上がった。

「我々全員、全員で行きます」

「長官のお伴をさせて下さい」

あらゆる声の合唱は、少し距離を置いて聞くと、ただの罵声のようであっただろう。

宇垣はそれを真正面で聞いた。もはや偵察は無用である、この意味には罪悪感がともなうはずだが、宇垣はもう、それを考える余裕が失《な》くなっていたのかもしれない。

「みな、私と一緒に行ってくれるのか」

押し殺した声が上ずっていた。

瞬間、ワーッという歓声が上がった。雲の上の人がいま、自分に問いかけているのである。ポツダム宣言とか、無条件降伏とか、そんなものは大した問題ではなかった（宇垣がのちに批判を浴びる原因は、まさにここにある）。

八月十五日の特攻出撃を、玉音放送より後のことだから悲劇とするのはたやすい。だがその日、敗戦国に平和がやって来るなど、誰も夢にも思わなかった。日本がこの先どうなるのか、まだ誰も知らなかったのである。

戦争の渦中に悲劇は数えたらキリがない。ただ国のために殉じようとした姿が純粋さの賜物というのなら、あえて八月十四日以前と十五日を線引きする必要はなかろう。

宇垣の訓示が終わると、副官が一人、一人に清酒白鶴を注いで回った。

出発を見送るつもりだろう。どこから聞きつけたのか、飛行場の土手では、野良から帰った集落の者たちが、日の丸の小旗を振っている。

一見のどかな光景であった。

キーンというエンジンの音が鳴り、一番機の発進と共に、万歳の大合唱が起きた。一機また一機、順に上空へ飛び立って行く彗星のモスグリーンの尾翼には、七〇一の文字が陽に鮮やかに映えていた。

乗機が離陸したとき、宇垣は見送る人々の姿を眼で追おうとしたが、山裾に隠れてたちまち見失ってしまった。滑走路の果ての別府湾と国東半島の島影は、見る間に視界へ近づき、やがて呆気なく消えた。背を伸ばして見た下界は、すでに濃い雲ばかりであった。

それから——、だいぶ飛んだ——。

周辺のオレンジ色の闇が段々、薄紫に染まり、夜の気配が近づいている。

とうとう鹿児島の上空まで来た。

あれが肝属川、あの夕闇に霞む緑が高隅山系。鹿屋基地を出て、あてもなく馬と走った道。

その途中に見つけた、野ばらの美しい小高い丘。春の妻の命日、この丘で摘《つ》んだ赤、黄、白、とりどりの花。

(知子、今日まで御苦労だった。もうじき行くから待っていてくれ)

宇垣は眼を閉じ、天上の妻の加護を思った。とめどもないことが浮かんでは消えた。

幼い頃、家の裏手の段々畑の、宇垣家代々の墓所で母に訊ねた。そしてそこに、先に逝った人々が眠っていること、魂は極楽浄土に昇っていることを教えられた。

再び会えるその向こうには、懐かしい人が大勢いると信じてきた——。

宇垣の命によって出撃した特攻隊員も、きっと出迎えてくれるのに違いない。

——長官もいま、君たちに続いて行く。たいぶ遅くなってしまったがな。

ただしかし、これほど文才にたけ、一級資料の陣中日誌を遺した宇垣が、特別な遺文もなく、一句たりとも辞世に詠《よ》むことなく、飛び立った心中には、焦りのみが感じられてならない。

妻を喪《うしな》い、やがて山本五十六を一瞬にしてジャングルの奥地へ葬り去られたとき、死はすでに宇垣にとって、とても近しい存在になっていただろう。

特攻隊員の後を追う、その思いは決して儀礼ではないけれど、何か一つの理由で、発作的に死んで行けるのはまだ、幾つも傷を負ったことのない、若い人の場合である。

ある程度、年齢を重ねた者が、自ら死を選択する理由は一つではない。

たぶん若い人たちを死なせていく日々を見つめるうちに、宇垣は自分なりの死に際の美学を苦心して編み出し、それを信じようと努め、ようやく八月十五日にこぎつけたのに違いなかった。

大分の第五航空艦隊司令部へ、一番機からの突入電が届いたのは十九時三十分であった。

「過去半歳に亙る麾下各隊の奮戦に拘らず、驕敵を撃砕し神州護持の大任を果たすこと能はざりしは本職不敏の致すところなり。本職は皇国無窮と天航空部隊特攻精神のX揚を確信し、部隊々員が桜花と散りし沖縄に進攻、皇国武人の本領を発揮し驕敵米艦に突入撃沈す。指揮下各部隊は本職の意を體し、来るべき凡ゆる苦難を克服し、精強なる国軍を再建し、皇国を萬世無窮ならしめよ。

天皇陛下萬歳。

昭和二十年八月十五日一九二四　機上より」

一番機は奄美諸島を過ぎ、沖縄に入ったばかりの海域に小さな島を見つけたところだった。

太陽はもう水平線に沈んでいたが、島が一点、雑多な停泊船の灯影で明るく光っていた。

だが、戦闘機の邀撃《ようげき》はどこからもない。刻一刻、完全な闇が近づいている。なのに確かに、眼下にはきらめく美しいネオンが見える。

普通なら夜間の警戒体制で、下界はもう真っ暗な海原だけになっている時間であった。

宇垣が終戦をはっきり自覚したのは、あるいはこの瞬間かもしれない。

「いいな、後は頼んだぞ」

何だか妙な気持ちであった。死を眼前にして高速の艦爆機に見知らぬ若者と乗っていることも、眼下の島影に明るい光を見つけたことも、実に不思議な遭遇であった。

そこに幾つものアメリカ艦艇を確認しながら、相手がもう敵ではないことを、宇垣がどうやって同乗の若者に了解させたのかは分からない。機内には隊長の中津留と予科練出の下士官がいた。あるいは二人も宇垣と同様、最後、認めた灯火にこの日、国が負けたことを悟ったのかもしれない。

「長官、あの島の岸辺に突入します」

操縦の中津留が目標地点を定め、宇垣の判断を仰いだ。

水深一千メートル、黒潮巻く海面がどんより暮れ残っている。中津留が機をぐっと降下させた。

「長官、ワレ突入スを発信します」

宇垣は偵察員の声を聞いた。

海中に爆弾を投棄した彗星は、それから真っ直ぐ島の浜辺に急降下した。

やがて海面がぱっと、真っ赤な炎で染まった。時刻は二十時二十五分、火炎と共に長い戦いの幕が下り、帝国海軍が落日を迎えた。

だが大分市内の五航艦では、「我奇襲に成功」を発信した長官機がまさか、海岸に自爆したとは思いもよらない。また戦後、米軍側の非公式記録は、宇垣長官機は米空母に突入、僅かな損害が出たのみと伝えたのである。

昭和五十二年になってようやく、戦史研究家の手で、別の証言が明るみに出た。長官機からの突入電に符合する時刻、沖縄本島の北西、伊平屋島に突入自爆した彗星が一機あったこと、本来二人乗りのはずの機の燃え尽きた跡に、三名の遺体が確認されたこと。うち二人は飛行服を身につけていたのに一人、ダークグリーンの三種軍装の者がいたこと。そしてこの遺体の脇に、血だらけの短剣が落ちていたこと。それがきっと、宇垣が機上に携えていった山本五十六の形見の脇差しであろうという推測。

寂しい話だが宇垣と中津留と、それに遠藤という若い飛曹長の遺体は、現地の米軍がロープで足を巻き、ジープに括《くく》りつけて引いて行ったという。火葬場で荼毘《だび》に付され、島内の合同慰霊塔に埋葬されたという話も残っており、あくまでも目撃者の伝聞とはいえ、おおむね本当の話らしい。

戦後ただし、三十数年を経て判明した事実を再度、公刊資料に追記できるものではない。それに、彼らが宇垣たち三名だという確証はないのである。

いま海上自衛隊が使用する旧兵学校の、教育参考館二階は、日清、日露の歴戦の提督たちが大写しの写真で、時代の順に並んでいる。

昭和に入って以降は日米の戦闘経過に従い、ミッドウェーで死んだ山口多聞がおり、やがて山本五十六が姿を現わす。宇垣の顔は順路の突き当たり近くなった「八月十五日」の一角にあり、飾られているのは最後、出撃した彗星の前で、心なしか微笑んでいる有名なスナップである。

館内には欧米人の来訪もあるのだろう、写真の下に付記された略歴は、日本語のほかに「ADMIRAL UGAKI」として、英文でも添えられているが、末尾はやはり米艦艇に突入、戦死とされたまま変わっていない。

むろん長年、宇垣の遺族もそれを信じてきた。

エピローグ

博光は昭和二十年の夏を呉で迎えた。先に触れたように広島の市街地の方向に、八月六日、原子雲が上がるのを見ている。市内は壊滅しているから必然、隣接地域に医師団派遣の要請が出た。

呉海軍病院から出動した博光は後年、思い出したくないと言っていた惨劇を眼の当りにするが、やれるだけの事をやった。助かる見込みの無い人でも息があれば応急の処置を施し、病院へ搬送する。日が経ってからの被爆症状の有無は別として、直後は軽症の人もいるからその場合は、屋外で手当てをしてやる。機材や薬品を取りに呉まで戻ったりもし、また爆心地へ引き返す。

そういう往き帰りの道の傍らまで気にかけて捜し続けたが、とうとう広島の連隊にいたはずの従兄弟の坂誠之を発見する事は出来なかった。母知子の兄弟の長男であり、まだ嫡男という言葉も生きていた時代、福山の親族も八方手を尽くして彼の消息を知ろうと努めた。

結果、得た情報は以下の通り。

原爆が投下された直後まだ、誠之は生きていた。絶命してしまったほうがよほどマシな、かなり苦しい状態だった。しきりに喉の渇きを訴え、吐き、下しながらおよそ一週間後に息が絶えたと——、それが現地で聞ける限りに人に聞いた博光と、福山の人びとの伝え聞いた話の総括である。

やがて秋、復員船に転勤命令を受けた息子博光は、その年の大半を洋上で暮らした。

たまに船が内地へ寄港し、傷病兵たちを陸へ上げると、時代がすっかり変わっているので驚いた。

「おいっ、敗残兵じゃ、敗残兵が帰ってきた」

その声は海軍が親しくした呉や佐世保で、執拗に激しく上がった。

「やぁ国賊じゃ、国賊が通りよる」

昨日まで国を守る英雄だった将校たちに、人々の視線は冷やかであった。

海軍省がやがて閉鎖され、軍服を脱いだ中将の一人息子は、世田谷の国立病院で白衣を着ることになる。父も母もいなくなってしまったが、自宅の広さが幸いし、住み処《か》を焼かれた知り合いの者たちが大勢集まって来た。一人になった寂しさは、それで結構紛らわすことが出来た。

間もなく父の同期生の一人が持ってきた縁談で、宇垣邸の若い主人は、小川貫璽少将の娘を妻に迎える(小川氏は兵学校四十三期卒、終戦時は南京在勤武官)。

病院務めは大変だった。それも戦後の混乱期である。早朝から起き出し、自転車で勤め先へ出て、深夜にどうにか帰宅する激務であった。新妻は昼食夕食、さらに夜食まで毎日三回分の弁当をこしらえて送り出す。復員兵が多数搬送され、診察が終わる頃には蚤、虱をたっぷり抱え、ドロドロで玄関先に戻った夫にも笑って、

「駄目、ちょっと待って、いまお風呂の窓を開けますから」

少将の令嬢が案外たくましく立ち働いてくれるのが、博光の気休めになったらしい。

お酒を呑みながら彼女に涙を見せるようになった。父と同様よく呑み、父と同様煙草も好きでよく吸い、そして何を泣くのかというと、父のことを言ってはしきりに涙にくれた。

「どうしてウチへ帰らなかったのだろう。生きていながら何で……」

開戦で留守がちになってむしろ、父からの頻繁な手紙で情愛がよく分かるようになった。怖いだけだった父はいつの間にか、角瓶を持って行き、世話を焼いてやりたいほど身近な存在になっていた。

日本が勝とうが負けようが、自分は父の帰りを待っていた……。世の中が泰平であれば普通に医者の道へ進んだ若者なのだから、そう思う。父の軍人としてのけじめなどどうでも良く、ただ生きて帰ってほしかった、それが率直な思いである。

山本長官に同行しながら、自分だけが生きて帰った辛い現実は分かる。家で出迎えるはずの妻もいなくなってしまった寂しさは、もうこの世よりも来世を恋しくさせたのかもしれない。最後に特攻基地の長官を務め、さぞ孤独であったろう内心も想像するのに余りある。

敗戦を迎えた日本でしかし、生きていかねばならない息子の今後はもう心配しなかったのか……。苦しい時や辛い時、自分は親に捨てられてしまった、そんな思いが、どうしてもきざす。父は戦死するとは限らない、生きて帰る事もあるかもしれないと思って、待っていたのに自分の事はもうどうでも良かったか、一人にされて自分だってどんなに寂しい思いだったか――、父の事を口にするといつも泣いたという博光の涙のわけには、それもあったような気がする。

国立病院の繁忙は変わらなかったけれど、間もなく第一子が生まれ、彼はさらに働いた。

宇垣纒の初孫は、博光の新妻富佐子と、母の知子から一文字もらい、佐知子と名付けられた。

それからいくらも置かずに二人目の娘が生まれ、妻もくたびれるだろうと、たまの休日も上の娘を連れて戸外で遊ぶ日が増えた。自転車の荷台に幼子を乗せ、仲良く出かけたそんなある日、道を行く野犬がいたので撫でてやろうとつい、手を出した。

兄弟には恵まれなかったけれど、物心ついたときからずっと、犬を弟分のようにして育った人に、何という話だろう。

噛みつかれた腕を押さえ、慌てて自宅へ戻り傷口を洗い流したが、案の定、狂犬病特有の後遺症が出た。

医師なので処置が早く、一命を取り留めたものの、彼は長くコルサコフ症状に苦しめらた。

コルサコフ症状、要するに一種の健忘症である。昔の記憶は依然正確なのだが、ついいましがたのことを忘れてしまう。今朝何を食べたのか、いや果たして食べたのかどうか。つい先

ほどの患者は、何の診察に訪れたのか。五分と経たずに分からなくなってしまう。

やむを得ず妻の実家で療養生活に入った。愛する父が建てた世田谷の家もしばらくは人に貸して耐えたが、やがて生活が立ちいかず、人手に渡ってしまった。

宇垣を敬愛していたという小川少将は、それでも娘婿に優しく、「戦藻録」の刊行を元軍人の身に課せられた、最後の務めと決め、判読にかかる。宇垣の字が達筆すぎて苦労したが、製本化されるまでただ、

「戦のさなかに、これだけ書き続ける苦労を思えば……」

小川氏はそれを励みに、一字一句に取り組んだ。第五航空艦隊で宇垣の最期を見送った横井少将がさっそく補佐役を申し出たと聞くから、昭和二十年の鹿屋、大分の記述は参謀長の手によって活字化されたのに違いない。

全二巻として「戦藻録」が大衆に公開されたのは昭和二十七年（後篇は昭和二十八年三月刊）のことである。長男博光の言葉が「発行の辞」として挿入された。

「父戦死の當時に参謀長として父長官を補佐せられし横井俊之氏、及戦時中大本営海軍報道部長たりし岳父小川貫璽氏に依嘱し、戦藻録を編纂発刊する事とした。之は本戦藻録日誌の内容が其価値、意義に於て日本国民に公開するを要すると認めたからである。而して在天の父母の霊に捧ぐ」

書店に置かれた父の著作を、彼はどんな思いで見つめたのだろう。長い後遺症も癒え、その後海上自衛隊の医師として再就職し、今度こそ平穏が戻ったかに見えた。やがて東京五輪

の開催、東海道新幹線の開通、人口一億人突破、国内はそんな賑やかな話題の続く、いい時代に入っていた。娘ふたりとも大学生と高校生に成長し、ほっと一息つきかけた頃である。博光はふたたび病に倒れた。チェーンスモーカーだったので、起こるべくして起きた病気ではあったが、博光夫人は、

「呉から爆心地まで、何度も行ったり来たりしたのもいけなかったみたいです」

と放射能の影響を言っていた。これは医師である夫の口から出た、自己診断かもしれない。若くして両親を失い、四十七歳で生涯を閉じた博光を、本当にかわいそうな人だったと夫人は言っていた。戦後の不遇も含めて、

「私と結婚しなければ良かったのかもしれない」

と何度も思ったのだそうで、その理由を訊《き》いたところ、

「いえ別に……、ただ人間がたどって行く途中の分かれ道って、やっぱりあるじゃありませんか」

そう言って笑い、はなはだ漠然とした返事をくれた。

とはいえ、酒が度を超すと父のことを言い始め、晩年まで涙を見せられた妻が、悪い伴侶であったはずはないだろう。成人したあと、彼は確かに大きな苦労はしたけれど、ほんの一瞬の不運が取り返しのつかない不幸を呼んだともいえまい。

人の生涯に訪れる分岐点はしかし、実際何度かあり、そこで歯車が狂ってしまう怖さは、誰の身の上にもひそんでいる。この人も軍服を脱いだとき当初の志望通り、医局で働くこと

を考えたが、すでに後輩たちで研究室は満席であったという。

博光がもし、中将宇垣の息子でなく、市井の医学生であったならやはり、進んで海軍省の採用試験を受けたかは疑問である。父を喜ばせるつもりでなくとも、彼も軍人の家庭に育った青年ならではの気風を自然に身につけ、国のために働くと決めたのに違いない。

軍人がもてはやされる時代であり、この風潮はいわば父、宇垣纒の青年期から長く続いた軍事大国の産物にほかならない。

米軍に定められた民主主義の台頭で、地位を失った元将校の戦後の生活はさまざまだった。事業を起こす者、海上自衛隊への転向、あるいは昔の名前を借りた政界への転出。

だが、長い年月を帝国海軍に捧げ、すでに将官まで進級していた人々は、もはやり直しの効かない年齢に達していた。

寺岡謹平、福留繁、父の仏前を訪れる同期生の大半はそうだった。家にはほかに、連合艦隊参謀長当時の部下たちも多数訪れ、位牌に掌を合わせてくれたという。

先任参謀の黒島亀人も、むろん例外ではなかった。

＊

「戦藻録」の紛失に絡み、黒島のことは何度も触れたけれど、この人も戦後すぐに、一人の未亡人をともなって、宇垣家の玄関先に立った。連れの女は山本礼子であった。戦後長く、黒島が元帥一家の生計を立てるために奔走したことは時おり語られるが、まるで申し合わせたように仏前を訪れる真意を、博光も小川少将もはかりかねた。

礼子は戦後早々から生命保険の外交員となっており、あるいはその辺りの胸算用があるのかとも思ったが、結局それをきっかけに勧誘を受けたことはなかったという（昭和十九年の第一戦隊司令官赴任前、一人山本宅へ赴き、位牌の前で挨拶をすませていった宇垣の姿を、元帥未亡人がその後も記憶に留めていたのなら宇垣も少し、浮かばれることだろう）。

さて、ついさっきやり直しの効かない年齢などと括ったが、これもひとえには言えないもので、例えば昭和十八年、キスカ撤収作戦を指揮した木村昌福のような人もある。この一件ですっかり名提督と称賛された木村は、宇垣より一つ下の四十一期生で、終戦時はすでに五十を過ぎていた。思いは色々あったろうが、切り換えの早い人で、終戦後の任務も終わって早々、彼は東京と防府を頻々と往復して下調べを始めた。間もなく防府で製塩会社を設立し、木村は実業家として成功する。

「七転び八起き」というけれど、問題はそのどこで晩年を迎えるかであって、年齢を重ね一度手に入れた地位を失いながら、ふたたび身を立てることが叶った木村のような人はたぶん少ない。宇垣などまさに対局のように、起き上がることを投げてしまったのだから。

瀬戸内沿岸を走る列車で、海軍のかつてのお膝元の呉に向かうと、途中に吉浦という小さな駅がある。昔からの漁師町だと聞くが、波打ち際に立てばもう手の届きそうな場所に江田島が見える。仙人参謀黒島は、この地の生まれである。

同じ瀬戸内地方とはいえ、宇垣の場合はだいぶ事情が違う。故郷は現在の列車ダイヤでも、岡山駅から在来線で三十分以上も奥へ入った、中国山系の山並みの中である。

生家近くを遠縁の人に案内を受けて回った折、

「新幹線の高架があそこに見えるでしょう。でもあれを除けば、この集落は何も変わりません。昔、纒さんが見たのとまったく同じ景色を見ていると思っていいです」

と感傷をそそる説明を受けた憶えがある。

七月半ばの梅雨明け間もない暑い日で、緑の濃い山と一面に広がる同系色の水田が例えようもなく壮観であった。裏山に繁る竹藪から時おり風に乗ってくる青笹の薫りも心地よかった。

宇垣完爾中将の甥に当たるというこの人は、戦後しばしば郷里に帰った叔父から話を聞いたようで、

「ここが叔父の完爾と纒さんとで、よく相撲を取った場所です」

と一軒の家屋の庭先を教えてくれた。

明治四十年代初め、相撲をしたり内緒事を話し合ったりした家の軒先で、ある日、完爾少年は声を潜めて告げた。

「纒君、ワシは海軍兵学校を受ける、陸軍じゃのうて海軍へ行く」

二人で長く議論した末の結論は、一級上の完爾が先に出した。岡山第一中学の秀才二人は、軍艦の艦橋に立つ互いの士官服姿を想像し、やがてどちらからともなく口元をほころばせた。

「これから日本が海の向こうに出て行くんじゃから完爾君、そうじゃ連合艦隊をもっともっと強うせんといけん」

人の世には普遍的な道義がある一方で、時の移ろいに従い、価値観は目まぐるしく変わっていく。社会の表舞台に現われた人は時に、歳月を経て大衆思想が変化した後でみると、どこかしら哀れで滑稽な趣きもある。頭脳明晰な若者が兵学校に行って、培った知識を結局「戦」に使うのは実際虚しい。

ただ生まれる時代を選べないと同情するのは簡単だけれど、それから七十数年が過ぎたいま、社会に定着しつつある無思想と無力感とは果たして、どちらが良いとも悪いとも一概には言い難い。

私は先日、書棚を整理していて手に取った一冊に、こんな言葉を見つけた。

古き言葉をさぐれども
遠き心は知り難し
我が身を惜しと思ふべく
人をかなしと言ふ勿《なか》れ

お骨は還らなかったけれど、まめな宇垣は開戦早々から度々、息子に宛てて散髪した髪や爪を送ってよこした。博光はこれを多磨霊園の墓所に納める傍《かたわ》ら、岡山にも「分骨」して墓標を建てようと考えた。集落の墓所にしかし、父一人では寂しいので伯父に相談し、父と母の墓標が並ぶことになった。

伯父の宇垣校長は、教職を退いた後も元気旺盛、八十過ぎまで存命したが、苦労が続いた甥っ子を心配し、戦後は上京の回数が格段に増えたという。

【資料・談話提供者】＊宇垣富佐子＊宇垣和夫＊松岡平造＊岡村壽正＊鈴木重義＊徳留浩二＊浜田保＊渡辺昭二＊山下博＊瀬戸町役場

【参考文献】＊宇垣纏著「戦藻録」＊宇垣纏私稿「自 明治四十四年～至 大正九年」＊阿川弘之著「山本五十六」「井上成美」「米内光政」「暗い波濤」「軍艦長門の生涯」＊豊田穣著「私論連合艦隊の生涯」「戦艦武蔵レイテに死す」「宇垣司令長官突入す」「攻撃隊発進せよ」「何処へ」＊蝦名賢造著「最後の特攻機」＊岡村壽正著「宇垣纏中将特攻の謎」＊鈴木重義筆「鈴木義尾の記録」＊横井俊之著「帝国海軍の悲劇」＊小柳冨次著「栗田艦隊」＊吉田俊雄著「指揮官と参謀」「四人の連合艦隊司令長官」＊小林久三著「連合艦隊作戦参謀黒島亀人」＊ゴードン・プランゲ著「トラ　トラトラ」＊梅崎春生著「桜島」＊司馬遼太郎著「坂の上の雲」＊松下竜一著「私兵特攻」＊野原一夫著「宇垣特攻軍団の最期」＊三好達治著「測量船」＊岩佐二郎著「戦艦大和レイテ沖の七日間」＊PHP研究所刊「歴史街道・平成七年十二月号」＊プレジデント社刊「連合艦隊の名リーダーたち」＊潮書房刊「丸別冊号・戦史と旅　平成十一年五月号、七月号」＊ジャパン・ミリタリー・レビュー刊「軍事研究　平成六年六月号」＊呉市観光協会編纂「呉軍港案内」＊岡山県瀬戸町役場編纂「赤磐郡誌」「瀬戸町誌」＊大西瀧治郎伝記刊行会編纂「大西瀧治郎」＊小沢治三郎伝記刊行会編纂「回想の提督小沢治三郎」＊中沢佑伝記刊行会編纂「海軍中将中沢佑」

あとがき

「丸別冊号　戦史と旅」に最初、宇垣纒のことを書かせて頂いたのが平成十年春のことである。計十回連載の後、手直ししてストーリーを再編したいと思いつつ、あれから四年も経過してしまった。

宇垣について、これまで書かれた話は意外なほど少ない。豊田穣氏も折に触れそれを言い、「戦藻録に示された軍人にはまれな文才とともに、その見事な最終決死行は、昭和日本の歴史を語るときに忘れてはならないものと考える」と、著書「宇垣司令長官突入す」の文中で私見を述べている。

私はただ、世代の相違か八月十五日の特攻を肯定は出来ないし、長く戦記は好きで読んではいたが、特攻そのものに格別関心もなかった。「戦藻録」も当初、神保町の古書店で、読みたかった歴史小説のついでに買った。著名な文献だし、一度中身をのぞいても、損はないかという程度の動機で……。

方々の著作物に引用されるこの文献も、随所の抜粋部分だけを見ると、傲岸な印象を残す記述もあるが、冒頭から日を追って読んでいけば、言葉の端々にこの人本来の人柄が見て取れる。ついでに手に取ったはずのこの本に、私は中途からひどく共鳴し、昭和二十年八月、彼の生涯の終わる日まで夢中で読んだ。文体は古めかしい文語調だが、まったく気にならなかった。この国の言語は口語で表記するよりむしろ、文語で書かれたとき、より美しい基調音があることも初めて知った気がする。

本編の九章で宇垣が部下の参謀を連れ、鹿屋の海岸を訪ねる下りは「戦藻録」にも書かれている。昭和二十年四月のことなのだが、この眼で見ようと現地へ足を運んだ日、陽に光る海の美しさにはとても感動したし、「宇垣もかつて、この海を見つめたのだ」と思うと、知らずのうちに涙があふれ止まらなかった。艦艇を失い、とうとう海軍が陸に上がったその年、本土南端の航空基地で、まぶしい陽光と野山の緑を見つめながら、美しい祖国を守るはずの軍人が何も出来ず、無為に特攻機を送り出すだけの日々はさぞ無念だったろう。

艦上から見る海の眺め、特攻基地に飛来する鳥の声、草の匂い、文中に日々それを書き綴っていた宇垣。私事で恐縮だが、それまでさほど自然の風物に眼を留めることのなかった私にとって「戦藻録」は、ある種の手引きにもなってくれた。

物語はこの素晴らしい記録文学と宇垣中将個人の日記と、別掲の参考文献のほか、宇垣の一子博光夫人の談話を主体に、関係者の証言をまじえて構成した。またマリアナ沖、レイテ沖の海戦で宇垣と共に洋上にあった第三戦隊司令官、鈴木義尾中将の御遺族にも過分な資料を頂戴し嬉しく拝見、参考にさせて頂いた。
原稿がおおむね書き上がったのは平成十三年の暮れ近くであるが、その際、光人社の牛嶋義勝氏に多岐に渡る御指摘を賜り、それでまたしばし加筆、修正。一応すべて完了してみたらあまり意識せぬままに、果たして言われた通りのヒントを土台に所々、修正を加えていたことに気づいた。雑誌に連載当時より、いろいろお世話をかけたが、この度のご厚誼に改めて御礼を申し添えたい。

平成十四年初夏

小山美千代

文庫版のあとがき

宇垣艦長にご面会です！

昭和十三年一月、呉に停泊する戦艦「日向」の艦長室に通されたのは、正月の参拝を済ませた帰路の、振袖姿の娘たちの集団だった。

一体何事かの光景であるが、海軍の伯叔父を訪ねてみようと口にしたのは宇垣の妻知子の姪で、仲間のお嬢さんたちに提案したところ全員が行きたいと張り切ってしまい、かなり大勢で押し掛けたのだという。宇垣はちょうど艦内におり、そう忙しくもなかったようで、皆にお茶を出してもらい、艦内も案内してくれたという。

思えばとんでもない、あつかましい真似をしてしまったと語るこの女性と出会ったのは二〇〇三年一月、単行本の刊行から半年ほどのちだった。出版がきっかけでお会いした妻の側の親族、長男博光にとっての従姉妹が他にもあって、新しく聞いた話があるので、本編中に少し書き加えた。

知子の郷里福山に残るアルバムも見せてもらったが、おばさん、きれいだったねえとご婦人たちは口を揃え、更にひとこと、背が高くてすらっとしていてねえと言うのにはちょっとびっくりした。

当時の日本人女性の平均的体型を知らないので、実際に長身でスマートと言えるのか私には分からないが知子さん、結構姉御肌の女性であったようで甥、姪誰でもござれで実によく面倒をみていたようである。

宇垣も一人っ子の長男のためか、その辺りむしろ歓迎したらしく、昭和初期のドイツ駐在を終えて帰国した際は、福山の甥、姪たちにも一人ひとりプレゼントを準備し、土産として贈ったという。

「おじさんにもらったドイツの宝石箱、嬉しくて大事にしたの。私、三十半ばまでずっと取って置いたなあ」

「日向」に押し掛けた前述の女性は、懐かしそうに言っていた。

昭和二十年夏は福山も空襲を受けたから、屍が点在する中を逃げた話も聞いた。同じ頃、博光が呉海軍病院におり、八月六日以降は広島で救助活動にあたった事を文中で触れたが、爆心地に従兄弟の坂誠之がいた事は彼女たちの話で初めて知った。坂の家の「セイちゃん」は早稲田に進学し、東玉川の宇垣の家に下宿していたが、戦中に陸軍へ取られた。博光が医師を志したようにこの人にも自らの夢があったはずだがセイちゃんは大学で何を専攻し、どんな職を目指していた人なのかを、そういえば従姉妹たちから聞き忘れてしまった。

若者が国のために戦ったなどと、美化してほしくない。ナショナリズムが台頭した結果、いかに個人がないがしろにされたのかを日本はよく知る国のはず。愛国心を不要に植え付ける社会が戻って来ぬように、人だけではなく万物が平和に暮らせる時代に向かうように、私は祈りたい。

平成三十年二月

小山美千代

本書は平成十四年六月、光人社刊行の
「最後の特攻宇垣纒」に加筆、訂正しました。

NF文庫

最後の特攻 宇垣纏

二〇一八年三月二十日 第一刷発行
著 者 小山美千代
発行者 皆川豪志
発行所 株式会社 潮書房光人新社
〒100-8077 東京都千代田区大手町一-七-二
電話/〇三-六二八一-九八九一㈹
印刷・製本 凸版印刷株式会社
定価はカバーに表示してあります
乱丁・落丁のものはお取りかえ致します。本文は中性紙を使用

ISBN978-4-7698-3057-3 C0195
http://www.kojinsha.co.jp

NF文庫

刊行のことば

第二次世界大戦の戦火が熄《や》んで五〇年——その間、小社は夥しい数の戦争の記録を渉猟し、発掘し、常に公正なる立場を貫いて書誌とし、大方の絶讃を博して今日に及ぶが、その源は、散華された世代への熱き思い入れであり、同時に、その記録を誌して平和の礎とし、後世に伝えんとするにある。

　小社の出版物は、戦記、伝記、文学、エッセイ、写真集、その他、すでに一、〇〇〇点を越え、加えて戦後五〇年になんなんとするを契機として、「光人社NF（ノンフィクション）文庫」を創刊して、読者諸賢の熱烈要望におこたえする次第である。人生のバイブルとして、心弱きときの活性の糧《かて》として、散華の世代からの感動の肉声に、あなたもぜひ、耳を傾けて下さい。